샤이닝 위저드

SHINING WIZARD

샤이닝위저드 3

김운영 판타지 장편 소설

초판 1쇄 찍은 날 § 2006년 9월 7일
초판 1쇄 펴낸 날 § 2006년 9월 17일

지은이 § 김운영
펴낸이 § 서경석

편집장 § 문혜영
편집책임 § 최하나
편집 § 문정흠

펴낸곳 § 도서출판 청어람
등록번호 § 제1081-1-89호
등록일자 § 1999. 5. 31
어람번호 § 제1-0745호

주소 § 경기도 부천시 원미구 심곡1동 350-1 남성B/D 3F (우) 420-011
전화 § 032-656-4452 팩스 § 032-656-4453
http://www.chungeoram.com
E-mail § eoram99@chollian.net

ISBN 89-251-0212-9 04810
ISBN 89-251-0209-9 (세트)

샤이닝 위저드

3 김운영 퓨전 판타지
Fantasy Frontier

| 전장의 냉염(冷炎) |

SHINING WIZARD

청어람

CONTENTS

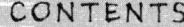

Chapter 1

네리아의 미래

네리아의 미래

단 마나가 고갈 상태까지 이른 마법사는 무조건 휴식을 취해야 한다. 시르카 역시 예외는 아니었기에 그녀는 숲의 구석에 이르자 그대로 쓰러지듯 바닥에 누워 잠들어 버렸다.

라크는 해가 뜰 때까지 그런 시르카의 옆에 앉아 그녀를 지켰다. 그러면서 고민했다.

'그림자란 사실을 말한 이상, 그녀를 피할 이유는 없어. 하지만 그녀는 왜 나를 따라왔을까?'

이해할 수가 없었다. 엄밀하게 말하면 그림자인 라크는 시르카에게 있어 원수나 다름없는 존재일지도 모른다. 그림자 라크가 존재하는 이상 본체인 라크는 불완전한 상태로 남아 있을 수밖에 없기 때문이다.

그리고 그것은 그림자 라크도 마찬가지이다. 그렇기 때문에 라크는 본체를 찾아 죽여야 한다 생각하고 있었다. 세상에 라크가 둘일 수는 없기 때문이다.

라크는 고개를 돌려 옆에 누워 있는 시르카를 보았다. 잠든 그녀의 닫힌 눈 사이로 보이는 긴 속눈썹이 새벽바람에 가볍게 흔들리고 있었다.

평온한 얼굴이다. 이곳은 아직 안전하다고 할 수 없는 적지인 데도 이렇게 깊이 잠들 수 있다니. 라크는 자신도 모르게 미소를 지었다.

'그림자인 나를 그녀는 어떻게 생각할까? 인간이라면, 누구나 거부감을 느낄 터인데……'

라크는 어떻게 결론을 내려야 할지 몰랐다.

잠들기 전에 시르카는 라크에게 물었다.

"그림자는 정말 본체의 기억을 가지지 못하나요?"

"그렇습니다. 만약 본체가 그것을 원한다면 몰라도 저처럼 싸우기 위해 소환된 자에겐 과거의 기억이란 것은 필요없는 사치품에 불과할 뿐이지요."

"마법은 어때요? 전혀 사용하지 못하나요?"

"주문도 기억하지 못합니다. 그리고 밤이 되는 순간 육체가 완전히 사라지고 허상만이 남게 됩니다. 그렇기 때문에 낮에 아무리 마나를 모아도 소용이 없지요. 반면에 상처도 모두 회복되니 꼭 나쁘다고는 할 수 없지만 말입니다."

"그렇군요. 그럼 라크가 밤에 사용하는 드림 블레이드는 그림자로서의 능력인가 보군요?"

"그렇습니다. 영혼술사인 마그나타와 싸우기 위한 가장 효과적인 능력입니다. 그가 부리는 사령들을 공격할 수 있으니까요. 하지만 마그나타는 강했습니다. 그가 다룰 수 있는 것은 영혼뿐만이 아닙니다. 그리고……."

라크는 잠시 입을 다물고 생각에 잠겼다. 그는 자신이 소환되었을 때의 광경을 되살렸다.

처음 마그나타가 나타났을 무렵, 본신인 라크가 지닌바 최고의 마력을 동원해 그림자인 자신을 섀도우 가디언으로서 불러내었다. 그리고 그 둘은 마그나타가 탑의 함정들을 하나하나 제거하며 올라오는 것을 똑똑히 확인할 수 있었다.

그 당시 마그나타는 단신으로 라크가 있는 빛의 탑에 침입했던 것이다.

강력한 마력으로 모든 방어 마법을 무용지물로 만들면서!

라크와 라크의 스승인 라시타가 설치한 수십 종류의 마법 함정들은 발동조차 하지 않았다. 그것은 마그나타의 마력이 그 누구보다 강하다는 것을 의미한다.

그럴 수밖에 없다. 마그나타가 탑의 최상층으로 올라왔을 무렵, 라크는 자신의 두 눈으로 확인할 수 있었다. 마그나타의 그림자가 바로 마족의 형상을 띠고 있다는 것을!

'그는 이미 인간이 아니었지.'

마족과의 계약에 의한 증표. 마그나타는 마족과의 계약을 성공시켰던 것이다.

광기와 공포, 그리고 사령들의 비명 소리가 공간을 가득 메우는 가운데 마그나타는 웃으며 말했다.

"네놈뿐이다, 나의 마력에 영향을 받지 않은 자는. 그러니 사라져라!"

그의 선언이 끝남과 동시에 사방에서 형체를 드러낸 수십의 사령들! 그것은 육체를 가지지 못한 영혼들이었다.

라크는 그들과 쉬지 않고 싸웠지만, 결국 시간이 흐름에 따라 마그나타의 그 끝없는 마력 앞에 물러설 수밖에 없었다.

빛의 힘으로 겨우 마그나타의 그것을 감당해 낼 수 있었지만, 아직 나이가 젊은 라크였기에 마력을 유지할 만한 마나가 심장에 쌓여 있지 않았다.

마나와 신성력의 반발을 이용해 단숨에 마력을 강화하는 빛의 마법! 인간에게 9서클이나 그 이상에 해당하는 힘을 발휘하게 해주는 기적의 고위 마법이지만 그만큼 유지할 수 있는 시간은 한계가 있다.

위기의 순간 최후의 마법진을 발동시켜 무사히 탈출할 수 있었지만, 그로 인해 본체와 그림자가 떨어져 버렸다. 그리고 시간이 흐름에 따라 그림자 라크는 자신의 자아를 가지게 된 것이다.

"그는 이미 마왕과도 같은 존재입니다. 인간의 영혼이 감당하기에는 너무나도 강한 파동을 몸에서 발산합니다. 영혼을 오염시키는 사악한 파동을 말입니다."

라크는 시르카에게 모든 것을 설명했다. 그리고 다시 한 번 주의를 주었다.

고위의 영격체인 드래곤이라면 몰라도, 인간이라면 절대로 벗어날 수 없는 마왕의 파동! 고위 마법사라고 해도 영혼은 인간의 것이니만큼 마그나타와 접촉하면 할수록 그에게 굴복하게 될 것이 분명하다.

"그렇군요. 마족과의 계약이라니……. 그렇다면 마그니타 본인도 이미 마족에게 영혼을 빼앗긴 것인가요?"

"그것은 조금 다릅니다. 제가 알기로 마그나타는 인간이었을 때의 의지를 그대로 가지고 있습니다. 말하자면 마족과 정당한 계약을 통해 정확하게 힘을 얻는 대가를 치렀을 뿐, 자신의 모든 것을 잃지는 않은 모양이더군요."

"그런 일이 가능했군요."

"영혼술사의 또 하나의 연구 테마가 바로 마족과의 바른 계약이니까요. 마그나타가 그것을 이룬 것입니다."

바른 계약이라고 한다. 시르카는 라크의 말에 웃어야 할지 울어야 할지 알 수가 없었다.

"하아, 그럼 그가 정말로 전무후무한 최강의 마법사인 셈인가요?"

"아니요."

라크는 시르카의 물음에 고개를 저었다. 그리고는 잠시 입을 닫고 생각하는 듯하더니 다시 말문을 열었다.

"그는 아직 최강이 아닙니다. 저는 그를 상대할 수 있습니다."

"아!"

라크는 탄성을 발하는 시르카를 보았다. 그리고는 다시 하늘을 보았다. 필승의 자신감, 이번에 마그나타를 만나면 절대로 지지 않으리라는 각오가 그의 마음속에 항상 불길처럼 타오르고 있었다.

그런 라크의 눈빛을 본 시르카는 말없이 미소를 지었다. 그리고는 안심했다는 표정을 지으며 이렇게 잠들어 버렸다.

하지만 지금 이렇게 시르카를 보고 있는 라크로서는 그녀처럼 안심할 수 없었다. 갑자기 불안감이 폭발하듯 거세게 치솟아올랐다.

그림자! 비록 자아를 가지고 인간의 몸을 얻어도 사람들은 절대 인정하지 않을 것이다. 도플갱어와 같은 마물로 취급할 가능성이 높다.

그렇기에 라크는 항상 사람들에게 호감을 얻기 위해 노력하지 않았던가? 그러면서도 한편으로는 그 누구도 자신의 정체를 알면 지금까지 보였던 신뢰를 뒤집고 오히려 속았다는 분노를 터뜨릴지도 모른다고 생각해 왔다.

때문에 라크는 철저하게 자신의 정체를 숨겼다. 그림자가 없다는 것을 드러내지 않기 위해 항상 그늘 속으로만 다니고, 밤에는 가능한 한 혼자 지냈다.

그렇게 조심하니 약간 의심스러운 구석이 있어도 사람들은 마법사이니 당연히 이상한 행동을 한다고 생각해 주었다. 사냥꾼 마을에서 의형제나 다름없이 지낸 무크도, 용병왕이라는 카슈도 마찬가지였다.

그런데 막상 위험한 상황이 되어 시르카에게, 자신이 그림자라는 것을 가장 말하기 싫었던 시르카에게 밝혔을 때 그녀는 라크의 곁을 떠나지 않았다. 화를 내지도 않았다.

그저 라크를 따라와 이처럼 잠들었을 뿐이다. 그것도 무방비로!

'그러고 보니 그녀는 난 그림자가 아니라고 했다.'

웃음이 나왔다. 기껏 그림자라고 고백했더니 이번에는 상대가 부정해 준다. 허탈하기도 하고 약간 화가 나기도 했다. 인정하고 싶지 않은 것일까?

"그럴지도 모르지."

라크는 생각의 마지막 부분을 입으로 중얼거리며 자리에서 일어나 동쪽 하늘을 보았다.

해가 뜨고 있었다. 몸에 변화가 일어나 새롭게 육체가 생겨나는 것이 느껴졌다. 어제의 상처는 모두 사라지고 흉터 하나 없는 새로운 몸과 회색의 로브가 형성되었다.

뉴, 뉴.

뉴가 짧게 옹알거리며 몸을 두어 번 뒤척이고는 다시 몸으로 라크의 목을 휘어감 듯 껴안았다.

라크는 손으로 뉴를 툭툭 가볍게 두드리고는 다시 머리를 쓰다듬어 주었다. 하지만 뉴는 여전히 자고 있는 모양이다. 요즘은 거의 그렇다. 깨어 있는 시간이 거의 없다.

"성장기인가?"

이 겉모양만 패럿인 신기한 생물의 특성을 알 도리가 없다. 라크는 고개를 갸웃거리며 중얼거렸지만 별다른 생각이 떠오르진 않았다.

어쩌면 시르카가 말한 대로 몇 년 동안 어깨 위에서 잠만 잘 수도 있다는 생각이 들었다.

그건 곤란하다! 라크는 불길한 생각을 머릿속에서 지우려는 듯 고개를 절레절레 흔들었다. 그러다 아침 햇살에 비견될 만한 미소를 지으며 하늘을 보았다.

어쨌든 간에 오늘의 해가 떴으니 오늘의 일을 하면 된다.

"으음… 라크, 날이 밝았나요?"

시르카가 눈을 뜨고 라크에게 물었다. 라크는 시르카의 안색에서 아직 그녀가 피곤에서 벗어나지 못한 것을 알아보고 말했다.

"지금 해가 떴군요. 조금 더 쉬어요. 어느 정도 마나가 회복되려면 아직 몇 시간은 더 자야 되지요?"

"아니에요. 다행히 숲이라서 마나의 회복이 빨라요. 평소의 절반 정도는 회복된 것 같아요."

"다행이군요. 몇 시간 더 자면 완전히 회복할 수 있겠지요."

"카슈님이 걱정되어 더 쉴 수가 없어요. 그분들은 무사할까요?"

"쉽게 당할 사람들이 아니니 너무 염려하지 않아도 될 거예요."

라크는 확신에 찬 어투로 그렇게 말했다. 하지만 시르카가 몸을 일으키는 것을 말리지는 않았다.

겉으로는 시르카를 안심시키기 위해 괜찮다고 말했지만, 사실 그도 어느 정도는 걱정을 하고 있었던 참이다. 라크는 잠시 생각을 해보고는 다시 시르카에게 말했다.

"도시 내에서 몸을 피하는 것은 어렵지 않지만 성문 밖으로 빠져나오는 것은 쉽지 않을지도 모르겠군요. 우리가 돕는 것이 좋겠어요."

"돕는다고요?"

"우리는 서문으로 나왔지만 카슈님은 남문 쪽으로 나오기로 했으니까요. 그 근처에 숨어 있다가 안쪽에서 소란이 일어나면 바깥쪽에서 돕는 거예요."

"그게 좋겠군요!"

시르카는 라크의 의견에 찬성하고는 바로 바람의 정령을 소환하여 남쪽 성문이 있는 곳을 물었다. 그리고 곧 두 사람은 바람의 정령의 인도를 받아 이동하기 시작했다.

*　　　*　　　*

네리아는 귀족가의 한 저택에 숨어들었다. 어렸을 때부터 도둑으로서 살아온 그녀가 만약을 위해 마련해 둔 은신처 중 하나였다.

'그들은 어떻게 되었을까?'

그녀는 어두운 지하 방에서 자신들을 구해준 자들을 생각했다. 라크라고 했었지. 용병왕 카슈와 같이 온 사람, 그의 눈빛은 너무나도 투명하여 네리아의 뇌리 속에 박혀 사라지지 않았다.

과연 무사히 성 밖으로 도망갔을까? 그녀는 그렇게 생각하며 한쪽 벽에 걸려 있는 작은 통에 귀를 대었다.

통은 저택의 사방과 연결되어 있다. 도둑으로서 특별한 훈련을 받은 네리아는 그곳을 통해 들어오는 거리의 소리를 모두 구분하여 들을 수 있었다.

"북문이 공격당하고, 그곳으로 사람들이 빠져나갔데······."

"성의 기사와 병사들이, 마법사들도······."

"슬럼가의 병사들을 뚫고 나갔다고? 대단한 자들인데! 뭐? 골든 데빌의 일당들이라고?"

그들은 아직 무사한 듯했다. 네리아는 바깥에서 들려오는 소리에 그런 결론을 내리고는 안도의 한숨을 내쉬었다.

"어떻게 하지, 네리아?"

네리아는 스스로에게 물었다. 이대로 숨어 있을 것인가? 아무도 모르는 은신처이니만큼 가만히만 있으면 일단은 안전할 것 같았다.

하지만 이제는 자신이 골든 데빌과 연관이 있다고 드러난 이상 모스 왕국 내에서는 살기 어렵게 되었다. 뿐만 아니라 대륙 전체에 거액의 현상금이 걸릴 것이 틀림없다.

복수는 이제 꿈도 꾸지 못하게 될 것이다. 오히려 잡혀서 그들의 손아귀에 떨어지기 전에 자살하는 게 나을까?

"아니야!"

네리아는 자신의 머릿속에 떠오른 비관적인 생각을 부인하듯 고개를 저었다. 아직 끝나지 않았다. 도둑 길드장이 죽었다고 해도 아직 원수는 두 명이나 살아 있는 것이다.

"기회가 있어. 그건 바로 지금이야!"

네리아는 자리에서 벌떡 일어나며 외쳤다. 다시 생각해 보니 지금이 바로 절호의 기회였다.

수도 내부는 혼란에 빠져 있다. 북문으로 도망간 자들, 그리고 슬럼가의 경계망을 뚫고 빠져나간 자들! 병사들의 이목은 그쪽에 집중되어 있다. 상인들을 보호할 여력이 있을 리가 없다!

결심이 선 네리아는 즉시 몸을 움직였다. 더 이상 은신처는 필요없다. 원수를 모두 갚으면 언제 죽어도 좋다고 생각하고 있었다.

'오늘 밤, 모든 원한을 갚겠어! 도와줘요, 아빠!'

네리아는 그렇게 속으로 중얼거리며 저택의 지하실을 나섰다.

퍼퍽!

"커헉!"

"큭!"

네 명의 호위병은 네리아의 기습에 미처 반응하지 못하고 쓰러져 버렸다.

그들 역시 상당한 실력을 가진 자들이었지만 네리아의 기습은 어둠 속에서 움직이는 그림자와 같이 은밀했다. 골든 데빌로 화한 네리아는 평소보다 훨씬 빠르고 강한 힘을 발휘할 수 있었다.

"누구냐!"

놀라서 소리치는 노인의 얼굴에는 당혹과 공포가 어려 있었다. 그도 그럴 것이, 그의 눈앞에는 전신이 황금의 빛으로 뒤덮인 무엇인가가 서 있었기 때문이다.

입으로는 물어도 머릿속으로는 알고 있었다. 지난 몇 년간 모스 왕국에서 가장 무서운 존재인 골든 데빌! 그녀가 나타난 것이다.

골든 데빌의 전신은 창문으로 비추어진 달빛으로 인해 잔란한 황금빛으로 빛나고 있었다. 황금의 실로 만든 것 같은 머리카락이 자연스럽게 흘러내려 걸음을 옮길 때마다 찰랑찰랑 움직였다. 골든 데빌은 노인에게 다가가며 냉정한 목소리로 말했다.

"현자의 돌을 돌려받으러 왔다."

"뭐, 뭐라고! 그건……."

"10년간이나 가지고 있었잖아? 이제 기한이 되었으니 현자의 돌을 내놔라."

"무슨 소리냐? 그건 이미 황금으로 바꿔 버렸다."

"그래?"

골든 데빌은 웃었다. 어차피 그런 건 처음부터 알고 있었다.

"그럼 어쩔 수 없지. 영원히 현자의 돌을 소유해도 좋아. 다른 누구에게도 빼앗기지 않게 몸속에 말이야."

"그건! 아아아악!"

골든 데빌이 손을 앞으로 뻗어 노인의 어깨를 잡았다. 그러자 노인의 어깨가 그녀의 손이나 몸과 같이 서서히 황금의 빛으로 물들기 시작했다. 그것은 몸통과 팔, 다리, 그리고 머리까지 번졌다. 비명을 지르는 노인의 몸은 순식간에 황금으로 변하였다.

"끝난 건가?"

골든 데빌, 네리아는 허무한 표정을 지으며 중얼거렸다. 10년 동안 이날만을 위해 살아왔지만 막상 모든 원수를 갚고 나니 허탈감에 몸을 가누기도 힘들 정도였다.

일이 끝나자 그녀는 천천히 전신에 퍼져 있는 황금의 기운을 손에 몰아넣었다.

현자의 돌의 힘이기도 한 황금의 기운은 그녀의 의지에 따라 움직였다. 그러면서 그녀의 피부는 금속이 아닌 본래의 피부로 돌아갔다. 하지만 팔뚝 아래쪽까지는 여전히 황금색으로 빛나는 금속의 팔이었다.

"또 늘어났어. 예전에는 손목 바로 위쪽까지만이었는데……."

네리아는 그것을 슬픈 눈으로 보았다. 감각은 다른 곳과 거의 다름없지만 팔뚝 아래쪽은 그녀의 것이라고 할 수 없다. 현자의 돌이 먹어버린 셈이다. 그리고 그것은 점점 위로 올라온다. 시간이 흐름에 따라, 혹은 능력을 사용함에 따라!

"결국 내 몸도 황금으로 변해 버릴까?"

네리아는 그런 상상을 했다. 하지만 이걸 치료할 방법은 없다. 팔을 자를까?

"풋, 복수가 끝나면 죽기로 한 것 아니었니, 네리아?"

네리아는 그렇게 중얼거리며 웃었다. 그런데 막상 복수가 끝나니 죽기도, 황금이 되기도 싫었다.

이걸 치료하려면 현자의 탑으로 가야 한다. 하지만 일단 현자의 탑에 가서 손목을 보이면 그 다음에는 어떻게 될까?

'평생 연금되어 실험 재료가 되겠지.'

보지 않아도 뻔하다. 지금까지 인간의 욕망과 배신을 뼈저리게 겪어온 네리아였기에 그 이외의 생각은 할 수가 없었다.

그렇다면? 네리아는 도둑 길드에서 자신을 놔준 사람들에 생각이 미쳤다. 골든 데빌과 관련이 있다는 것을 알고서도 오히려 그녀를 도와 도둑 길드장을 제압한 자들!

"라크라고 했었지? 그라면⋯⋯."

믿을 수 있을지도 모른다. 네리아는 그렇게 생각하며 반투명한 장갑을 꺼내 들었다. 황금색의 팔에 장갑을 끼자 팔은 보통 사람의 맨살과도 같이 변했다. 마법의 장갑은 10여 년간이나 그녀의 팔을 숨겨준 것이다.

네리아는 손가락을 두어 번 움직여 움직임에 이상이 없는지 확인하고는 조용히 상인의 집을 나섰다. 이제는 살아남기 위해 움직여야 할 때였다.

*　　　*　　　*

카카캉!

가장 앞에 선 사내가 검을 크게 휘두르자 빛이 번쩍이며 병사들의 무기가 모두 잘려 나갔다. 무기를 잃은 병사들은 기겁하여 좌우로 몸을 피했다. 벌써 몇 번째 이런 식으로 포위망이 뚫렸다.

상대는 오러 블레이드를 사용하는 극강의 고수! 병사들은 커녕 기사들로도 막기가 쉽지 않은 자들이다. 하지만 명을 받고 나온 자들에게 있어서 그런 상대의 강함은 임무 실패의 이유가 될 수 없었다.

골든 데빌의 동료들! 그 이름만으로도 절대 놓치면 안 되는 극악한 범죄자들이기 때문이다.

"이익, 놓치지 마라! 이번에 놓치면 언제 골든 데빌을 잡을 수 있을지 모른다!"

지휘관이 있는 힘을 다해 외쳤다. 그러자 겁에 질려 물러서려던 병사들이 골든 데빌이라는 말에 이를 악물고 다시 몸으로 막기 시작했다.

"마법사들은 아직인가? 마법을! 저놈들이 지칠 때까지 몰아붙인다!"

다시 지휘관이 외쳤다. 그러자 뒤쪽에 있던 몇몇 마법사들이 지친 몸으로 다시 주문을 시전했다.

밤새 범인을 쫓아다닌 그들이기에 이미 체력적으로나 정신적으로 한계에 달해 있었지만, 상대가 상대인만큼 무리를 할 수밖에 없었다.

위이이이잉, 콰콰쾅!

마법의 칼날과 파이어 볼이 카슈 일행을 덮쳤다. 그들은 서둘러 몸을 날려 파이어 볼을 피했다. 그리고는 다시 검을 휘둘러 마법의 칼날을 되받아쳤다.

"젠장, 그러니까 그냥 숨어 있자고 말했잖아요!"

제임스가 신경질적으로 외쳤다. 하지만 카슈는 웃기지도 말라는 듯 코웃음을 치곤 계속해서 검을 휘두르며 말했다.

"시끄러. 풋내기도 아닌 놈이 그런 말이 입으로 나오냐? 지금 아니면 절대 못 빠져나간다는 거 몰라?"

"그건 알지요. 하지만 지금 당장이 힘드니까 불평할 수밖에 없잖아요!"

"그럼 그냥 편하게 죽어!"

그들은 검을 휘두르는 속도에 뒤지지 않을 정도로 서로 말싸움을 벌이기 시작했다.

그러자 뒤쪽에서 거대한 전투 도끼를 풍차처럼 휘두르던 파라나가 크게 기합을 지르며 앞으로 돌진하여 다시 병사들의 포위망을 허물었다.

"시끄러워요! 어서 뛰라고욧!"

그녀는 그렇게 외치며 엄청난 살기를 실은 도끼를 하늘 높이 들어올렸다. 누구든지 앞을 막는 자는 두 쪽으로 내버리겠다는 의지의 표출이었다.

성문은 이제 바로 눈앞에 보인다. 마지막 관문이라고 할 수 있다. 그곳만 넘으면 어떻게든 될 것 같았다. 하지만 그전에 왕궁에서 지원군이 오면 큰일이다.

그들은 다시 한 덩어리가 되어 죽어라고 앞을 파기 시작했다. 그러나 역시 사람의 수에는 당할 수 없는 것일까? 무엇보다 앞을 막아서는 병사와 기사들의 기세가 심상치 않았다. 그들도 필사적이었다.

비록 카슈를 이길 수는 없어도 빠져나가지 못하도록 포위망을 유지하는 것은 가능했다. 뚫리면 다시 그 앞을 막고, 밀리면 옆을 조여 나아가지 못하게 했다.

그때였다.

빰빠라라!

"지원군이다! 기사단이 왔다!"

사람들이 환호성을 지르기 시작했다. 카슈는 안색이 변해 고개를 돌려 뒤를 보았다. 과연 뒤쪽의 거리로부터 수백에 달하는 기사들과 수십 명의 마법사들이 몰려오고 있었다.

"으윽, 늦었나?"

서문이 파괴되고 기사단을 비롯한 대부분의 병사들이 그쪽으로 나간 라크 일행을 쫓아갔다는 소문을 듣고 움직였는데, 예상보다 빠르게 그들이 돌아온 모양이다.

"저들을 잡아라! 마법의 그물을 겹겹이 써!"

새로 온 기사단장은 모스 왕국 최고의 무관인 엠볼리 백작이었다. 검술이야 카슈보다 떨어지지만 그는 아주 능숙하게 병사들을 다뤘다.

순식간에 카슈 일행은 좀 전보다 몇 배는 두터운 포위망에 갇혔다. 뿐만 아니라 마법사들의 마법 함정이 즉석에서 설치

되기 시작했다. 이래서야 섣불리 몸을 움직이기조차 힘들다.

엠볼리 백작은 다시 외쳤다. 이번에는 카슈를 향해서였다.

"저항하지 말고 순순히 항복하라! 아무리 그대가 마스터라고 해도 기사단을 상대로 싸울 수는 없다."

그러자 제임스가 무척 구미가 당기는 표정으로 카슈에게 말했다.

"항복하라는데요?"

"음, 그럴까?"

카슈도 구미가 당기는 듯 제임스를 보며 웃었다. 이렇게까지 일이 커진 이상 무리하지 않는 게 좋을 것 같다는 판단이 들었다.

"잡혀도 되는 거예요?"

파라나가 물었다.

"응, 난 이래 봬도 제국의 용병 길드장이잖아. 저놈들도 일이 이 정도까지 커진 이상 조용히 제거하는 건 불가능하거든."

"그렇군요! 확실히 저들은 정식 재판 없이는 카슈님을 처리하지 못할 거예요."

밀리아도 깨닫는 바가 있는 듯 말했다. 카슈는 그녀를 보며 씨익 웃었다.

"이쪽은 할 말이 많아. 무엇보다 처음부터 치안소에서 우리를 잡아 가두었으니까 말이야. 현자의 돌 쪽의 이야기를 따지면, 오히려 모스 왕국에서 현자의 탑하고 제국의 눈치를 보게 될걸?'

"그럼 왜 지금까지 죽어라고 도망가려 한 겁니까?"

제임스가 억울하다는 표정을 지으며 물었다. 이럴 줄 알았다면 그냥 처음부터 잡히는 게 낫지 않았겠는가? 하지만 카슈는 그건 아니라는 듯 손가락을 세워 좌우로 흔들며 말했다.

"어제 잡혔으면 그냥 쥐도 새도 모르게 제거됐을걸? 이 일에 연루된 귀족이 적지 않지. 공작이 주도해서 왕국의 상권을 장악한 거니까 말이야."

"으음, 그럼 이제는 판이 커져서 무마가 안 되니 잡혀도 된다는 건가요?"

"응, 확신은 못해도 그게 확률이 크지."

"그럼 뭐 해요? 어서 항복합시다."

제임스는 지금이라도 무기를 땅에 버릴 것 같은 자세를 취하며 말했다. 다른 사람들도 카슈의 말에 납득이 가는 듯 검을 내렸다.

병사들은 그런 카슈 일행의 모습에 크게 힘을 얻은 듯 창을 앞세우며 조금씩 다가왔다. 마법사들도 제각기 마법을 준비한 채 카슈가 순순히 잡히기만을 기다렸다.

아무래도 마스터가 목숨을 걸고 날뛰면 피해가 크기 때문에 그들은 이쯤에서 일이 해결되기를 원했다. 잡는 쪽과 잡히는 쪽의 뜻이 일치했으니 사건은 마무리 단계로 가는 분위기였다.

하지만 그런 양방의 이해관계와는 다른 사정을 가진 자들이 있었다. 카슈 일행에게 다가온 병사들 중 몇 명이 갑자기 비명을 지르며 쓰러졌다.

"아악! 이놈들이 기습을!"

"헉! 우리가 언제?"

제임스는 기가 막힌 표정을 지었다. 그러나 배에 비수를 박은 채 쓰러지는 병사들의 모습은 그야말로 처절했고, 누가 봐도 카슈 일행이 기습을 한 것으로 보였다.

엠볼리 백작은 즉시 손을 위로 치켜올리며 외쳤다.

"저들이 끝까지 반항을 한다! 마법사들은 즉시 공격하라!"

"에잇!"

카슈는 신경질적으로 외치며 자신의 검을 높이 치켜들었다. 그러자 순간적으로 눈부신 섬광이 검으로부터 번쩍하고 뿜어져 나왔다.

데이 라이트의 최고 기능인 극대 섬광은 하루에 한 번만 사용할 수 있지만 그 효과는 절대적이다. 카슈는 이 치사하다면 치사한 수법으로 과거에도 몇 번이나 위기를 넘겼다.

"아악, 내 눈이!"

마법사들은 견디지 못하고 눈을 감았다. 늦은 자들은 순간적인 실명 상태에 빠지기도 했다. 상대를 보지 못하니 대부분의 공격 마법을 사용하지 못하고 잠시 지체할 수밖에 없었다.

"이때다. 뛰어! 병사들 사이로 들어가!"

카슈는 즉시 몸을 날려 병사들 사이로 뛰어들었다. 마법사들의 공격 마법을 막으려면 이게 최고다. 다른 사람들도 카슈의 뒤를 따랐다. 상황은 난전으로 변했다.

"당황하지 마라! 외벽을 허물지 말고 안쪽의 병사들은 서둘러 빠져나와라!"

엠볼리 백작은 냉정했다. 그는 가장 뚫기 어려운 장벽이 바로 사람으로 친 벽이라는 것을 알고 있었다. 그리고 그의 병사들은 눈이 보이지 않아도 엠볼리 백작의 말을 듣고 움직일 수 있을 정도로 노련한 자들이었다. 한 왕국의 수노를 시키는 기사단인 것이다.

병사들은 일제히 뒤로 물러서며 다시 정렬했다. 함부로 무기를 휘두르지도 않았다. 그리고 엠볼리 백작이 지시하는 대로 계속 움직였다. 그 결과, 카슈 일행은 병사들의 포위망을 뚫고 나갈 수 없었다. 곧 그들은 다시 눈이 보이게 된 병사들의 집중 공격을 받게 되었다.

"으윽, 이놈들아! 항복한다고 말했잖아!"

제임스는 억울한 듯 투덜거리면서도 검을 휘두르는 것을 멈추지 않았다. 항복만 하면 이 고생도 끝이라고 생각했던 그로서는 그야말로 황당하기 짝이 없었다.

"비겁한 놈들! 과연 골든 데빌의 수하답구나."

한 기사가 이를 갈며 외쳤다. 거짓으로 항복해 놓고 아군이 방심한 상태에서 기습으로 빠져나가려고 한 자들이다. 이제는 팔이나 다리라도 하나 잘라서 완전히 무력화시킬 때까지는 절대 마음을 놓지 않겠다고 결심했다.

"제임스, 소용없다. 항복하면 오히려 위험해."

카슈가 냉정한 목소리로 말했다.

"어째서 말입니까? 해도 된다면서요?"

"병사들이 왜 갑자기 쓰러졌겠냐? 항복하면 포박당한 채로 등에 칼을 맞을 거다."

"이익, 그런 거였군!"

제임스도 그때서야 사정을 짐작하게 되었는지 이를 악물고 검을 휘둘러 병사들의 창을 막았다. 동료들을 잃어 분노하고 있는 병사들의 창끝은 제임스라고 해도 방심할 수 없을 정도로 날카로웠다.

'빠져나갈 길은 없는가?'

카슈는 계속해서 검을 휘두르며 속으로 그렇게 중얼거렸다.

그는 보았다. 병사들 중에서 은밀히 단검을 뽑아 동료를 죽인 자들을! 동료라고 할 수 없을 것이다. 솜씨로 보아 전문 암살자들이 틀림없다.

그러고 보니 이상한 기색이 느껴졌다. 그 기운은 수십! 모두 암살자들로, 그들만의 음습하고 끈끈한 살기였다.

적은 정규 병사들 사이에 암살자들을 숨겨놓은 것이다. 그들이 원하는 것은 카슈 일행의 처리임에 틀림없다. 이럴 경우 항복은 자살 행위이다. 무장을 해제당한 순간 저들은 공격을 가해올 것이다.

결국 살아날 길은 스스로의 힘으로 병사들을 헤치고 빠져나가는 것밖에는 없어 보였다.

카슈는 눈을 돌려 뒤쪽에 있는 파라나와 밀리아를 보았다. 그녀들은 잘 싸우고 있었다. 하지만 이곳을 뚫을 정도는 아니다. 카슈와 제임스, 단둘이라면 몰라도 그녀들과 함께는 불가능했다.

"음, 위기군."

그는 가볍게 한숨을 쉬며 중얼거렸다. 너무나도 태평한 목소리였지만, 그것은 성격적으로 위기에 빠져도 목소리가 긴장되지 않는 카슈의 특징일 뿐이다. 사실은 무척 긴장하고 있었다.

한편 카슈의 시선을 받은 밀리아는 계속해서 갈등하고 있었다.

'귀걸이를 사용할 수는 없어. 그냥 죽는 게 나아. 하지만 제임스는…….'

그녀는 자신의 연인을 바라보았다. 제임스 쪽이 어떻게 생각하든 밀리아는 제임스를 애인이라 생각하고 있었다. 그리고 제임스 역시 알게 모르게 밀리아를 보호하면서 싸우고 있었다.

처음에 포위망으로 뛰어든 것도 밀리아를 구하기 위해서였다. 그런 제임스의 모습에 밀리아는 절정의 희열을 느끼기도 했다.

하지만 그렇다고 해서 제국 최대의 비밀 중 하나를 만인 앞에 보일 수는 없다.

'한순간만이라도 사람들의 눈을 피할 수 있다면!'

그녀는 그렇게 생각했다. 하지만 그건 불가능해 보였다. 수많은 병사들이 자신들을 보고 있다. 그들의 눈을 속이고 귀걸이를 사용할 수는 없을 것이다.

"어떻게 좀 해보쇼! 이럴 때 힘을 써야 할 것 아니오?"

"웃길 힘 있으면 칼을 한 번이라도 더 휘둘러!"

카슈와 제임스는 여전히 싸우고 있었다. 그들은 마치 말다툼으로 현실의 괴로움을 외면하려고 하는 것 같았다.

밀리아는 슬쩍 눈을 돌려 파라나를 보았다. 순간 그녀의 눈과 밀리아의 눈이 마주쳤다. 우리도 말싸움을 하면 어떨까요? 밀리아는 눈짓으로 그렇게 물었다.

그러나 파라나는 고개를 저었다. 아직 그녀들은 수다를 떨면서 싸울 정도로 단련되지 않았다. 이를 악물고 사방을 살피면서 호흡을 조절해야 가까스로 병사들의 공격을 막아낼 정도였다.

'그래도 황궁 안에서 벗어나서 제임스랑 죽는 거니까.'

밀리아는 속으로 그렇게 중얼거리며 다시 검에 집중했다. 지금 해야 할 일은 조금이라도 더 버티는 것! 그리고 가능한 한 제임스의 짐이 되지 않는 것이다. 삶에 대한 미련은 벗어던지기로 그녀는 결심했다.

그런데 그때, 성문 쪽에서 굉음이 울려 퍼졌다.

쾅!

"앗, 뭐냐?"

사람들이 놀라 그쪽을 보니, 놀랍게도 성벽의 한쪽이 완전히 부서져 있었다. 그리고 그 반대쪽에서 두 명의 사람이 부서진 성문 사이로 들어왔다.

"라크! 시르카님!"

카슈는 놀람의 함성을 질렀다. 틀림없이 라크와 시르카였다.

라크는 그 목소리에 손을 흔들어 보였다. 그리고는 자신에게 달려드는 병사들을 향해 한 손에 쥐고 있던 짐수레를 들어 던졌다. 닫혀진 성문 밖에서 대기하고 있던 것을 한 손으로 끌고 들어온 것이다.

콰쾅!

"아아악!"

"저런 힘이?"

마치 거인과도 같은 힘이다. 사람들은 경악하여 라크를 보았다. 한번 힘을 보이자 병사들은 물론이고 기사들도 함부로 덤벼들지 못했다.

"활을 쏴라! 마법을 써!"

엠볼리 백작은 그런 상황에서도 냉정하게 명령을 내렸다.

병사들은 그의 말에 정신을 차린 듯 제각기 활이나 석궁 혹은 투창을 들었다. 그리고 마법사들도 주문을 시전하기 시작했다. 그러나 라크의 뒤에 서 있던 시르카는 이미 준비를 끝낸 상태였다.

슈슈슈슈슈슈—

"앗! 이게 뭐냐?"

기묘한 소리와 함께 뒤쪽에서부터 안개가 밀려와 그들의 모습을 가리기 시작했다. 병사들은 기겁해서 소리를 질렀다.

"마법이다! 적의 마법사가 이 근처에 있다."

"당황하지 마라! 각 마법사들은 저 안개를 해제하라."

"해제할 수가 없습니다!"

"어떻게 이런 마법이?"

마법사들은 공포에 떨고 있었다. 안개를 발생시키는 마법은 의외로 많고, 그들 중에는 아주 간단한 초급 마법도 있다. 하지만 지금 일대에 깔리는 마법은 그 반대로 엄청난 힘을 내포하고 있었다.

"마법을 쓸 수 없습니다. 이것은 마나를 동결시키는 안개입니다."

"뭐라고?"

엠볼리 백작은 놀라서 반문했다. 마법사들의 말뜻은 명료했다. 마법 무효의 힘을 지닌 안개이다. 하지만 그의 상식으로는 이 정도 범위로 마법 무효화의 효과를 발휘하는 것은 최고위의 마법밖에 없다 알고 있었다.

아직 안개에 휩싸이지 않은 마법사들이 되는 대로 공격 마법을 시전하여 카슈 일행이 있는 쪽으로 발사했지만, 마법들은 안개에 닿자마자 모두 사라져 버렸다. 적어도 3, 4서클의 미법은 전혀 소용이 없는 듯했다.

"어떻게 된 거지? 움직이지 마라! 모두 제자리를 지켜라!"

엠볼리 백작은 이를 갈며 병사들에게 명령을 내렸다. 하지만 속으로는 가슴 안쪽으로부터 스물스물 기어올라 오는 공포를 억눌러야 했다. 이런 마법을 펼칠 수 있는 마법사라면 일대의 병사들을 모두 학살할 수 있을 것이다.

"카슈! 제임스, 어서 나와요!"

라크는 크게 외쳤다. 그러면서 한쪽에 있는 성문의 통나무 조각을 들어 병사들의 포위망을 향해 돌진했다. 수십 명의 병사들의 힘으로도 라크의 거친 통나무를 막지는 못했다.

부웅, 붕!

이제는 격렬한 바람 소리를 내며 풍차처럼 회전하는 통나무의 기세는 안개로 가려진 곳에서도 확실하게 느껴졌다. 맞으면 죽는다! 병사들은 그런 느낌을 강하게 받으며 급히 땅에 몸을 굴렸다.

"이때다. 뛰어!"

카슈는 주저하지 않고 앞으로 뛰어나가자 제임스도 뛰었다. 그 뒤를 파라나가 뒤따랐다.

"어? 밀리아는?"

그걸 처음 느낀 것은 제임스였다. 싸우면서도 항상 밀리아를 보호하던 그였기에 그녀의 기척이 사라진 것을 바로 느낀 것이다. 하지만 이미 달리기 시작한 상황, 사람들은 한걸음에 라크가 있는 곳까지 갔다.

"이제 됐어요. 안개를 해제해요."

라크는 시르카에게 말했다. 이 마법은 엄청난 마나를 필요로 한다고 들었다. 차라리 살상력이 강한 불의 폭풍을 쓰는 것이 훨씬 부담이 적을 정도이다.

카슈 일행을 구하기 위해 애꿎은 모스의 병사들을 학살할 수는 없기에 무리를 했지만 조금이라도 빨리 마법을 거두는 것이 시르카를 위해 좋다고 생각했다.

과연 시르카는 약간 힘이 빠진 듯 뒤로 한 걸음 물러나며 들어올린 두 팔을 내렸다.

"저들 모두의 마법을 억제하는 것은 역시 힘들군요."

"그래요? 이제는 무리하지 말고 얼른 빠져나가요."

라크는 서서히 걷히기 시작하는 안개를 보며 말했다.

이미 카슈 일행을 포위망에서 구했으니 이제는 성문 밖으로 도망가는 것만 남았다. 이곳에 들어오기 전에 미리 성 바깥쪽에 있던 짐마차나 수레들을 쌓아 말이 통과하지 못하게 해놓았으니 기사들은 쉽게 쫓아오지 못할 것이다.

하지만 그때, 제임스가 외쳤다.

"밀리아가 없어!"

"잉? 너, 안 데리고 나왔냐?"

카슈도 놀라 제임스에게 물었다.

"그녀가 아직 저 안에 있나요?"

시르카도 안색이 변해 말했다. 이에 라크는 통나무를 다시 잡고 시르카를 보았다.

"아직 마법을 펼칠 수 있나요?"

"저는 괜찮아요."

"좋아요. 그럼 갑시다."

"나도 같이 가."

"그럼 뒤를 맡아요! 우랴!"

라크는 크게 소리를 지르며 앞으로 돌진했다. 두 손으로 통나무를 들고 달려가며 걸리는 병사들을 오직 힘만으로 튕겨냈다.

시르카는 다시 손을 들고 주문을 시전하기 시작했다. 곧 그녀의 주위로 물과 바람의 정령이 모여들어 마력의 안개를 생성해 내었다.

하지만 원래 카슈 일행이 있던 곳은 이미 안개가 사라져 병사들이 제정신을 차리고 진형을 재형성하고 있었다. 그들은 이번에는 당하지 않겠다는 듯 활과 투창을 겨누었다.

라크는 두 눈을 차갑게 빛내며 통나무로 최대한 몸을 가렸다. 몸통만 피하면 된다. 팔이라 다리에 화살 몇 발 꽂히는 것은 참을 수 있다. 그는 각오를 다지고 더욱 빠르게 앞으로 달려나갔다.

"쏴라!"

슈슈슈슈슉, 퍼픽!

"크윽!"

라크의 예상대로 화살이 그의 팔과 다리에 박혔다. 불로 지지는 것과 같은 아픔이 전신에 퍼졌다. 그래도 달리는 관성으로 인해 속도가 느려지지는 않았다.

"다시 쏴라!"

앰볼리 백작의 명령 소리가 병사들의 귀로 흘러 들어갔다. 라크의 귀에도 들렸다. 라크는 다시 이를 악물고 고통에 대비했다. 하지만 그때, 그들의 뒤쪽에서 누군가가 외쳤다.

"멈춰라!"

"누구냐?"

앰볼리 백작은 섬뜩한 기운이 드는 기묘한 목소리에 급히 그쪽을 돌아보았다.

그리고 그는 보았다.

거인! 키가 2미터가 훨씬 넘는 거인 기사가 그곳에 있었다. 그는 아름다운 문양이 새겨진 전신 갑옷을 입고 있었고, 얼굴역시 두 눈조차 제대로 보이지 않을 정도로 완벽하게 가려진 투구를 쓰고 있었다. 그리고 그 키에 걸맞는 대형 양손 검을 땅에 집고 당당하게 서 있었다.

"그대는……?"

앰볼리 백작은 안색이 변해 그에게 물었다. 갑옷의 예술적인 모양과 전신에서 은은하게 뿜어져 나오는 파란색의 오러로 보아 분명 마법이 걸려 있을 것이다.

저 정도 갑옷을 입고 있는 자가 평범한 자일 리가 없다. 적어도 귀족의, 그것도 상당한 신분을 가진 기사일 것이다.

과연 기사는 자신의 망토를 획— 하고 펼쳐 안쪽을 앰볼리 백작에게 보였다.

그곳에는 숨겨진 문양이 있었다. 그것은 바로 하늘을 향해 울부짖는 검은 사자의 모습을 하고 있었다.

"아, 저것은!"

앰볼리 백작은 단번에 그 문장을 알아보았다. 일반 병사라면 모를까 귀족의 신분을 지닌 자가 못 알아볼 리 없었다. 검은 사자의 문양이야말로 대륙에서 가장 신성한 가이안 제국의 황제를 의미하는 황가의 문양이 아닌가?

"황제의 뜻이다. 멈춰라!"

얇은 은을 두드리는 것과도 같은 목소리가 사방에 울려 퍼졌다. 순식간에 사방의 소리가 사라지고 병사들은 긴장하여 입을 다물었다.

"화, 황제?"

"제국의?"

사람들은 놀라서 서로를 보았다. 그러는 동안 앰볼리 백작은 얼른 말에서 내려 상대 기사에게 걸어가 예를 취했다.

"모스 왕국의 수도기사단 단장 앰볼리입니다. 본인의 눈이 정확하다면, 그대는 위대하신 가이안 황제 직속의 고스트 기사단의 일원인 듯합니다만."

고스트 기사단의 이름이 나오자 다른 사람들은 자신도 모르게 입을 벌렸다.

제국 최후의 무력이라는 저 고스트 기사가 자신들의 눈앞에 서 있었다. 정말일까? 그들은 앰볼리 백작의 말에도 확신할 수가 없는지 숨을 죽이고 상대의 대답을 기다렸다.

그러자 기사는 앰볼리 백작을 내려다보며 대답했다.

"그렇다."

"역시!"

사방에서 들려오는 나직한 탄성 소리들, 앰볼리 백작은 그 소리들을 무시한 채 다시 물었다.

"어째서 황제의 기사가 모스에 오셨는지 모르겠군요."

"황제의 명이다. 저자들은 나의 동료이니 공격할 수 없다."

"저들은 골든 데빌의 동료입니다!"

앰볼리 백작은 화가 나서 외쳤다. 그의 격렬한 반응에도 고스트 기사는 전혀 흔들리는 기색없이 냉정하고 침착하게 말했다.

"그대는 나에게 검을 겨누는가? 황제의 문양을 입고 있는 나를 적대시하는가?"

"크윽!"

앰볼리 백작은 더 이상 말을 할 수 없었다. 상대가 황제를 등에 업고 있는 이상 어떤 무리한 말이라도 거역할 수가 없는 것이다.

하지만 이대로 골든 데빌의 동료들을 놓칠 수는 없었다. 지난 세월 동안 골든 데빌로 인해 그들이 받은 피해는 너무나도 컸다.

최고의 귀족까지도 암살당한 상황이니만큼 저들을 그냥 놔준다면 왕의 분노는 자신이 감당할 수 없을 정도가 될 것이다.

그렇다고 해서 고스트 기사단의 일원에게 검을 들이댈 수는 없다. 그럴 경우 제국에 대한 반역으로 취급되어 모스 왕국 자체가 멸망할 수도 있다. 완벽한 진퇴양난이다.

'으으으, 제국! 네놈들이 설마?'

앰볼리 백작은 문득 무서운 생각이 들었다. 혹시 골든 데빌 자체가 제국에서 나온 것이 아닐까? 그렇다면 그 이유는?

항거할 수 없는 권력에 대한 불만과 의혹이 그의 머릿속을 가득 메웠다. 그순간 뒤쪽에 있던 라크가 걸어나오면서 앰볼리 백작에게 말했다.

"오해가 있었던 것 같습니다."

"뭐라고?"

"그리고 음모도 조금 섞여 있는 것 같군요. 카슈 경의 말에 의하면, 병사들 사이에 암살자들이 끼어 있답니다."

"그럴 리가?"

앰볼리 백작은 믿을 수 없다는 눈을 했다. 자신의 병사들 중에 암살자가 섞여 있다니? 있을 수 없는 일이다.

하지만 라크는 차분한 눈으로 앰볼리 백작을 바라보았다. 당신은 이미 알고 있지 않느냐는 눈빛이었다.

"으음, 그리고 보니……."

라크의 눈빛은 상대를 냉정하게 만드는 듯했다. 앰볼리 백작의 머릿속에는 불현듯 카슈 일행이 항복했을 때의 광경이 다시 떠올랐다. 지금 생각하니 확실히 이상했다. 라크는 그것 보라는 듯 미소를 지었다.

"아시겠습니까? 우리는 결코 앰볼리 백작 각하의 기사단보다 약하지 않습니다."

"그건 그렇소. 그렇다면 그대는 고스트 기사단의 일원이오?"

"아닙니다. 하지만 오해가 있으니 일단 조용히 대화를 하는 것이 어떻겠습니까? 제국의 기사 분도 그걸 원할 것입니다."

"크흠, 그렇게 합시다."

결국 앰볼리 백작은 라크의 말에 동의할 수밖에 없었다. 지금 그의 마음속은 라크의 말처럼 이 일이 오해에서 벌어진 것이었기를 바라고 있었다. 그래야만 제국과 척을 지지 않을 수 있기 때문이다.

"그럼, 이쪽으로 오시오. 고스트 기사께도 동행을 부탁드립니다."

앰볼리 백작이 가리킨 곳은 성문의 병사장이 머무는 곳이었다. 근처에 은밀하게 대화를 할 만한 마땅한 곳이 없었기에 아쉬운 대로 그곳에서 사정을 듣기로 했다.

고스트 기사는 무겁게 고개를 끄덕이고는 걸음을 옮겼다. 전신 갑옷을 입은 기사답게 중량감이 넘치는 걸음걸이였다. 라크를 비롯한 사람들 모두가 그곳으로 들어갔다.

그러는 동안에도 제임스는 몇 번이나 주변을 돌아보며 밀리아를 찾았다. 하지만 밀리아의 모습은 어디에도 보이지 않았다.

"어디 간 거지, 이 아가씨는? 무사히 빠져나간 건가?"

제임스는 정말 그녀가 걱정되는 듯했다. 그 모습에 라크는 미소를 지으며 고스트 기사를 향해 의미심장한 표정을 지었다. 고스트 기사는 슬쩍 고개를 돌려 라크의 시선을 외면했다.

사실 라크는 안개 속에서도 사물을 뚜렷이 볼 수 있었다. 마법사들의 현혹 마법 같은 것은 그에게 전혀 영향을 미치지 못하기 때문이다.

'정말 대단하군. 그런 가냘픈 아가씨가 이렇게 무식한 체격의 기사 모습으로 보이다니.'

안개 속에서 라크가 본 것은 정말 놀라웠다. 밀리아가 귀걸이를 만지는가 싶었는데, 그녀의 주변에 강력한 마력의 역장이 형성되며 안개를 밀어냈다. 그러더니 순식간에 거대한 기사의 모습이 된 것이다. 강력한 아티팩트의 힘이 틀림없다.

라크는 그것을 못 본 척하기로 했다. 상대가 안개 속에서 변화한 것을 보면 비밀로 하기를 원하는 것 같았다. 어쨌든 간에 모스 왕국의 기사와 대화를 할 수는 있게 되었으니까.

그 뒤로는 일이 쉽게 풀려 나갔다. 앰볼리 백작은 카슈와 시르카의 신분을 듣고 경악했다. 그도 소문으로 용병왕이 비밀리에 무슨 일을 하러 떠났다는 것은 들었다. 그런데 목적지가 모스 왕국이었다니?

"그러니까, 우리 모스 왕국의 마법사가 현자의 돌을 만드는 데 성공했다는 말씀이십니까?"

"그렇습니다. 정말로 모스 왕국이야말로 연금술사들의 성지라고 할 만합니다."

"오오, 그런 일이!"

"하지만 몇몇 사람들의 욕심 때문에 그것이 십여 년간 숨겨져 왔던 것입니다. 이것은 제국과 현자의 탑의 규정에 정면으로 위배되는 행위입니다. 그리고 그걸 조사하는 모든 사람을 암살해 왔습니다."

"그런!"

앰볼리 백작은 라크의 조리있는 말에 점점 빠져들어 갔다. 이야기를 들으면 들을수록 등에서 식은땀이 흐를 정도로 긴장이 되었다.

증거는 충분하고, 증인도 있다. 용병왕과 현자의 탑의 고위 마법사를 공격하다니? 위쪽에서 정보를 제한한 것이 틀림없다.

"모스의 왕께서는 이 일에 대해 어떻게 생각하실 것 같습니까?"

라크는 말을 마치며 마지막으로 앰볼리 백작에게 물었다. 그의 말에 앰볼리 백작은 정색을 하고 대답했다.

"폐하께서는 절대로 이 일에 대해 모르고 계시오. 이제 본인이 왕궁으로 가 모든 사실을 증언하면 틀림없이 현명한 결단을 내려주실 것이오."

　그의 말은 다른 사람들에게 믿어달라고 호소하듯 힘차게
방 안을 울렸다.

Chapter 2

얼음의 성

다각다각.

길을 따라 말은 마차를 끌고 걸었다. 라크는 마부석에 앉아 고삐를 쥔 채 하늘을 감상하고 있었다. 목숨을 건 며칠간의 모험 끝에 결국 모스 왕국의 골든 데빌은 처치되었다. 적어도 보통 사람들은 그렇게 믿을 것이다.

모스의 왕은 자초지종을 듣고 고민 끝에 명을 내렸다. 골든 데빌은 네리아가 아닌 네리아가 최후로 죽인 두 명의 상인으로 발표되었다. 뒤집어씌운 셈이다.

그렇게 해야만 공작을 비롯한 다른 귀족들이 제국의 법령을 거역했다는 사실을 은폐할 수 있었다.

고스트 기사는 그것을 황제의 이름으로 허락했다. 황제의 문양을 망토 안에 감추고 있는 그녀에게는 그럴 자격이 있었다.

그리고 네리아는 마법사 길드의 새로운 길드장이 되었다. 그녀의 아버지가 골든 데빌로부터 목숨을 걸고 현자의 돌을 지킨 공을 이어받은 것이다.

물론 네리아는 아직 마법적인 면에서 취약하다. 그렇기 때문에 고위 마법사인 시르카가 그녀의 대모로서 남았다. 그리고 도둑 길드는 파라나가 임시 길드장을, 후견인으로는 카슈가 맡았다.

결국 라크는 혼자가 된 셈이다. 어쩐 일인지 시르카는 네리아의 팔을 보고는 라크의 곁을 떠나 모스의 수도에 남기를 승낙했다.

"현자의 돌은 무에서 유를 만드는 힘이에요. 마법, 그 자체와도 같아요. 이곳에서 당분간 이걸 연구해야겠어요."

시르카는 그렇게 말하며 웃었다. 라크는 그러라고 한 뒤 혼자 그곳을 떠나왔다.

'확실히 그녀는 마법사야. 현자의 돌을 보고는 그냥 떠날 수는 없겠지.'

"하하하하하하하하!"

라크는 하늘에 떠 있는 구름을 보며 웃었다. 왠지 모르게 웃지 않으면 참을 수 없을 것 같았다.

어쨌든 간에 라크가 원했던 대로 모스 왕국의 마법사 길드는 마그나타와 대적하는 세력 중 하나가 되었다. 생각지도 못하게 마그나타가 현자의 돌을 얻는 것까지 막았으니 그야말로 대성공이라고 할 만했다.

하지만 그곳에서 얻은 정보는 여전히 라크의 마음을 무겁게 했다. 마법사 길드에는 최신 정보가 모여 있었는데, 그중 가장 놀라운 것은 바로 남과 북의 두 왕국인 던호른과 듀라스 간의 전쟁에 대한 것이었다.

수백 년간 앙숙이었던 두 왕국의 갈등이 극에 달해 이미 전쟁이 벌어지는 것은 시간문제라고 한다.

그러나 중요한 것은 그게 아니다. 마법사들 간에 흐르는 소문에 의하면, 북부의 고위 마법사인 냉기의 지라트가 비밀리에 던호른의 편에 섰다고 한다.

'마그나타의 수하인 지라트가 전쟁을? 무슨 이유지?'

라크는 그 정보를 듣고는 곰곰이 생각했다. 하지만 알 수가 없었다. 적어도 전쟁에 고위 마법사가 직접 관여하는 것은 좋지 못하다. 시르카도 심각한 표정으로 그 일에 대해 걱정했다.

"마법사는 전쟁의 도구가 아니에요. 하지만 일단 고위 마법사가 전쟁에 끼어들면 사람들은 알게 될 거예요. 마법사 한 명이 왕국의 운명을 좌우할 정도의 힘을 가질 수도 있다는 것을."

가장 두려운 일이다. 인간은 자신보다 월등히 뛰어난 힘을 가진 존재를 별로 좋아하지 않는다.

현자의 탑이 재건된 이후, 마법사들이 진정한 힘을 세상에 가능한 한 드러내지 않도록 하는 불문율이 생긴 것은 다 그런 이유 때문이다.

마법사는 신기한, 그리고 약간은 편리한 이웃이 되어야 한다고 현자의 탑의 재건자인 유스는 말했다.

어쨌든 간에 전쟁은 일어날 것이다. 그리고 지라트는 그 안에서 무서운 힘을 발휘하여 던호른을 승리로 이끌어낼 것이다.

라크는 그것을 막으러 가는 중이었다. 정확하게 말하면, 지라트를 제거하러 가는 것이다.

언제까지 쫓겨 다닐 수만은 없다. 이제는 적극적으로 마그나타가 힘을 기르는 것을 막기로 결심했다. 마그나타에게 영혼을 오염당한 것이 틀림없는 지라트를 처리하지 않으면 두고두고 고생할 것이 틀림없다.

탑에서 나와 전장에 몸을 담은 지라트는 라크가 노리기에 좋은 대상이었다.

뉴우우.

"앗, 뉴, 깨어났니?"

라크는 고개를 돌려 자신의 어깨 위에서 꿈틀대고 있는 뉴를 보았다. 과연 뉴는 살짝 눈을 뜨고 라크를 보며 발가락을 꼼지락거리고 있었다. 생각에 잠겨 있다 보니 어느새 해가 지고 있었다.

뉴는 해가 질 무렵과 해가 뜰 무렵 이외에는 거의 잠에서 깨어나지 않는다.

이제 라크의 어깨 위는 완전히 뉴의 침대화가 되어버렸다. 뉴의 식사 시간이다. 하지만 아직 라크는 그것을 몰랐다.

뉴, 뉴, 뉴.

뉴는 마치 먹이를 주는 엄마에게 응석을 부리듯 짧은 코울음 소리를 내었다. 그리고는 라크의 몸에서 흘러나오는 마나를 흡입했다.

라크는 손을 들어 뉴의 등을 쓰다듬으며 말했다.

"그래, 어떻게 사는 건지는 몰라도 지금까지 먹이도 먹지 않고 멀쩡한 것을 보니 다행이다. 가능한 한 빨리 그 잠만 자는 상태에서 벗어났으면 좋겠지만 말이야. 하하하."

걱정이 되었다. 어떤 식으로 길러야 하는지 전혀 알 수가 없기 때문에 지금 뉴가 제대로 자라고 있는지조차 알 수 없었다.

뉴가 어깨 위에 있는 것은 이미 익숙해져서 아무렇지도 않았고, 잠을 잘 때 가끔씩 배 위로 올라오는 것도 상관없었다. 하지만 뉴가 어떤 동물인지, 그리고 어떻게 길러야 하는지를 알아내서 제대로 자라게 해야겠다고 라크는 생각했다.

하지만 어디서 알아내지? 숲의 고위 마법사인 시르카조차 모르는 생물이다. 라크는 한숨을 내쉬며 걱정스러운 눈으로 뉴를 보았다.

뉴뉴뉴.

뉴는 그런 라크의 기분을 달래듯 머리를 살짝 들어 라크의 목에 비볐다.

*　　　*　　　*

대륙의 동쪽 하이얀 산맥을 사이에 끼고 남과 북에 위치한 두 왕국은 그야말로 오랜 원한 관계에 쌓여 있었다. 그리고 그 원한의 분출이 지금 시작되고 있었다.

북의 던호른 왕국에서는 제국으로 이 전쟁이 정당한 것임을 알리는 사자를 보냈다. 그리고 동시에 남쪽으로 1만에 달하는 정예군을 이동시켰다.

이것은 상당히 악랄한 전법으로써 사실상 기습이나 다름없었다. 선전포고 따위는 하지도 않은 것이다.

제국으로부터 듀라스로 전쟁선포 사실이 전해질 무렵에는 이들 선봉대는 듀라스의 중요 거점을 장악하고도 남을 터였다.

지라트는 그 정예군과 함께 하이얀 산맥을 넘었다. 신분을 감추고 일반 종군 마법사의 복장을 한 채였다.

도울 바에야 확실하게 돕는다! 그것이 지라트의 생각이었다. 모든 일이 그렇듯 처음이 중요하다.

불의 마법사인 블래사가 눈치를 채기 전에 확실하게 던호른의 우세로 만들어놓으면, 블래사가 끼어들어도 밀리지만 않으면 자연스럽게 전쟁은 던호른의 승리로 굳어질 것이다.

어중간하게 부하 몇 명 보내서 시간 낭비를 하는 건 바보짓이라고 생각했다.

"관문입니다!"

전령이 와서 지휘관에게 보고했다. 지라트는 그 뒤에 서서 묵묵히 전령의 말을 들었다.

"적의 수는?"

"약 5천 정도입니다."

"그렇다면 이미 우리가 오는 것을 알고 있었단 뜻이군?"

평소라면 백여 명 정도가 주둔하는 관문에 5천의 군세가 있다. 지휘관의 안색이 변했다. 그러나 옆에 있던 참모가 고개를 저으며 말했다.

"그건 아닌 것 같습니다. 정보가 완전히 새어 나갔다면 조금 더 많은 수의 병력이 있어야 합니다. 소관의 생각에는 듀라스 왕국에서도 비슷한 생각을 하고 비밀리에 병력을 이동시킨 것 같습니다."

"하하하, 그런 것인가? 그렇다면 저놈들도 놀라고 있겠군?"

지휘관의 얼굴이 활짝 펴졌다. 참모의 말이 그럴듯했기 때문이다.

"그렇다면 승리는 우리의 것이다! 즉시 적을 섬멸하고 뒤쪽에 있을 것이 틀림없는 군수품을 확보한다."

진군을 하는 군의 뒤에는 보급품이 있다. 5천이 이동을 했다면 그에 따른 보급품이 있을 것이기에 참모들은 크게 기쁜 표정을 지으며 즉시 움직이기 시작했다.

그 후 지휘관은 슬쩍 몸을 돌려 뒤에 있는 지라트에게 물었다. 선봉대 중에 지라트의 정체를 알고 있는 유일한 사람이 바로 그였다.

"어떻게 생각하십니까?"

지라트는 나직한 목소리로 대답했다.

"저녁이 되면 산바람이 차가울 것이오. 눈이 올지도 모르겠군."

"그렇습니까? 그렇다면 낮 동안에 밀어붙여 가능한 한 유리한 위치를 확보해야겠군요."

지휘관은 눈을 빛내며 다시 전령을 보내 참모들에게 명령을 내리기 시작했다. 추위에 대한 방비와 눈바람이 불 때의 전투 준비를 하는 것이다.

아직 가을인데 밤에 눈이 온다는 것은 상식적으로 말이 되지 않는다. 하지만 지라트가 그렇다면 틀림없이 눈이 올 것이라는 것을 지휘관은 믿었다. 왜냐하면 상대가 바로 냉기의 마법사이기 때문이다.

*   *   *

"관문의 병력이 괴멸되었다고 합니다."

"과연, 예상대로 지라트가 적의 선봉에 끼어 있나 보군."

수하 마법사의 보고에 블래사는 납득했다는 듯이 고개를 끄덕였다. 냉기를 다루는 마법사의 인상은 냉혹과 침착이다. 하지만 사실 지라트의 성격은 정반대이다. 광전사처럼 급하고 참을성이 없다.

'어떻게 그런 놈이 마법사가 되었는지 모르겠군. 후후후.'

블래사는 그렇게 생각하며 음흉한 미소를 지었다. 마법사는 어디까지나 냉정해야 하는 존재가 아닌가?

"듀라스에서 도움을 요청하는 사자가 와 있습니다. 어떻게 할까요?"

"적당히 설득해서 보내라. 아니, 이렇게 말하는 것이 좋겠군. 적은 승리의 기쁨에 환호성을 지르다가 멸망할 것이다."

"그렇게 전하겠습니다."

수하 마법사는 정중하게 인사를 하고는 방을 나섰다.

그 후에도 블래사는 조용히 자신이 한 말을 음미했다. 뒤로 안배해 두었다는 암시를 주는 말이다. 하지만 실제로 무엇을 어떻게 돕겠다는 것인지는 말하지 않았다.

그것으로 충분하다. 마법사란 원래 약간씩 신비로운 말을 해야 대접받을 수 있는 것이다.

"그리고 가장 중요한 것은, 실제로 지라트는 끝장이 날 거라는 말이지."

블래사는 그렇게 중얼거리며 옆쪽을 보았다. 문이 열리며 다른 수하 마법사가 들어오고 있었다. 그야말로 블래사가 가장 믿는 심복 중 한 명이었다.

"빛의 마법사가 모스에서 나와 이곳을 향해 오고 있다고 합니다."

"과연, 젊은 사람은 부지런하군."

"그 라크라는 자가 지라트를 막을 수 있을까요?"

"모르지. 아무래도 나이 차이가 있으니까. 하지만 충분히 싸워볼 만할 거야. 마그나타님도 그의 마력에 감탄을 했을 정도니까 말이야."

"확실히 빛의 마법은 강력하다고 합니다. 무엇보다 아직 그 실체가 전혀 밝혀지지 않아 대비하기가 힘들다는 평입니다."

"그렇다. 다른 고위 마법의 경우 비전 마법 몇 개 이외에는 모두 공개된 상태, 하지만 빛의 마법은 아직 모든 것이 베일에 가려져 있지. 지라트가 무사히 버티는 것은 쉽지 않을걸? 그리고 말이야."

블래사는 웃었다.

"누가 이기든 그 뒤에는 내가 있으니까. 말하자면 고위 마법사 둘하고 연속으로 싸우는 셈이 되는 거지. 지라트든 라크든 그게 가능할 리가 없잖아? 오직 마그나타님만이 그런 마력을 지니고 있다고! 끝이 없는 마력을 말이야."

"확실히 그렇습니다. 이로써 블래사님은 마그나타님의 요청도 이루고, 숙원인 지라트의 제거도 하는 셈이군요."

"바로 그거야! 역시 마법사는 침착하게 모든 일을 꾸며야 하는 거지."

지라트는 아직 라크의 움직임을 모른다. 라크는 자신의 생각을 모른다. 그것으로 모든 것이 결정 나는 것이다. 스스로의 계략으로 두 명의 고위 마법사를 제거할 수 있게 되었다고 생각하니 흥분이 전신에 퍼졌다.

"크하하하하하!"

블래사는 더욱 크게 웃었다.

*   *   *

몇 개의 도시를 지나면서 두 왕국의 전쟁이 이미 발발했음을 들었다. 라크는 서둘러 마차를 몰았다. 시간은 라크의 편이 아니었기에 잠시도 지체할 수 없었다.

다행히 마차를 타고 이동했기 때문에 도시마다 말을 바꿔가며 밤낮으로 움직일 수 있었다. 그 덕분에 라크는 너무 늦지 않게 듀라스 왕국의 내부로 들어설 수 있었다.

주변에 보이는 사람들 대부분은 난민이었다. 도시에 이 정도의 난민이 있다는 것은 전쟁에서 밀리고 있다는 뜻이다. 소문에 의하면, 지라트 군의 선봉 1만은 기적적인 승리를 거듭하며 벌써 수도 위쪽에 있는 도라 평원까지 진군했다고 한다.

그리고 놀랍게도 그들은 그곳에 거대한 얼음의 성벽을 쌓아 듀라스의 주력병 5만을 맞아 싸우고 있다는 것이다.

이것은 모두의 예상을 완벽하게 벗어난 것으로, 원래 듀라스 군은 평원 지역까지 적을 끌어들여 단숨에 대군으로 상대를 괴멸시킬 계획이었다.

하지만 난데없이 평원 한가운데에 성이 생기는 바람에 던호른의 선봉군을 섬멸하지 못하고 며칠 동안이나 공성전을 펴고 있다.

그 때문에 북쪽의 영토 대부분이 던호른의 손에 넘어간 채로 있게 된 셈이다.

"얼음으로 성을 쌓다니? 그게 가능한가?"

"지라트라는 마법사가 푸마라 호수의 물로 단 하루 만에 만들었다는데?"

"지라트? 그 냉기의 마법사?"

"그래, 고위 마법사가 전쟁에 개입한 거야."

"그럼 블래사는? 우리 쪽에는 블래사가 있잖아?"

"몰라, 블래사는 전쟁에 참가하지 않으려는 것 같아. 고위 마법사는 원래 전쟁에 참가하면 안 된대."

"아니! 아무리 그래도 지금 이 상황에서 모른 척할 수 있나? 잘못하면 우리 왕국은 망하는 거잖아!"

"그래서 왕국에서도 매일같이 사자를 보낸다고 하는데, 아직까지 설득을 못하고 있대."

라크는 술집에서 맥주를 마시며 주변의 사람들이 하는 얘기에 귀를 기울였다. 과연 남쪽의 고위 마법사인 블래사는 규율을 엄격하게 지키는 자인 듯했다.

'다행히도 블래사는 아직 마그나타와 접촉을 하지 않은 것

같군.'

라크는 그렇게 생각하고는 안도의 한숨을 쉬었다. 하기야 남부의 마법사가 북부의 마법사인 마그나타와 만날 이유가 없다. 그들은 서로 앙숙이니까.

'그렇다면 지라트를 상대하면 되겠군. 그가 얼음의 성을 만들었다고?'

기회다! 라크는 그렇게 생각했다. 멀쩡한 평야에 대군이 들어갈 성을 만드는 것은 정말 어려운 일이다. 아무리 고위 마법사라고 해도 쉽게 할 수는 없다.

그리고 그것을 유지하는 것에도 상당한 마력이 소모될 것이다. 지라트는 지금 블래사가 탑에서 나오지 않는다는 정보를 믿고 방심하고 있는 것이다!

'바로 떠나야겠군.'

라크는 손에 든 맥주를 마시며 결심했다. 얼음의 성, 그것은 마력으로 이루어져 웬만한 방어 성채보다 훨씬 견고하다. 마력에 대한 저항력도 뛰어나겠지.

하지만 라크는 다르다. 밤이 되면 얼음의 성벽을 그냥 통과해 안으로 들어갈 수 있다.

지금까지의 경험에 의해 라크는 자신이 그럴 마음만 먹으면 가장 무서운 암살자가 될 수 있다는 것을 알았다. 그것도 대마법사 전용의 암살자!

턱.

맥주잔을 내려놓은 라크는 조용히 술집을 나섰다.

사람들의 눈을 피해 도시를 벗어나 계속해서 북쪽으로 향하니 과연 평원 저쪽에 은빛으로 빛나는 하나의 성채가 보였다.

태양 빛을 받아 화려하게 빛나는 그것은 얼음으로 만든 성벽이었다. 그 주변을 수많은 병사들이 둘러싸고 있었다. 듀라스의 주력군인 것 같았다.

"음?"

일단 숨어서 주변을 살피던 라크는 새로운 점을 발견했다. 양군의 싸움 양상이 생각했던 것과는 전혀 달랐다. 아무리 성에서 방어를 한다 해도 던호른 군은 1만이 안 되는 수이고, 듀라스는 5만이나 된다. 그런데 지금 눈으로 보니 농성군 쪽이 더욱 여유가 있었다.

"하하하하! 이놈들, 올라와 봐라!"

"춥냐? 이상한데? 난 안 춥거든."

성벽 위의 병사들이 지르는 소리가 들려왔다. 그들은 얼음 덩어리 위에 서 있으면서도 전혀 추위를 느끼지 못하는 듯했다.

반면에 공격을 하는 듀라스 병사들은 얼음 성벽에 손발이

닿기만 해도 얼어붙어 버렸다. 동상은 물론이고, 성벽에 붙은 손발을 떼어내면 살점이 뚝뚝 떨어져 나갔다.

"지라트, 냉기를 완전히 제어하고 있는 건가?"

라크는 일이 쉽지 않음을 느꼈다.

말하자면, 파이어 볼이 터졌을 때 마법사가 원하는 자만 그 피해를 입고 아군은 전혀 상관이 없는 것과 같다. 그 정도로 마나를 완벽하게 제어하는 것이 가능하다고는 아직 생각해 보지 못했다.

과연 고위 마법사인가? 라크는 순수하게 지라트의 능력에 감탄했다. 그리고는 조용히 전장의 한가운데로 나아갔다.

어두운 밤이 아니라 대낮이었기 때문에 사람들의 눈을 피할 수는 없다. 하지만 특유의 몸놀림으로 기척을 감추니 한참 전투에 몰두하고 있는 듀라스 군은 라크의 존재를 전혀 의식할 수 없었다. 마치 배경 화면과도 같이 신경도 쓰지 않았다.

그렇게 접전 지역까지 다가간 라크는 땅에 떨어진 방패와 창을 집어 들고 앞으로 달려나갔다.

"으아아아아아!"

악에 받쳐 돌격하는 병사처럼 기합 소리를 지르며 성을 향해 뛰어간 라크는 곧 듀라스의 병사들과 섞였다.

"기어올라 가! 위로 올라가기만 하면 저놈들을 모두 죽일 수 있다!"

"아악, 또 손이 붙었어!"

주변에서 들려오는 비명 소리와 함성 소리는 사람의 이성을 잃게 하기에 충분한 것이다. 이미 수많은 병사들이 죽어 얼음성의 아래쪽은 병사들의 시체로 가득했다.

라크는 그들을 밟고 올라가 성벽 바로 아래쪽까지 접근했다. 하지만 기어오를 수 있는 갈고리 밧줄이 없었다.

슈슈슈숙―

위쪽으로는 화살이 날아 지나갔다. 그래도 성벽의 바로 아래쪽까지 오니 더 이상 화살의 표적은 되지 않아서 좋았다.

"뭐 하나! 어서 올라가라!"

바로 뒤쪽에서 누군가가 외쳤다. 고개를 돌려 보니 투구에 부대장의 인장이 박힌 남자가 라크를 보며 외치고 있었다.

라크는 어쩔 수 없이 대충 주변에 걸쳐진 밧줄 하나를 타고 성벽을 오르기 시작했다. 처음 밧줄을 건 병사는 이미 죽어버린 듯했다.

그런데 막상 성벽을 기어오르려 하니 라크는 왜 이 성이 무서운지를 알게 되었다.

미끄러웠다.

"어떻게 기어오르라는 거지?"

발이 미끄러져 버리니 아무런 지지대가 없는 셈이다. 그는 어쩔 수 없이 두 손의 힘만으로 밧줄을 잡고 위로 올라갔다.

"와아아아!"

성의 절반쯤 올랐을 때, 갑자기 뒤쪽에서 함성이 들려왔다. 기분이 이상해서 주변을 돌아보니 밧줄을 타고 이 정도까지 오른 사람은 라크 자신 이외에는 없었다. 사람들은 라크의 영웅적인 행동에 함성을 지르고 있었던 것이다.

"내가 뭐 하고 있는 거지?"

라크는 순간적으로 멍해졌다. 전장의 광기에 휩싸여 자신도 모르게 흥분한 모양이었다. 지금 성벽을 넘을 생각은 없다. 그리고 이런 식으로 만인의 주목을 받고 싶지도 않았다.

어떻게 할까 고민했지만 일단은 계속 올라갔다. 그런 듀라스 군의 함성에 던호른 군이 자극을 받았는지 몇몇 병사들이 성 밖으로 몸을 내밀고 라크를 향해 화살을 날리기 시작했다.

슈슈슉, 픽!

그중 한 발이 라크의 팔에 꽂혔다. 동시에 몸을 내민 병사들 대부분이 듀라스 군의 화살에 맞아 성 아래로 떨어졌다.

라크는 잘됐다는 심정으로 밧줄을 놓았다. 화살을 맞았으니 그대로 떨어져도 전혀 이상하지 않다.

털썩.

수십 구의 시체가 쌓여 있는 곳에 라크의 몸이 떨어졌다. 라크는 몇 번 몸을 꿈틀하고는 움직이지 않았다.

"아앗!"

안타까움의 함성이 들려왔다. 하지만 곧 병사들은 라크의 존재를 잊은 채 다시 전투에 몰두했다.

쓰러진 라크는 가끔씩 병사들이 자신의 몸을 밟고 가는 것을 참고 견디며 조용히 밤이 되기를 기다렸다.

시간이 흘러 밤이 되자 드디어 전투가 멈췄다. 원래 공성전은 밤낮을 가리지 않고 벌어지는 경우가 많지만, 이번에는 듀라스 군에서 전의를 잃은 것 같았다.

성벽을 기어오르기도 힘들고, 겨우 위에까지 올라가도 추위와 얼음의 미끄럼 때문에 잘 싸우지 못하는 듯했다.

또한 공성병기로 얼음을 부숴도 어느새 얼음의 벽은 새것처럼 보수가 된다. 오히려 던호른 군은 가끔씩 성벽을 무너뜨려서 공격하는 적들을 깔아뭉개기도 했다.

그뿐만이 아니라 적들은 투석기로 얼음 덩어리를 날렸다. 돌을 날렸다면 이미 바위가 떨어져 투석기는 무용지물이 되었을 것이다. 하지만 얼음은 그야말로 무한정이라고 할 만큼 끊이지 않고 나타났다.

난공불락이란 바로 이런 것을 두고 하는 말이 아닐까? 라크는 그렇게 생각하며 슬며시 몸을 일으켰다. 이미 그의 몸은 허상으로 변해 있었고, 주변은 성벽의 그늘에 가려 거의 완벽한 어둠으로 덮여 있었다.

라크는 크게 심호흡을 한 번 하고는 얼음의 성벽을 향해 걸어갔다.

스으윽—

과연 그의 몸은 성벽을 자연스럽게 통과해 성안으로 들어갔다. 한편 라크의 어깨에서 잠을 자던 뉴는 성벽에 머리를 콩, 하고 부딪치더니 바로 몸을 라크와 같은 상태로 변화시켰다. 잠도 깨지 않고 거의 본능적으로 하는 것 같았다.

성의 안쪽은 분주했다. 병사들 대부분은 아직 잠을 자지 않고 열심히 저마다 맡은 일을 하고 있었다. 그중에서 가장 많은 사람들이 모여 있는 곳은 성의 정중앙이었는데, 그곳에는 커다란 구멍이 파여 있었다.

"어서 끌어올려라!"

"꾀부리지 말고 계속 퍼 올려!"

"물이 모자라면 끝장이란 걸 모르나? 목표량을 채우지 못하면 잠잘 생각을 말아라."

지휘관들이 신경질적으로 외치는 소리가 들려왔다.

조심스럽게 그쪽으로 다가가 보니 병사들은 땅에 파여진 구멍들 속에서 물을 퍼내고 있었다. 그리고 그 물들을 거대한 통에 담아 성벽 아래쪽으로 옮겼다.

'지하수로군.'

라크는 그때서야 성벽의 얼음덩어리가 끊임없이 복구되는

이유를 알 수 있었다.

던호른의 군대는 평야 한가운데에 있는 수맥 위에 자리를 잡고 성을 쌓은 것이다. 그리고 매일 이렇게 물을 퍼내어 다음날의 전투에서 사용한다.

이 경우 지라트만 있으면 돌로 된 성보다 훨씬 보수하기가 쉽다. 냉기를 이용해 형태가 없는 물을 형태가 있는 얼음으로 만드는 것이 전투에서 이런 식으로 이용되리라고는 이전에는 전혀 생각지 못했다.

라크는 잠시 그들이 작업하는 것을 관찰하다가 다시 시선을 돌려 지라트를 찾기 시작했다. 어쨌든 간에 지라트만 처치하면 그의 일은 끝나는 셈이다.

하지만 지라트의 모습은 어디에도 없었다. 아마 밤이 되어 자신의 숙소로 쉬러 간 모양이다. 문제는 그곳이 어딘지를 알 수 없다는 것이다.

아무런 마력도 느껴지지 않았다. 정확하게 말하면, 성안 전체에서 강렬한 마력이 느껴져 정확하게 지라트의 기척을 잡아낼 수 없었다.

라크는 잠시 고민을 하다가 성안에 있는 건물 중 가장 크고 화려해 보이는 곳으로 갔다. 그래 봐야 나무로 만든 임시 건물이지만 외벽이 얼음으로 보강되어 있어 건물 자체가 상당히 견고해 보였다.

라크는 건물의 뒤로 돌아 가장 안쪽의 벽을 통해 안으로 들어갔다.

'이거야 원, 내가 정말로 악령이라도 된 기분이군.'

그는 쓸쓸하게 웃었다. 그림자이니만큼 악령이나 다름이 없기는 하다. 하지만 그래도 인간과 어울려 사는 것이 좋았기에 이런 생각이 들 때면 기분이 좋지 않았다.

그래도 할 때는 해야 한다. 안을 둘러보니 몇 명의 병사들이 술을 마시고 있었다. 그들은 라크의 존재를 전혀 눈치 채지 못했다.

스윽.

손에 든 드림 블레이드로 가볍게 한 번씩 베어주니 그들은 모두 잠들어 버렸다. 공격을 당했다는 것조차 인식하지 못한 듯했다.

'어디지?'

라크는 복도로 고개만을 내밀고 사방을 둘러보았다. 병사들의 기색으로 보아 그들이 주로 어디를 집중적으로 지키려 하는지를 알아야 했다. 사람들의 눈치를 보는 훈련은 질리도록 했기에 별로 어려운 일이 아니었다.

라크는 곧 그들이 지하로 들어가는 입구 쪽을 가장 엄밀하게 지키고 있다는 것을 알아냈다.

'신기하군. 중요한 것이라도 지키는 것일까? 보통은 총지휘관의 거처 쪽을 가장 중요시할 텐데?

라크는 고개를 갸웃했다. 하지만 일단 그의 감각이 가리키는 곳은 지하실이었다. 어쩌면 정말로 중요한 보물이라도 있을지 모른다. 라크는 그렇게 긍정적인 생각을 하면서 은밀하게 지하실로 향했다. 복도를 따라 걸을 필요도 없이 방과 방을 통해서 움직이면 되기 때문에 들킬 염려는 없었다.

스윽, 슥.

바닥에는 작은 콩알 같은 것이 뿌려져 있었다. 보통 사람이 그것을 밟으면 소리가 났으리라. 하지만 라크는 태연하게 그 위를 걸었다. 먼지투성이인 바닥을 걸어도 발자국 하나 남지 않는 그였기에 이런 식의 함정은 신경도 쓰지 않았다.

가끔씩 쳐져 있는 마법의 함정도 라크는 몸으로 느낄 수 있었다. 그렇게 그는 유령처럼 지하의 방과 방들을 조사했다. 그렇게 몇몇 방을 뒤지자 복도 양쪽으로 두 명의 병사가 서 있는 방이 나왔다. 그 복도 끝으로 다시 두 명의 병사가 서 있는 것으로 보아 그 방이 가장 중요한 곳인 듯했다.

'좋았어!'

라크는 속으로 중얼거리며 방의 뒤쪽으로 돌아갔다. 그리고 슬며시 고개를 내밀어 안쪽을 들여다보았다.

제법 넓은 방 안에는 한 남자가 탁자에 앉아 술을 마시고 있었다. 문 양쪽으로는 커다란 깃발이 장식되어 있었는데, 가만 보니 던호른의 왕국기였다.

'응? 이건!'

지휘관실이다. 병사들이 지키고 있는 방은 바로 지휘관실이었던 것이다.

'성격이 이상한 지휘관이군. 지하실에 자신의 방을 두다니?'

건물의 가장 위층에 높은 사람의 방이 있는 것은 상식이다. 그런데 여기, 상식을 파괴하는 사람이 있었다. 라크는 왠지 모르게 속았다는 느낌까지 들었다. 하지만 일단 원래의 목적이 지휘관을 찾아내는 것이었으니 이걸로 됐다고 스스로를 위로했다.

마음을 안정시킨 라크는 조용히 방 안으로 들어갔다. 그리고 지휘관의 등 뒤로 갔다.

손에 든 검으로 지휘관을 살짝 긋기만 하면 아침까지 그는 잠들어 버릴 것이다. 술을 먹고 있으니 그대로 잠들었다고 생각하겠지. 그사이 방을 뒤져 지라트에 대한 기록을 찾아야 한다. 라크는 조용히 검을 들어올렸다.

그런데 그때, 라크는 이상한 느낌이 들어 조용히 손을 내리고는 다시 벽 쪽으로 물러났다.

'정말로 이자가 성격이 이상해서 지하에 지휘관실을 만들었을까? 무슨 이유가 있는 것이 아닐까?'

알 수 없는 위기의식이 라크의 전신을 휘감았다. 그의 본능이 눈앞의 남자를 건드려서는 안 된다고 속삭이는 듯했다.

'좋아.'

시간은 많다. 라크는 그렇게 생각하며 다시 벽을 통해 방을 나서 주변의 다른 방들을 살펴 사람이 살지 않는 공간을 찾아냈다. 그는 창고의 구석에 자리를 잡았다.

'여기서 살피다 보면 이유를 알 수 있겠지. 내 가슴이 느끼는 불안함의 존재를.'

라크는 그대로 편히 앉아 눈을 감았다. 꼭 오늘 움직일 필요는 없다.

생각해 보니 이곳은 얼음의 성, 지라트의 영역 안이다. 고위 마법사가 자신의 영역에 아무런 방비도 하지 않고 지낼 리가 없다.

그렇다면 정말로 서둘러서 좋을 것이 없다. 하루든 이틀이든 이곳에서 숨어 적의 움직임을 살피기로 했다. 지금부터 인내심의 싸움이었다.

* * *

"이놈이 왜 일을 안 벌이지?"

블래사는 속이 답답한 듯 얼음의 성을 보며 중얼거렸다. 라

크가 얼음의 성안으로 들어간 것을 확인한 지 어느덧 일주일
이 지났다. 하지만 벌써 벌어졌어야 할 빛의 마법사와 냉기의
마법사의 싸움은 벌어지지 않았다.

"소리 소문 없이 제거된 것인가?"

문득 라크가 아직 20대의 애송이 마법사라는 생각이 들었
지만 바로 고개를 저어 그것을 부정했다.

적어도 라크가 당했다면 지라트가 마그나타에게 자신의
공을 자랑하기 위해 부하라도 보내야 했다. 하지만 전혀 그런
기색이 없는 것으로 보아 아직 라크는 무사한 것이 틀림없다.

"어떻게 한다?"

블래사는 자신의 방 안을 걸으며 계속해서 중얼거렸다.

항상 냉정하게 뒤로 음모를 꾸미는 것을 좋아하는 그였다.
그리고 그 음모의 대부분은 어김없이 블래사의 뜻대로 이루
어졌다.

마법사란 최소의 움직임으로 최대의 효과를 얻어야 한다
고 생각하는 블래사였기에 음모가 제대로 작용할 때 그는 자
신의 뛰어남을 확신할 수 있었다.

반면에 이번처럼 예상이 빗나가 사정을 알 수 없는 상태가
되면 무척 기분이 나빠지는 것이다.

그는 지금 아무도 모르게 이곳에 와 있다가 두 고위 마법사
간의 전투가 벌어지면 그때 움직일 계획이었다. 그렇기 때문

에 아직은 사람들 앞에 모습을 드러낼 수 없었다.

그런데 문제는 듀라스 왕국의 군세가 곧 퇴각할 것이라는 데 있다.

얼음의 성을 공략하는 것은 아무런 성과도 얻지 못했고, 오히려 피해만 극도로 확대되었다.

지금 듀라스 군의 병력은 약 3만 5천, 이미 1만 5천 정도의 사상자가 난 셈이다.

결국 군의 지휘부는 이대로라면, 던호른 군의 본대가 도착할 무렵에는 싸울 힘을 잃게 된다 판단하고 수도에 최후의 방어선을 치기로 했다.

이것은 국토의 절반을 포기한다는 의미로, 사실상의 패전을 뜻한다. 다시 말해 지라트의 뜻대로 모든 것이 이루어지는 것인데, 자존심 강한 블래사는 절대로 이런 결과를 눈뜨고 볼 수 없었다.

"어쩔 수 없군!"

한참을 고민하던 블래사는 결국 결단을 내렸는지 이를 악물고 중얼거렸다. 그리고는 종을 흔들어 자신의 수하를 불렀다.

"부르셨습니까?"

"병사들에게 이너 플레임의 시술을 한다. 준비하도록."

"그럼!"

블래사의 말에 수하 마법사는 약간 놀란 표정을 지으며 뭐라고 말을 하려다가 겨우 입을 다물었다. 블래사 앞에서 감정이 흔들리면 큰 처벌을 받게 된다. 그는 급히 허리를 굽히며 정중히 대답했다.

"명대로 하겠습니다."

뒷걸음질을 쳐 방을 나서는 수하를 보며 블래사는 음흉한 미소를 지은 채 다시 생각에 잠겼다.

'일단 전쟁에서 듀라스가 패하지 않도록 한다. 그리고 저 곳을 혼란에 빠뜨리면 라크란 놈도 움직일 테지.'

블래사는 라크가 지라트의 빈틈을 노리고 있다고 판단했다. 그렇다면 그 빈틈을 만들어주기만 하면 라크가 움직일 것이다.

"전쟁에 끼어들었다는 것을 보이기는 싫었지만, 이렇게 된 이상 지라트 놈의 최후는 꼭 보고야 말겠다."

그는 스스로에게 다짐하듯 혼자 중얼거렸다. 자신이 나선 이상 지라트의 얼음의 성은 깨진 것이나 마찬가지라고 확신하면서.

다음날 아침, 블래사의 명령을 받은 마법사들은 듀라스 군의 지휘부로 가 블래사의 참전을 알렸다. 대대적으로 공표한 것은 아니지만 도움을 주겠다는 뜻은 확실히 전했다.

물론 지휘부는 쌍수를 들고 환영했고, 그 뒤로 군의 마법사들은 블래사의 수하들의 지휘를 받게 되었다.

그들이 마법사들을 동원해서 한 일은 부대의 앞쪽에 30여 개의 커다란 마법진을 설치한 것이다. 그 작업에 꼬박 하루가 걸렸다.

"이것은 무슨 마법진이오? 지금 우리가 필요한 것은 성을 함락할 무기이오만……."

참모가 와서 그렇게 묻자 블래사의 수하는 웃으면서 대답했다.

"아군에겐 싸울 힘을, 그리고 적에게는 공포를 줄 것입니다. 오늘 전투에서 그것을 보시게 될 것입니다."

블래사의 수하는 이것이야말로 화염의 고위 마법 비전의 마법진이고, 수만의 병사들에게 영향을 줄 수 있는 것이라고 설명했다. 그 말을 들은 참모가 크게 기뻐한 것은 당연했다.

듀라스 군은 즉시 전군을 진군시켰다. 이제 지라트의 얼음의 성을 두려워하지 않아도 된다는 마음은 그들의 전의를 자극했다.

그리고 그것은 현실로 나타났다.

회르르륵!

"아! 병사들이 불길에?"

사람들은 놀라서 그 광경을 보았다. 산 채로 불길에 휩싸인 병사들의 모습에 놀라 비명을 질렀다.

그러나 블래사의 수하 마법사들은 고개를 젖고는 크게 외쳤다.

"두려워할 것 없소! 사람을 태우는 불이 아니라 용기를 북돋아주는 정신의 화염이 그대들과 함께할 것이오!"

"오오! 그러고 보니!"

사람들은 그때서야 알아차렸다. 불길에 휩싸인 병사들이 아무렇지도 않게 앞으로 나아가는 것을! 본인들도 신기한 모양이었다.

지라트의 얼음의 성벽을 녹이는 것은 화염의 마법사인 블래사라고 해도 힘든 일이지만 병사들을 성의 냉기로부터 보호하는 것은 충분히 가능한 일이다.

블래사의 수하들이 설치한 마법진을 통과한 듀라스 군은 전신이 붉은 화염에 휩싸였다.

그것은 물질을 태우지 못하는 보기에만 그럴듯한 불꽃이었지만, 그 덕분에 병사들은 더 이상 얼음의 성벽에 몸이 붙거나 냉기에 손발이 굳는 것을 두려워하지 않게 되었다.

무엇보다 고위 마법사인 블래사가 전쟁에 개입하기 시작했다는 것이 알려져 군 전체의 사기가 올랐다.

"지금이다! 이제 저곳은 보통의 성과 다름이 없으니 총력을 다해 공격하라!"

"와아아아아아!"

장군들은 목청껏 소리를 지르며 군을 독려했다. 병사들도 이때가 아니면 다시는 얼음의 성을 넘볼 수 없다고 느꼈는지 필사적으로 성벽에 사다리를 걸고 오르기 시작했다.

그 기세는 놀라워 지금까지 얼음의 성안에서 안전하게 싸우던 던호른 군이 놀라 제대로 대응하지 못할 정도였다.

무엇보다 화염에 휩싸인 채로 성벽을 기어올라 오는 병사들의 모습은 지옥의 마귀와도 비슷해 보여 병사들의 공포심을 자극했다.

"뭣들 하나! 저건 단지 속임수에 불과할 뿐이다. 어서 화살을 쏴!"

성을 지키는 자들도 필사적이다. 각 부대장들은 부하들의 등을 발로 차며 소리쳤다. 멍하니 있다가는 절대로 살아남을 수 없다는 것을 전투 상황에 익숙한 그들은 잘 알고 있었다.

슈슈슈슉―

"아아악!"

"봐라. 화살을 맞으면 죽는다. 어서 쏴!"

과연 부대장들의 말처럼 화염에 휩싸인 채 돌진해 오는 적들은 평범한 화살에도 비명을 지르며 쓰러졌다.

그때서야 성의 궁병들은 제정신을 차리고 적극적으로 화살을 쏘기 시작했다. 저 악마 같은 놈들이 성벽을 올라와 창을 맞대고 싸우게 되는 것은 상상도 하기 싫었기 때문에 그들의 움직임은 그야말로 필사적이었다.

그러나 역시 수의 우위는 어쩔 수 없다. 듀라스 군이 총진격을 시작한 지 얼마 되지 않아서 성의 위쪽에는 붉은 불꽃의 병사들의 모습이 보이기 시작했다. 그리고 그 수는 점점 늘어나 성 위쪽을 지키고 있던 병사들을 압박했다.

"와아아아아!"

"봐라! 우리의 승리다! 이제 곧 저 악몽과도 같은 성을 끝장낼 수 있다!"

사람들은 흥분하여 외쳤다. 그동안 얼음의 성에 대한 고통이 얼마나 컸는지를 알 수 있었다.

그들의 희망에 응답이라도 하듯 던호른 군은 이제 대부분 성벽 위로부터 물러난 상태가 되었다. 성벽 위는 거의 완전히 듀라스 군이 장악하게 되었다.

그런데 그때 이변이 일어났다.

드드드드드드.

"앗! 이건 뭐지?"

땅이 흔들렸다. 놀라서 성 쪽을 보니 사방의 성벽에 커다란 균열이 생기고 있었다.

놀란 듀라스의 지휘관들이 뭐라고 말을 하려는데, 성벽은 그것을 기다려 주지 않고 그대로 무너져 내렸다.

콰콰콰쾅!

"저, 저럴 수가!"

사람들은 경악의 눈으로 그 광경을 보았다. 그 높던 성벽이 일순간에 무너지며 위에 올라갔던 병사들이 모두 추락했다.

뿐만 아니라 성벽에 붙어 기어올라 가던 병사들과 앞쪽에 몰려 있던 자들도 모두 얼음덩어리에 파묻혀 버렸다. 피해가 얼마나 될지는 상상하기 힘들었다. 적어도 5, 6천의 병사들은 희생된 것 같았다.

그 순간 무너진 성벽 중앙에 있는 커다란 얼음 기둥의 위에서 누군가가 서서 크게 웃는 것이 보였다. 차갑고 잔인해 보이는 자였다. 그의 목소리는 바람을 타고 평원 구석구석까지 퍼졌다.

"크하하하하하, 어리석은 블래사! 너의 잘못으로 듀라스는 멸망할 것이다."

"지라트다!"

한 기사가 그를 알아보고 외쳤다.

"냉기의 마법사!"

병사들은 공포심을 느끼는 듯 움직임을 멈춘 채 그를 보았다.

지라트는 그런 적의 모습을 내려다보며 계속해서 말했다.

"블래사! 네놈이 이곳에 있다는 것을 알고 있다. 쥐새끼처

럼 뒤에서 꿈틀대는 것밖에 할 수 없는 겁쟁이 녀석. 네놈이
생각한 것보다 나의 마력은 강하다."

파악!

지라트가 그렇게 말하며 두 팔을 위로 들어올리자 무너진
성벽 뒤에 대기하고 있던 던호른 군이 몇 개의 쇠기둥을 세웠
다. 그 쇠기둥들 사이로 굵은 그물이 쳐져 있었는데, 그물들
은 하나같이 철사를 꼬아 만들어 질기기 이를 데 없었다.

곧 병사들은 그 그물에 물을 퍼붓기 시작했다.

스스스스스.

"아! 얼음이!"

듀라스 군은 자신도 모르게 신음 소리를 내었다. 그물과 쇠
기둥 사이에 얼음이 생기기 시작하더니 곧 벽과 같이 변했다.
그물코 사이가 숭숭 뚫려 있어 안이 보이기는 했어도 그것은
훌륭한 얼음의 방책이었다.

그리고 다시 안쪽으로 쇠기둥과 그물들이 쳐지고 물이 끼
얹어졌다. 얼음의 성벽이 없어진 대신 몇 겹이나 되는 얼음
방책이 세워진 것이다.

듀라스 군은 성벽이 무너져 아군이 깔려 죽을 때보다 더한
절망감을 느꼈다.

그들은 처절하게 깨달을 수 있었다. 저곳은 함락시킬 수 없
는 곳! 적어도 얼음 기둥 위에서 웃고 있는 지라트가 건재한

이상은 불가능하다.

지라트는 보란 듯이 웃으며 말했다.

"이곳은 이미 나의 영역이다. 냉기가 지배하는 곳에 나의 허락없이 들어올 수 있을 것 같으냐? 블래사! 너는 이미 패배했다."

그것은 승리의 선언이었다. 냉기의 마법사가 화염의 마법사에 대해, 던호른이 듀라스에 대해 일방적인 승리를 했다고 지라트는 주장하고 있었다.

하지만 그것을 블래사가 인정할 리가 없다.

슈우우웅, 콰콰콰쾅!

거대한 불덩어리가 날아가 얼음의 방벽에 부딪쳤다. 그것은 엄청난 파괴력을 지니고 있는 듯 가장 앞쪽의 방벽을 산산이 부수고도 힘이 남아 그 뒤쪽에 한참 세워지고 있던 방벽조차 파괴했다.

화르르르륵!

언덕 위에서 화염이 일어나기 시작했다. 신기하게도 불꽃은 자유를 잃은 듯 일정한 형태를 허공중에 나타내고 있었다. 불의 새! 그것은 거대한 불의 새였다.

그리고 그 한가운데에는 블래사가 있었다.

"지라트! 네놈이 겁이 없구나. 감히 나의 영역에 와서 소유권을 주장하다니!"

블래사는 지라트를 꾸짖듯 말했다. 하지만 지라트도 지지 않았다.

"크하하하하, 이제야 모습을 드러냈군! 음흉한 놈. 하지만 네놈은 몰랐을 것이다. 네놈이 모든 고위 마법사들 중 가장 머리가 나쁘다는 것을."

"고위 마법사 중 가장 흉포하고 성질이 급한 네놈이 그런 말을 할 자격이 있을까?"

"그래서 네놈이 멍청하다는 거다. 난 성질이 급하긴 해도 마법사다. 멍청한 것과는 거리가 멀지. 그걸 착각하고 어설프게 뒤에서 수작이나 부리는 네놈은 고위 마법사라고 불릴 자격이 없다!"

"후흐흐흐흐, 과연! 네놈도 고위 마법사라 이거지? 알겠다. 어차피 이렇게 된 것. 내 손으로 지라트, 네놈을 끝장내 주지."

"바라던 바다. 와라!"

두 고위 마법사는 다른 병사들은 눈에 보이지도 않는 듯 서로를 보며 말했다. 그러나 그들의 대화는 마나의 흐름을 타고 모든 사람들의 귀에 선명하게 들렸다.

병사들은 숨을 죽이고 그들을 지켜보았다. 말로만 듣던 고위 마법사의 힘을 직접 경험하게 되니 인간이라고는 생각되지 않을 정도였다.

검의 최고 경지인 마스터라고 해도 저런 신위는 보일 수 없을 것 같았다.

사실 두 사람은 마법을 이용해 자신의 기세를 강화하고 있었기에 그렇게 느끼는 것이지만, 그걸 알 정도의 사람은 거의 없었다. 마스터의 경지에 오른 사람이라면 다르게 생각할지도 모른다. 하지만 지금 이곳에 마스터는 없었다.

블래사는 자신이 모욕당한 상태에서도 냉정하게 이해득실을 따졌다. 지라트는 지난 몇 주간 얼음의 성을 유지했다. 그리고 지금 또다시 대규모 마법을 사용해 방책을 세웠다.

그렇다면 그가 지금 사용할 수 있는 마나는 그렇게 많지 않을 것이다. 아무리 고위 마법사라고 해도 마나의 양은 정해져 있기 때문이다.

특이한 수련으로 일거에 대규모 마법을 사용하거나 고서클의 힘을 발휘할 수 있게 되는 것을 상위의 마법이라고 한다.

그 상위의 마법을 익힌 자를 고위 마법사라고 칭하며, 모든 마법사들이 경외하는 것이다. 그러나 그런 고위 마법사들도 약점이 있다. 마나의 소모가 극심하여 상위 마법을 난사할 수 없다는 것이다.

말하자면 마법 10개를 한번에 시전하는 것과 같다.

블래사는 스스로가 고위 마법사인만큼 그것을 잘 알고 있었다.

'저놈은 이제 기껏해야 한두 번만 더 상위 마법을 사용할 수 있을 것이다. 그렇다면!'

소모전으로 가면 무조건 이긴다! 블래사는 그렇게 확신했다. 그래서 모든 사람들 앞에 모습을 드러냈다. 당당하게 지라트를 죽여 자신의 명성을 높이려는 것이다.

블래사는 조용히 두 손을 들어올려 자신의 주변에 불사조의 형상을 이루며 타오르는 불꽃을 조종했다.

그에게 있어 불은 부드러운 진흙과도 같았다. 마음대로 모양을 바꾸어 세공하거나 뭉쳐서 더욱 강하게 할 수 있었다.

또 정신을 집중하면 거의 살아 있는 생명체처럼 불꽃을 움직이게 할 수 있었다. 그의 주변에 타오르는 불사조의 형상은 그가 만든 불꽃의 골렘이라고 할 수 있었다.

"가라!"

화르르르륵―

블래사의 명령이 떨어짐과 동시에 불사조는 날아올랐다. 그러더니 거대한 불의 회오리바람을 일으키며 지라트를 향해 돌진하기 시작했다.

"흥! 어딜!"

지라트는 코웃음을 치며 가볍게 얼음 기둥에서 뛰어내렸다.

콰!

불사조가 몸으로 얼음 기둥을 부수자 그 안에서 수많은 얼음 조각이 튀어 나와 사방으로 퍼졌다. 그리고는 곧 주변에서 가장 뜨거운 곳으로 모여들었다. 바로 불사조의 몸이었다.

파파파파팍!

수천, 수만의 얼음의 칼날이 불사조의 몸에 박혔다. 그것은 고열에도 불구하고 전혀 녹지 않았다. 오히려 열기를 식히며 불사조의 몸을 일그러뜨렸다.

"아니! 그것은?"

블래사는 경악한 표정을 지으며 중얼거렸다. 언제나 수하에게 얼굴의 감정을 드러내서는 안 된다고 말하던 그답지 않은 모습이었다.

"이 정도 장난으로는 나를 해하지 못한다, 블래사! 전력을 나해 덤벼라!"

지라트는 의기양양하게 말했다. 소문에 듣던 성실 급한 지라트는 어디로 갔는지 그는 매우 여유로운 모습이었다. 그리고 냉기의 마법사답게 냉정했다.

블래사는 그 모습에 눈이 뒤집히는 분노를 느끼며 왠지 모르게 속았나는 느낌이 강하게 들었다.

항상 남을 속이는 것을 좋아하던 블래사는 자신이 언제나 이긴다는 생각을 무의식중에 가지고 있었다. 말하자면, 잘난

척에 빠져 상대를 얕보는 습성이 생겨 버린 것이다.

그러다가 뒤통수를 맞았으니 이성을 잃을 만하다. 블래사는 이를 갈며 외쳤다.

"좋다. 네놈에게 진정한 마계의 업화를 보여주지. 바로 헬 파이어의 폭풍을!"

고오오오오—

그의 주변의 마나가 모두 모이며 파란 불꽃이 생성되기 시작했다. 다른 마법사들은 그 광경을 보고 자신도 모르게 뒤로 주춤주춤 물러났다.

공포! 그것은 바로 공포였다.

"헬 파이어다! 최강의 화염 마법이다!"

그들은 참을 수 없는 듯 비명을 지르듯 외쳤다.

보통 8서클의 공격 마법인 헬 파이어는 평생을 마법에 바친 마법사도 겨우 불꽃 한 덩어리를 소환해서 쓸 수 있을 뿐인데, 블래사는 그걸로 화염의 장벽을 생성했다. 그야말로 지옥의 불길이라고 할 만했다.

지라트도 그것을 보고는 방심하지 못하겠는지 두 팔을 활짝 벌리며 주문을 외우기 시작했다.

그러자 다시 땅속에서 여섯 개의 얼음 기둥이 튀어 나왔다. 그리고 그 얼음 기둥은 하얀 불꽃을 내며 타오르기 시작했다.

"냉기의 불꽃이다. 음의 세계에서는 뜨거움이 곧 차가움. 차가운 불은 그야말로 모든 것을 불태우는, 바로 이 냉기의 불꽃이다! 크하하하하하!"

"흥, 네놈의 괴변에는 더 이상 신경 쓰지 않겠다. 어차피 살아남는 것은 강자뿐! 이제 곧 지라트, 네놈은 소멸될 것이다. 냉기의 탑은 흔적도 없이 사라질 것이다!"

블래사는 저주의 말을 퍼부으며 계속해서 마나를 모았다. 속으로는 이게 서로 부딪쳐 상쇄되어도 자신은 아직 두어 번은 더 상위 마법을 사용할 수 있다고 중얼거리면서.

Chapter 3

승리자와 패배자

크는 지라트가 여섯 개의 얼음 기둥을 이용하여 블래사의 공격을 막아내는 광경을 보고 있었다.

'과연, 내 생각대로군.'

끝까지 움직이지 않고 참은 보람이 있다. 라크는 조용히 웃었다.

처음 지하실로 들어가 지휘관을 제압하고 지라트의 숙소를 알아내려 했을 때, 그는 무엇인가 이상한 점을 느꼈다. 그에 라크가 바로 모든 행동을 중지하고 조용히 주변을 살핀 결과, 확실하게 나타났다.

일단 여유를 가지게 되자 지금까지 보지 못했던 것들이 하나씩 보이게 된 것이다.

얼음의 성, 그것은 거대한 하나의 마법진이었다. 그리고 이곳에 있는 마법사 대부분은 지라트의 직속 부하들임에 틀림없었다.

또한 요소요소에 설치된 여러 가지 장치들은 보통의 마법사라면 평생 보기도 힘든 귀중한 재료들이 아낌없이 들어가 있었다.

말하자면 지라트는 이 던호른의 선봉 부대에 자신의 모든 것을 다 쏟아 부은 것이다.

그것을 깨닫는 순간 라크는 섣불리 움직여 지휘관을 제압하지 않은 것에 대해 크게 안도의 한숨을 쉬었다.

지라트의 방은 지휘관의 방 바로 아래쪽에 있었다. 그리고 지휘관의 몸에 무슨 이상이 나타나면 지라트는 그 즉시 알아차릴 수 있게 되어 있는 모양이었다.

이것은 알고 보면 가장 무서운 안배였다. 지휘관과 대부분의 기사들, 그리고 병사들 중 태반은 몸에 마법진을 새기고 있었던 것이다!

"경의 마법 덕분에 우리 군은 승리를 얻을 수 있었소. 진심으로 감사를 표합니다."

지휘관의 말에 지라트는 냉소를 지으며 대답했다.

"이것은 거래다. 난 전쟁을 돕는 것이 아니라 블래사와 싸울 준비를 하는 것이지. 그러기 위해서 나의 힘이 되어줄 그대들, 마력 제공자를 한 명이라도 보호하는 것뿐이다."

"그야 이를 말이겠소? 경 같은 고위 마법사가 전쟁에 끼어들면 안 된다는 것쯤은 본인도 알고 있소. 단지 숙적을 상대하기 위해 무리를 하시는 것 아니오?"

"그렇다. 난 그놈이 내 눈앞에 살아 움직이는 꼴은 더 이상 볼 수 없다. 모든 것을 걸고 그놈을 제거할 것이다."

"지라트 경께서는 원하시는 모든 것을 얻으실 것이오."

"당연하다. 그렇지 않으면 그대를 비롯한 마법진을 몸에 새긴 모든 사람이 죽게 되니까. 크하하하하!"

상대를 눈앞에 두고 거리낌없이 죽음을 논하는 지라트의 태도에 아부에 능숙한 지휘관도 할 말을 잃은 모양이었다. 하지만 라크는 그들의 대화로부터 긴실을 유추해 낼 수 있었다.

1만의 선봉대, 지라트가 그들을 돕는 것이 아니다. 반대로 이 1만의 선봉대는 지라트에게 바쳐진 제물과도 같다.

전부는 아니지만 수천의 병사들이 새긴 마법진은 그들 몸의 생기를 마나로 돌린다.

지라트는 그 마법진을 새긴 사람들로부터 마력을 얻어내 그 힘으로 얼음성을 유지하고 있는 것이다.

던호른를 돕는 대가로 얻어낸 힘! 그걸 이용해 지라트는 블래사와 결판을 낼 준비를 하는 중이었다.

'이 상황에 내가 중간에 끼어들었다면……'

라크는 블래사가 하늘에서 화염의 비를 소환해 내는 모습을 보면서 고개를 절레절레 저었다.

지라트는 그걸 눈 한 번 깜박이지 않고 얼음의 우산을 만들어 막아냈다. 블래사가 욕을 하면서도 기뻐하는 모습이 여기서도 훤하게 보인다.

라크는 혀를 끌끌 찼다.

"불쌍한 블래사, 대충 눈치를 보니 저자는 지라트가 언제 지치나만 생각하는 모양이군."

지칠 리가 없다.

글자 그대로 지라트는 수천의 생명을 담보로 마법을 펼치고 있으니까. 적어도 이 얼음성의 자리는 지라트에게 있어 그의 본거지인 냉기의 탑과 같이 절대적으로 유리한 장소가 된 상태였다.

이대로라면 승부는 뻔하다. 블래사는 이미 지라트의 계략에 넘어갔고, 맨몸으로 만반의 준비를 갖춘 지라트에게 처절하게 당할 것이다.

하지만 라크는 그걸 원하지 않았다.

"적의 적은 아군이지. 블래사와는 아무런 은원 관계가 없지만 지라트는 마그나타의 수하니까 말이야."

라크는 그렇게 결론을 내리고 몸을 일으켜 건물의 안쪽으로 들어갔다. 며칠 동안이나 버틴 덕분에 그는 블래사의 음모에서 벗어나 거꾸로 그 둘의 전투에 자유롭게 관여해 뒤통수를 칠 수 있게 되었다.

마법사는 인내심이 강해야 한다는 말이 있다.

대부분의 마법서에 써 있는 말인데, 확실히 라크 자신은 마법사의 그림자라서 그런지 스스로 생각해도 인내심이 강한 것 같았다.

지라트가 블래사를 기다린다는 것을 알았을 때, 라크는 처음 이곳에 올 때의 생각과는 달리 시간이 자신의 편임을 알게 되었다. 그래서 인내하며 기다렸다.

그리고 지금, 그 인내의 열매를 딸 시간이 되었다.

라크가 찾아간 곳은 지하 실에 있는 지휘관의 숙소였다. 밖의 상황이 상황인지라 그곳은 아무도 없이 비어 있었다.

라크는 거리낌없이 안으로 들어가 평소 지휘관이 앉아 술을 마시거나 지라트와 대화를 하던 탁자 쪽으로 갔다. 그리고는 크게 심호흡을 한 후 주먹으로 있는 힘껏 바닥을 내려쳤다.

쾅, 콰콰콰쾅!

바닥이 깨어지자 설치되어 있던 마법의 함정이 터지며 하얀 냉기의 덩어리들이 폭발했다. 하지만 라크는 그것을 피하기는커녕 몸으로 받으며 그대로 안으로 뛰어들었다.

"으음, 상처가 나는군."

바닥에 착지한 라크는 자신의 몸에 박힌 얼음의 파편들을 보며 인상을 찡그렸다.

원래 그의 몸은 마법을 무효화시키는 효능이 있는데, 이렇게 약하게나마 상처를 입히는 것으로 보아 지라트의 상위 마법은 라크에게 충분히 살상력을 발휘할 수 있을 것 같았다.

"당연한 일인가?"

라크는 피식, 웃으며 그렇게 중얼거렸다. 고위 마법사를 상대로 정면에서 싸우면 절대로 승산이 없다는 것을 그는 익히 알고 있었다.

그러나 이렇게 지라트가 싸우고 있는 상황에서 그의 방을 뒤지는 것은 충분히 안전한 행위이다. 라크는 그렇게 생각하면서 방 안을 조사했다.

'이쯤에 있어야 하는데…….'

우직.

그는 한쪽에 있는 책꽂이를 거칠게 주먹으로 부수며 생각했다. 과연 책꽂이의 뒤쪽에는 하나의 통로가 나 있었다.

찾았다! 라크는 속으로 환호성을 지르며 얼른 그 안으로 들어갔다.

파스스스스.

냉기가 형상화되어 라크를 공격하기 시작했지만 라크는 그것을 무시했다.

지라트가 직접 펼치는 것도 아닌 함정 따위는 신경 쓰지 않기로 했다. 피부에 서리가 끼기는 해도 죽을 정도는 아니었기 때문이다.

"누구냐?"

"윽, 지키는 사람이 있었나?"

안쪽에서 들려오는 목소리에 라크는 아차! 하는 심정이 되어 그대로 달리기 시작했다. 그러자 안에서 소리친 자도 놀랐는지 날카로운 소리를 지르며 뭐라고 주문을 외웠다.

슈슈슉, 파시시시—

얼음의 창이 세 개나 날아와 라크의 몸을 향해 파고들었다. 하지만 그것은 라그의 몸에 접근하는 순간 그대로 안개처럼 사라져 버렸다.

"아! 마법이?"

안에 있는 마법사는 그것을 보고 절망의 비명을 질렀다. 청회색의 로브를 입은 그는 지라트의 수하인 듯했다.

뻑!

"……!"

라크의 주먹은 그가 펼친 방어막을 단숨에 부수고 그대로 상대의 가슴에 부딪쳤다. 웬만한 건물의 벽도 부숴 버리는 라크의 힘에 그는 비명도 제대로 지르지 못하고 쓰러졌다.

"휴, 다행히도 통로를 막는 장치나 붕괴의 함정은 없는 듯하군."

아무리 라크라고 해도 십여 미터의 땅속에 파묻힌다면 죽고 만다. 라크는 새삼스럽게 그걸 생각하며 주변을 둘러보았다.

커다란 공동이 눈앞에 펼쳐져 있었고, 그곳의 바닥에는 수십 개의 구멍이 뚫려 있었다.

촤악!

간헐천이 솟구쳐 오르듯 물이 구멍으로부터 치솟아 위쪽에 있는 천장에 부딪쳤다. 그런데 신기하게도 천장은 물을 튕겨내지 않고 모두 흡수해 버리는 것이 아닌가?

자세히 보니 천장 전체에 마법진의 문양이 그려져 있는 것을 발견할 수 있었다.

던호른의 병사들이 지난 며칠 동안 필사적으로 파낸 곳이다. 그리고 지라트는 이 위쪽을 막고 다시 마법진을 그렸다.

냉기를 이용하여 싸울 때 가장 도움이 되는 매개체는 바로 물인데, 이것으로 인해 지라트는 이 일대의 지하수를 얼마든지 끌어 쓸 수 있게 되었다.

위쪽에서 보면 지라트가 땅에서 물을 끌어 쓰는 것이라고는 알아차리기 힘들다. 그저 얼음 기둥이 순식간에 생겨나 공격을 하거나 방어하고 폭발한다고만 여길 뿐이다.

"그러니까, 저 위쪽의 마법진만 부수면 지라트는 고생을 하게 되는 건가?"

라크는 생각을 정리하고는 고개를 들어 천장을 보았다. 순간 주변에 천장을 부술 만한 도구가 없다는 것을 깨달았다.

어떻게 하지? 잠시 고민을 하던 라크는 곧 고개를 끄덕이며 그곳을 지키는 마법사가 앉아 있던 책상으로 가 책상의 윗부분을 뜯어내었다. 그리고는 바닥에 나 있는 구멍 중 하나에 가서 책상의 윗부분으로 구멍을 막고 그 위에 섰다.

촤악, 착!

다시 두 개의 구멍에서 물이 거세게 솟구쳐 올랐다. 라크는 그걸 보면서 마음을 안정시켰다.

위쪽의 마법진이 얼마나 견고한지를 확신할 수 없기 때문에 전력을 다해야 한다.

그리고 마침내, 라크가 서 있는 구멍에서 물이 뿜어져 나왔다.

촤아아악!

강력한 물의 힘에 라크의 몸이 세차게 허공으로 밀어 올려졌다. 원래 천장의 마법진에 부딪쳐 흡수되어야 할 터였기에 그 위에 있는 라크를 천장까지 날리는 것은 당연했다.

"타핫!"

쾅!

라크는 이때다 싶어 크게 기합을 지르며 전력을 다해 주먹으로 마법진을 올려쳤다. 그러자 마법진 전체에 쩌적! 하며 균열이 생기면서 기묘한 소리가 공동 안에 울리기 시작하는 것이 아닌가!

쩡, 쩡!

라크는 바닥에 착지하자마자 즉시 몸을 날려 그가 들어왔던 통로 쪽으로 달려나갔다.

공동 안에 울려 퍼지는 소리, 그것은 바로 얼음이 깨지는 소리였다. 마법진이 그려진 천장 역시 얼음으로 이루어져 있었던 것이다.

금이 간 얼음들은 스스로의 무게를 이기지 못하고 깨어지기 시작했다.

그것은 한참 그 위에서 기세 좋게 싸우고 있는 지라트에게는 마른하늘에 날벼락 같은 일이라고 할 수 있었다.

쿠쿠쿠쿵!

이제 공동의 천장은 완전히 무너져 내려 처음 병사들이 땅을 팔 때의 모습이 되었다.

"크아아악! 어떤 놈이냐?"

위쪽에 있던 지라트는 갑자기 땅이 깨어지며 자신이 만들어낸 얼음 기둥이 무너져 내리자 경악과 분노로 눈이 뒤집혔다.

그 모습은 블래사에게는 천상의 기쁨을 가져다주는 것이기도 했다.

"하하하하, 지라트! 죽어랏!"

화르르륵—

틈을 주지 않는 불꽃의 창들이 지라트의 몸을 압박했다. 지라트는 이를 악물고 냉기를 더욱 집중시켜 그것을 소멸시켰다. 냉기를 강화할 수 있는 매개체인 물을 쓸 수 없게 되니 마력의 영향력이 이전의 절반에도 못 미쳤다.

마법진이 깨어진 충격 때문에 생긴 빈틈도 큰 역할을 하여 블래사의 공격에 겨우 방어만 하는 형국이 되었다.

"으으으, 죽여 버릴 테다. 아니, 평생 몸의 일부분을 얼음 덩어리로 만들어 고문할 테다."

지라트는 이런 만행을 저지른 놈에게 분노의 저주를 퍼부었다.

말만으로 끝나는 저주가 아니라 정말로 마력을 동원해서 죽지도 살지도 못하게 하려는 듯했다.

하지만 라크는 이미 통로 안으로 모습을 감춰 버린 후였다. 대상이 누군지도 모르는데 저주가 통할 리 없다. 하물며 블래사와 싸우고 있는 지라트에게 저주에 쓸 마력이 남아 있을 리는 더 더욱 없다.

라크는 서둘러 지하실로 나와 다시 건물 밖으로 빠져나갔다. 그리고는 지상에서 자리를 잡고 느긋하게 지라트와 블래사의 전투를 감상했다.

"이제야 싸움이 되는군. 미안하다, 지라트. 네놈에게 원한은 별로 없지만 마그나타의 편에 선 게 나와의 악연이라고 할 수 있으니 어쩔 수 없다."

라크는 미안한 표정을 지으며 그렇게 중얼거렸다. 악당 같은 대사였지만, 오직 마그나타를 상대하기 위해 탄생한 라크는 그런 것을 전혀 의식하지 못했다.

그러는 동안에도 두 고위 마법사의 전투는 계속 진행되어 이제는 절정에 달하고 있었다.

"으으으, 네놈의 마력이 그렇게까지 강할 줄이야."

블래사는 어깨에 커다란 얼음 화살이 박힌 채 피를 흘리며 중얼거렸다.

"크으, 네놈을 끝장내려고 모든 것을 걸었는데!"

지라트는 이를 갈며 대답했다. 차가운 얼음의 칼날 같은 눈빛은 마법 없이도 블래사를 죽일 것처럼 섬뜩했다.

두 마법사는 더 이상 섣불리 손을 쓰지 못했다. 블래사도 지라트도 마력이 거의 바닥나 이제는 하나 정도의 상위 마법을 쓸 여력밖에 남아 있지 않았다.

보통 때라면 이 정도까지 오면 무조건 만사를 제치고 몸을 빼야 한다. 마법사에게 있어 마나가 고갈되는 모습을 남에게 보이는 것은 그야말로 수치이자 자신의 힘이 어느 정도인지를 널리 알리는 행위이기 때문이다.

하지만 둘은 물러설 수 없었다. 지라트의 경우 물러설 곳이 없기 때문이고, 블래사도 여기서 물러서면 지라트에게 졌다는 것을 시인하는 것이기 때문이다.

두 마법사는 천천히 심호흡을 하고는 다시 주문을 시전하기 시작했다. 몸에 남아 있는 마나를 극한까지 끌어올려서 자신들이 펼칠 수 있는 최고의 마법을 시전하는 것이다.

쿠쿠쿠쿠쿵!

대기가 요동치고 바닥이 흔들렸다.

블래사의 몸이 불타오르기 시작하면서 그의 마음속의 형상이 허공중에 나타났다.

동시에 지라트의 몸에서도 파란 불꽃이 일어났다.

얼음의 불꽃! 그것은 땅과 공기를 얼어붙게 만드는 힘이 있었다.

"죽어라!"

블래사가 먼저 몸을 날렸다. 그의 불의 날개는 블래사 자신의 몸을 허공으로 띄우기에 충분했다.

슈우우우우—

거대한 불덩어리로 변한 블래사는 공중에서 하나의 유성처럼 변해 그대로 지라트를 향해 떨어져 내렸다. 어느새 그가 들고 있던 마법사의 지팡이는 거대한 창으로 변해 공기를 갈랐다.

"피닉스 스트라이크!"

"흥, 구닥다리 같은 이름을! 폴라 오로라!"

지라트는 차갑게 대답하며 두 팔을 활짝 펼쳤다. 그러자 그의 몸에서 파란 광채가 은은하게 주변으로 퍼지며 오로라처럼 신비롭게 빛나기 시작했다. 그리고 그 빛의 장막은 블래사의 불의 창을 우아하게 감쌌다.

콰콰콰쾅!

"아아, 저런 힘이!"

그 광경을 보던 모든 사람들이 할 말을 잃은 채 탄성을 질렀다. 그것은 라크도 마찬가지였다.

'나는 고위 마법사의 힘을 얕보고 있었던 것인가? 하기야 시르카만 해도 산봉우리 하나에 영향을 미치는 마법을 펼쳤지. 저 힘을 그대로 받으면 난 소멸한다. 허상인 상태라도 마찬가지겠지.'

라크는 고위 마법사의 마법에는 자신의 몸이 버텨낼 수 없다는 것을 깨달았다. 이전에도 막연하게 그럴 것이라고 생각은 했지만, 지금 눈으로 보니 확실하게 느낄 수 있었다.

그때였다.

"으하하하하하! 내가 이겼다. 블래사! 네놈은 스스로의 힘만을 믿고 자만심에 빠져 있으니 이런 꼴을 당하는 것이다."

"크으윽! 이럴 리가?"

털썩.

전신이 까맣게 탄 사람의 형상이 바닥에 떨어졌다. 즉사하지 않은 것이 신기할 정도의 그것은 블래사였다.

반면에 지라트는 오로라의 기세를 타고 허공중에 떠서 크게 광소하고 있었다.

기쁠 것이다. 평생의 숙적인 블래사를 지금 이 순간 완벽하게 패배시킨 것이니까.

지라트는 오만한 얼굴로 바닥에 쓰러져 있는 블래사를 보며 말했다.

"네놈은 네 탑과 부하들, 그리고 다른 모든 것을 그대로 놔두고 이곳에 왔지. 하지만 난 다르다. 모든 것을 가지고 왔지. 나의 탑은 바로 이곳이다. 그걸 모르고 자신의 영역이라 생각하고 단신으로 무모하게 들어온 이상 네놈의 패배는 이미 결정된 것이다."

"크윽, 그런 것인가!"

블래사는 그때서야 지라트의 각오를 깨달았다.

자신이 항상 마법사답지 못하게 저돌적이라고 비웃던 지

라트, 그는 정말로 저돌적으로 싸움에 임해 자신이 가진 것을 하나도 남기지 않고 건 것이다.

그것이 뒤에서 손익계산만 하던 블래사를 누른 결정적인 힘이 되었다.

무엇보다 지라트는 저돌적이긴 해도 머리가 나쁘지 않았다.

휘익, 턱.

오로라의 영향이 사라지자 지라트는 자연스럽게 바닥에 착지했다. 그는 그 상태로 서서 주변을 둘러보았다.

사방은 완전히 얼음으로 뒤덮여 있었다. 마지막 순간 블래사의 불을 삼키며 발산된 오로라의 힘이 더욱 넓은 지역을 얼어붙게 만든 것이다.

그는 만족한 표정으로 품속에서 하나의 단검을 꺼내 들고는 블래사를 향해 다가갔다.

"자, 블래사. 네놈은 이미 죽은 것과 같지만 내가 자비를 베풀어 손수 죽여주겠다."

"크으으, 마음대로 해라. 난 이미 내장까지 타서 살아날 수 없는 몸이니, 이렇게 된 이상 삶의 미련은 없다. 단지 네놈의 최후를 못 보고 죽는 게 아쉬울 뿐."

"흐흐흐, 그래도 고위 마법사답게 죽음 앞에서는 당당하게 있는 것인가? 잘 가라."

꽉!

지라트의 단검이 블래사의 가슴을 찔렀다. 바로 심장이 있는 부위. 사실 마나가 이미 고갈 상태에 달해 있기 때문에 직접 손을 쓸 수밖에 없었다.

또 이렇게 손으로 죽이는 것이 더 실감나기 때문이기도 했다.

그런데 심장을 찌른 손의 감각이 이상했다. 마치 나뭇조각을 찌른 듯한 감촉이었다.

"응?"

지라트는 눈살을 찌푸리며 고개를 갸웃했다. 그러자 블래사가 갑자기 크게 웃었다.

"크하하하, 지라트!"

슈욱, 파파파꽉!

"커헉!"

블래사의 봄통을 뚫고 수십 개의 거미 다리와 같은 무엇인가가 튀어 나오더니 순식간에 지라트의 몸을 휘감았다.

그곳에 돋아 있는 가시가 자신의 몸을 파고들자 지라트는 피를 토하며 눈을 부릅뜨고 블래사를 보았다.

"토르타의 씨앗이다. 내가 이런 상태에서도 살아 있는 게 이상하지 않나?"

"크윽, 스스로의 몸을 식물화시켰다고? 불의 마법사인

네가?"

"흥, 마그나타님이 가르쳐 주더군. 마음의 불을 바깥으로 발산하고, 몸을 식물화하면 수명을 몇 배로 늘일 수 있다고. 그리고 이런 최후의 순간에 마지막 한 수로 쓸 수도 있다고 말이야."

"마그나타! 그럼 너도?"

지라트는 믿을 수 없다는 눈으로 블래사를 보았다. 사실 병사들의 몸에 마법진을 새겨 마력을 집중시키는 방법은 마그나타가 알려준 것이다.

그것을 알았기에 이렇게 적의 앞마당까지 와서 당당하게 싸울 생각을 하게 되었다.

지라트는 마그나타가 남부의 블래사를 처치하라고 비전의 방법을 가르쳐 준 것에 크게 감복했던 것이다.

그런데 블래사도 마그나타의 가르침을 받았다니? 그렇다면!

"이익!"

투두둑!

지라트는 이를 악물고 몸을 틀어 가시 다리로부터 빠져나왔다. 그 바람에 전신은 피에 젖고 팔다리가 뜯겨 나갔지만, 그의 분노와 집념이 그것을 가능하게 했다.

"마그나타! 네놈은 우리가 서로 싸우다 같이 죽기를 원한 것이냐?"

지라트는 허공에 대고 크게 울부짖듯 외쳤다. 그러자 그의 마음속에서 누군가가 대답했다.

"그렇다."

"허억! 너, 넌?"

"난 네 마음이지. 하지만 이미 마그나타님의 소유이기도 하다."

"그럴 수가?"

"마그나타님께 불경한 생각을 하다니. 이제 넌 사라져야 한다."

스스스스.

"크아아악!"

전신이 파란 불꽃으로 뒤덮이며 지라트는 괴로워하기 시작했다. 몸 밖으로 나온 피가 얼어붙고 있었다.

몸속에 남아 있던 모든 마나가 반란을 일으킨 듯했다. 그것은 스스로를 지킬 생각도 하지 않고 폭주했다.

지라트의 이성은 이미 고통으로 인해 사라져 버리고 파괴와 분노의 충동만이 남았다. 그리고 그의 제어 아래 있던 냉기가 뭉쳐 지라트의 몸을 얼렸다.

크와와아아!

순식간에 지라트는 하얀 서리에 뒤덮인 괴물이 되어 본능이 시키는 대로 주변의 모든 것을 공격하기 시작했다.

"아앗, 지라트님!"

"지라트님이 미쳤다!"

구경을 하다가 날벼락을 맞은 병사들은 기겁해서 외쳤다. 그러자 얼음의 괴물이 휘두르는 팔로부터 날아오는 냉기의 창이 그들을 얼렸다. 믿었던 대마법사로부터 죽임을 당하게 된 것이다.

그들은 감히 반격할 엄두도 못 내고 살기 위해 뒤돌아 뛰어가기 시작했다.

라크는 그 모습을 보다가 조용히 지라트의 뒤로 다가가 바닥에 있는 얼음 덩어리 하나를 들어올렸다. 지라트가 서 있던 얼음 기둥이 무너지면서 생긴 것으로, 크기는 라크의 몸보다 두 배는 컸다.

척!

머리 위로 그 거대한 얼음 덩어리를 들고 라크는 뛰기 시작했다.

상대가 눈치를 채지 못하게 해야 했다.

만약 괴물이 된 지라트가 자신을 보게 되면 라크 자신이 냉기에 휩싸여 얼어버릴 터였다.

그가 지금 내뿜고 있는 냉기는 그야말로 생명의 냉기로, 라크의 몸이라고 해도 튕겨낼 수 없을 것 같았다.

타타타탁!

크아아아앙!

괴물은 맹수와도 같은 울음소리를 내며 두 팔을 사방으로 휘젓고 있었다. 그러다가 우연히 뒤쪽으로 다가온 라크를 향해서도 냉기를 뿜어냈다.

"이크!"

라크는 피할 수 없음을 알자 급한 김에 얼음 덩어리를 앞으로 내밀었다. 냉기를 얼음으로 받은 것이다.

크아아!

그때서야 라크의 존재를 느낀 괴물은 뒤를 돌아보며 두 팔을 내밀어 더욱 강한 냉기를 방출했다. 하지만 이미 라크가 얼음 덩어리를 앞세우고 전차처럼 달려들고 있었다.

픽!

괴물이라고 해도 힘은 라크보다 못한가 보다. 괴물은 얼음 덩어리에 부딪쳐 그대로 뒤로 튕겨 나갔다. 그러자 라크와 얼음 덩어리는 그런 괴물을 놓치지 않겠다는 듯 계속해서 돌진했다.

쾅, 파삭!

마침내 괴물은 얼음의 성벽과 라크의 얼음 덩어리 사이에 끼어버렸다. 작은 얼음 덩어리가 큰 덩어리에 끼어 깨어지듯 괴물은 하얀 가루로 변해 사방으로 퍼졌다.

"아! 지라트님이!"

병사들은 아연실색하여 중얼거렸다. 믿을 수 없지만 자신들의 눈으로 지라트의 죽음을 보았다. 그것도 갑자기 나타난 일개 병사의 손에 의하여! 그들은 그 병사가 라크가 변장한 것임을 알지 못했다.

"후우, 끝난 건가?"

라크는 한숨을 내쉬며 주변을 돌아보았다. 지라트가 괴물로 변하고 다시 죽어버린 것은 그야말로 순식간에 벌어진 일이라 주변에 있던 사람들은 이제 어떻게 대응해야 할지 몰라 갈팡질팡하는 것 같았다.

이때 몸을 빼야 한다.

라크는 그렇게 생각하며 뒤돌아 달리려 했다. 그때 한쪽에서 누군가가 라크를 불렀다.

"쿨럭, 그대는 혹시 빛의 마법사가 아닌가?"

"블래사, 아직 살아 있었소?"

"이 몸으로는 쉽게 죽지 않지. 이쪽으로 오게. 할 말이 있으니."

"그대의 몸에 달린 것들이 무서워서 가까이 가기가 좀 그렇군요."

"크크크, 이것 말인가?"

블래사는 자신의 몸에 돋아난 것들을 보며 웃었다. 그러자 그 다리들이 부르르 떨며 블래사의 몸에서 투두둑, 떨어져 나갔다.

"이미 힘을 잃었네. 내 몸도 곧 죽어버리겠지. 그러니 이리 오게. 마그나타의 일로 꼭 할 말이 있네."

마그나타의 이름이 나오자 라크는 약간 놀란 눈으로 블래사를 보았다. 그의 눈은 진심을 말하고 있었다.

라크는 마음을 굳히고 조용히 걸어 그의 곁으로 갔다. 그리고는 몸을 굽혀 블래사의 얼굴을 가까이서 보았다.

블래사는 힘없이 웃으며 라크에게 말했다.

"내 평생 스스로를 천재라고 생각했는데, 어쩌면 그게 나의 한계였는지 모르겠군. 그래도 지라트 놈보다 늦게 죽으니 다행인 셈인가?"

"그런가요?"

"자네에게는 아무래도 상관없는 얘기겠지."

"그렇습니다."

"일단 하나만 묻고 싶네. 왜 지라트와 싸우지 않았나? 이곳에 들어온 지 일주일이 넘게 지나지 않았나?"

라크는 웃었다.

"제가 지라트를 상대하기 위해 오는 것을 알고 있었군요."

"그렇지. 그래서 그대와 지라트가 싸운 후에 내가 나서려고 했었네."

"뭐, 저도 그런 생각을 했습니다. 어쨌거나 지라트는 블래사님과 싸우기 위해 이곳까지 왔으니까요. 전 그 뒤에 싸우는 게 낫겠다고 판단했지요."

"크흐흐흐, 그런가? 과연! 그게 바로 진정한 마법사의 행동 방식이지."

블래사는 허탈한 표정으로 웃었다.

결국 자신과 라크는 같은 생각을 했는데, 서로 버티다가 블래사가 먼저 참지 못하고 나선 셈이다.

하지만 지금에 와서 블래사는 그런 라크를 원망할 마음은 없었다. 그는 웃음을 멈추고 라크에게 말했다.

"한 가지만 말해주지. 난 마그나타와 만났네. 이 몸도 그때 얻은 것이지."

"블래사님이 말입니까?"

"그래. 지라트와 결판을 내고 싶었는데, 마그나타가 그놈을 도우면 힘들어질 것 같았거든. 지금 생각해 보니 멍청한 짓이었어."

블래사는 그렇게 말하며 하늘을 보았다. 아침부터 싸우기 시작했는데 지금은 이미 오후가 되어 태양이 서쪽으로 지고 있었다.

두 고위 마법사가 목숨을 걸고 싸우는 동안에도 시간은 제 마음대로 흐르고 있었던 것이다.

지라트는 죽었다. 하지만 블래사 자신 역시 몸 전체가 숯처럼 타버려 이제 곧 죽을 것이다.

그는 눈을 돌려 라크를 보며 물었다.

"마그나타가 꾸미는 것이 무엇인지 아는가?"

"글쎄요. 전 단지 마그나타가 영혼을 오염시킬 수 있다는 것만을 압니다."

블래사가 이미 그를 만났다면 블래사의 영혼도 오염되었을 것이다. 라크는 그렇게 생각하며 대답했다.

하지만 그런 라크의 속마음을 모르는 블래사는 고개를 끄덕이며 다시 말했다.

"그렇지, 영혼의 오염. 아마 나의 마음 한구석에서 소란을 일으키고 있는 이것을 의미하는가 보군."

"영혼이 오염되면 영혼이 종속됩니다. 원래 주인의 의지를 벗어나니 죽음도 피할 수 없지요."

"그런 것 같군. 그래서 지라트도 저 꼴이 된 것이고, 난 그래도 마그나타와 만난 게 몇 번 되지 않아서 아직은 버틸 만한 건가? 크크크."

블래사는 스스로 생각해도 기가 막힌 듯했다.

그는 참을 수 없는지 계속 웃었다. 그러자 그의 몸 곳곳에서 화염이 일어났다. 마그나타를 배신하고 불경한 마음을 먹으려는 그의 의지에 반응하여 영혼의 일부분이 반란을 일으킨 것이다.

화르르륵.

곧 블래사의 몸은 불꽃에 휩싸여 버렸다. 생명을 유지하는 마나를 폭주시켜 불을 일으켰으니 몸이 버텨낼 리가 없다.

하지만 블래사는 오히려 냉정한 얼굴로 라크에게 말했다. 몸이 식물화가 되면서 고통을 느끼지 않게 된 터였다.

"그는 자신 이외의 모든 고위 마법사를 없애려 하고 있네. 지금 생각해 보니 그걸 알 수 있겠군."

"모든 고위 마법사를 말입니까?"

"그렇네. 그래서 나와 지라트를 같이 죽이려 한 것이지. 다른 사람들이 의심하지 못하게 서로 싸우게 해서 말이야."

"으음……."

"나는 마그나타를 만나기 전에 많은 조사를 했네. 그리고 영혼의 오염이라는 것도 알아냈지. 단지 그게 우리 같은 고위 마법사에게도 영향을 미칠 수 있다고는 믿지 못했네. 바보 같은 일이지."

"그는 이미 인간이라고 볼 수 없습니다. 마왕과 계약을 성공시켜서 스스로의 영혼을 고위 영격체화했으니 말입니다."

"그렇네. 인간의 영혼이 그의 힘을 벗어나긴 어렵지. 단, 자네는 유일하게 예외지만 말이야."

"……."

"난 알고 있네, 지라트가 계율을 어기면서까지 빛의 마법사인 자네를 공격한 이유를. 빛의 마법에는 오염된 영혼을 되돌릴 수 있는 방법이 있다고 하더군. 크크크, 말하자면 마그나타의 천적인 셈이지."

"……."

"자네 이외에는 없네. 비록 저 늙은 노괴물과는 마나량의 차이가 나겠지만, 그래도 자네만이 마그나타와 싸울 수 있네. 영혼이 오염된 사람들을 구할 수 있네!"

"하지만 전……."

라크는 뭐라고 대답해야 할지 몰랐다.

자신이 그림자라는 것을 말해야 할까? 빛의 마법은 하나도 모른다고 얘기해 주는 것이 좋을까? 하지만 그는 입을 다물었다. 그리고 묵묵히 블래사의 마지막 말을 들었다.

"나의 탑에 가면 내가 위기의 순간 쓰려고 모아놓은 것들이 있네. 가지게! 난 이렇게 그걸 쓰지도 못하고 죽게 되었지만, 자네가 대신 마그나타에게 내 복수를 해주면 고맙겠군."

"블래사님……."

라크는 블래사의 이름을 불렀다. 하지만 블래사는 이미 라크의 말을 들을 수 없을 정도로 의식이 파괴되었는지, 그저 담담히 탑에 대한 얘기와 그곳에 들어가기 위한 비밀의 주문만을 말할 뿐이었다.

이윽고 모든 설명이 끝나자 블래사는 눈을 감으며 말했다.

"가게. 난 이미 끝났지만 마음속의 불꽃은 영원히 타오를 것일세. 화염의 탑의 존속을 부탁하네."

화르르륵!

그가 의식의 저항을 놓아버리자 불꽃은 거칠 것 없다는 듯 그의 몸을 태웠다.

선홍색의 불꽃은 그의 마음의 색인 양 화려했다. 라크는 그런 블래사의 최후를 지켜보며 조용히 그가 가르쳐 준 탑의 비밀을 머릿속으로 되뇌었다.

*   *   *

하얗고 반투명한 영혼의 하녀가 쉬고 있던 마그나타의 앞에 나타나 말했다.

"블래사와 지라트가 소멸했습니다. 전쟁은 교착 상태로 빠져 조만간 제국의 사자에 의해 휴전 협상이 시작될 듯합니다."

"그런가? 과연 그 둘은 숙적이로군. 서로를 죽이다니."

마그나타는 희미한 미소를 지으며 고개를 끄덕였다. 모든 것이 예상했던 대로 흐르자 그는 기분이 좋았다.

영혼의 하녀는 마그나타와 감정을 공유하는 듯 같이 기분 좋은 미소를 지으며 보고를 계속했다.

"이미 얼음의 탑과 화염의 탑에는 사람을 보냈습니다. 그들은 탑의 주변에 대기하고 있다가 마그나타님의 명령이 떨어지는 순간 그곳을 철저하게 파괴할 것입니다."

"그래야겠지. 적절한 후계자가 없는 그 두 곳은 더 이상 존재할 필요가 없으니까."

마그나타는 당연하다는 듯 고개를 끄덕였다. 지금 후계자가 없어도 시간이 지나면 곧 새로운 고위 마법사가 탄생할 수도 있지만, 그건 전혀 생각하지 않았다.

"그놈들의 상위 마법은 그래도 쓸 만하니 꼭 비술을 찾아오도록 해라."

"알겠습니다."

하녀는 정중히 대답하며 고개를 숙였다.

마그나타는 의자의 등받이에 몸을 기대고는 생각에 잠겼다.

'세상에 고위 마법사가 여럿일 필요는 없다. 경쟁자 따위는 인정하지 않겠다. 모든 고위 마법을 하나로 모아 더욱 강력한 비술을 연구하는 것이 나의 사명이 아닌가?

그것을 위해 평생을 노력해서 마족과의 계약을 성공시켰다! 마그나타는 거기까지 생각하며 빙그레 웃음 지었다. 하지만 곧 감정을 알 수 없는 얼굴로 돌아와 그녀에게 물었다.

"빛의 마법사는? 그 애송이는 아직 살아 있나?"

"지라트를 제거하기 위해 움직였다는 정보가 있었는데, 결국 나타나지 않았습니다. 지금으로서는 행방을 찾기가 어렵습니다."

마그나타의 부하들은 라크가 그곳에 있었다는 사실을 전혀 눈치 채지 못하고 있었다. 그렇기 때문에 영혼의 하녀는 마그나타에게 그렇게 보고할 수밖에 없었다.

"크흠, 모스 왕국에서의 일도 그렇고, 여전히 신경을 쓰이게 하는 놈이로군."

"면목없습니다."

"아니, 애초에 놓친 건 나니까 말이야. 하지만 중요한 건 그놈이 지금 제국의 수도에 없다는 거지. 그렇지 않나?"

"그렇습니다. 적어도 현자의 탑으로는 접근하지 못하도록 철저하게 방비해 놓았습니다."

"좋다. 그럼 린도르는?"

"그의 생명의 불꽃은 얼마 남지 않았습니다. 한 달이나 두 달 후면 생을 마감할 것입니다."

"그렇단 말이지? 하하하하! 나를 구속하는 마지막 규율의 힘이 이제 곧 사라지겠군."

이것이야말로 그가 가장 기분 좋은 이유였기에 마그나타는 크게 소리 내어 웃었다. 규칙의 마법사인 린도르가 걸어놓은 결계 때문에 지금 마그나타는 현자의 탑에 들어갈 수가 없었다.

불법적으로 현자의 탑의 마법사인 라크를 공격했기 때문이다. 하지만 일단 린도르가 죽으면 그 규율의 힘은 사라진다. 새로운 규칙의 마법사로는 마그나타를 구속할 수 없는 것이다.

"한두 달이라… 그럼 이제 슬슬 움직일 준비를 해야겠군."

마그나타는 그렇게 중얼거리며 의자에서 몸을 일으켜 옆방으로 갔다.

현자의 탑의 모든 마법사들을 복속시키고, 다른 고위 마법사들을 제거하기 위해서는 만반의 준비가 필요하다.

일단 영혼의 오염이 일정 이상 수준에 도달하면 라크를 경계할 필요가 없다. 오염된 영혼을 건드리려는 순간 영혼이 반란을 일으켜 본체를 소멸시킬 것이다.

그런 만큼 빛의 마법사가 앞으로 몇 달 안에 현자의 탑에 나타나지만 않는다면, 현자의 탑의 모든 마법사들은 마그나타의 충실한 노예가 될 터였다.

"이제 얼마 안 남았다."

마그나타는 그렇게 속으로 중얼거리며 자신이 준비한 것들을 보았다. 마법사들이 가장 절실히 원하는 수많은 비술과 재료들이 그의 눈앞에 있었다.

이 모든 것들을 현자의 탑의 마법사들에게 아낌없이 전할 생각이었다. 그들은 기뻐하리라. 그러면서 점점 영혼이 오염될 것이다.

"이제 몇 년 안으로 대륙의 모든 마법사는 나의 충실한 노예가 된다. 그리고 세상에서 유일한 고위 마법사는 바로 나, 마그나타가 될 것이다!"

마그나타는 자신감에 찬 목소리로 그렇게 스스로에게 선언했다.

Chapter 4

나에게도 영혼이 있다!

나에게도 영혼이 있다!

현자의 탑은 경건하고 엄숙하기만 한 곳은 아니다. 마법사란 존재는 타인이 상상하기 어려운 편집증적인 성격을 가지고 비정상적인 행동 방식을 가진다. 그런 만큼 황당한 사건도 많이 일어나는 곳이 바로 이곳이다.

하지만 지금은 거의 모든 마법사들이 스스로의 행동을 조심하고 있었다.

왜냐하면 탑의 수장인 법의 수호자, 속칭 규칙의 린도르가 쓰려져 거의 의식을 차리지 못하고 있기 때문이다.

10여 년 전 대륙 최강의 마법사였던 진화의 라시타가 죽은 후, 영혼의 마그나타와 함께 대륙의 2대 최강 마법사로 불리는 린도르이다.

가이안 제국의 황실 마법사이기도 한 그였기 때문에 마법사뿐만 아니라 수도인 스틸문의 귀족들까지 연회를 중지하고 린도르의 상세를 걱정하고 있었다.

어두운 방 안, 린도르는 누워 있었다.

며칠 만인지 모르지만 겨우 정신이 든 린도르는 천천히 눈을 떠 자신을 내려다보고 있는 사람을 보았다. 린도르의 뜻으로 아무도 들어오지 못하게 되어 있는 방이었지만 이 남자는 예외였다.

남자는 투명한 느낌이 드는 맑은 목소리로 린도르에게 말했다.

"깨어나셨습니까?"

"그렇네. 하지만 별로 기분이 좋지 않군. 아무래도 다음번에는 깨어나지 못할 것 같네."

"린도르님은 원하시는 대로 생명을 유지할 정도의 마력이 있으시지 않습니까?"

"흐, 그건 그렇지. 하지만 난 더 살고 싶은 욕망이 없네."

"많은 사람들이 슬퍼할 것입니다. 그리고 저도……."

"그럴지도. 하지만 나의 수명이 끝난 건 사실이 아닌가? 슬

픔은 곧 추억으로 바뀔 것이네."

"그건 먼 미래의 일일 겁니다."

남자는 약간 침울한 목소리로 대답했다. 그러자 린도르는 얼굴에 힘없는 미소를 지었다.

"마그나타를 상대할 준비는 다 되었나?"

"예."

"잘되었군. 억지로 생명을 연장하는 것은 원하지 않았는데, 자네 덕분에 편히 죽을 수 있게 되었네."

"이럴 줄 알았다면 마그나타를 상대할 수 있는 방법을 말씀드리지 않는 것이 나았을 뻔했습니다."

"그건 아니지. 이 늙은이가 죽지도 못하고 걱정만 하게 하는 건 너무 심하지 않나? 이제부터는 자네의 시대네."

"하지만……."

남자는 상당히 슬퍼 보였다. 린도르가 아무리 웃고 있어도 그가 죽음을 기다리고 있다는 것을 잘 알고 있었기 때문이다.

하지만 린도르는 자신의 죽음을 슬퍼하지 않았다. 오히려 기뻐했다. 이토록 훌륭한 후대가 뒤를 잇게 되었으니 어찌 기쁘지 않겠는가. 그는 속으로 그렇게 중얼거렸다.

"그럼 뒷일을 부탁하겠네. 내 제자는 아직 힘이 약하니 그를 부탁하네. 그가 어서 깨달음을 얻어 새로운 규칙의 힘을 세울 수 있도록 도와주게."

"규칙과 규율은 마법의 가장 중요한 한 갈래, 현자의 탑이 서 있는 한 영원히 이어질 것입니다."

"그랬으면 좋겠군."

린도르는 그렇게 말하고는 입을 다물었다. 가벼운 미소가 담긴 입이었다.

곧 린도르는 눈을 감고 명상에 들어갔다. 이제는 정신을 잃을 때까지 살아오는 동안에 겪었던 일들을 마음속으로 정리하고 싶었다.

그것을 지켜보는 젊은 남자는 잠시 그대로 서 있다가 조용히 몸을 돌려 방 밖으로 나갔다.

마그나타가 오기 전에 모든 일을 끝내놔야 했다.

마왕과의 계약에 성공한 그를 상대하는 것은 결코 쉽지 않기에 완벽한 함정을 파지 않으면 절대로 성공할 수 없다.

'마그나타, 네놈은 현자의 탑에 들어오는 순간 최후를 맞이할 것이다. 그것으로 나의 임무는 끝난다.'

젊은 남자는 복도를 걸어 또 다른 밀실로 들어가며 속으로 그렇게 중얼거렸다. 그의 눈에는 마그나타의 미래가, 최후가 보이고 있었다.

*　　　*　　　*

"덥군."

라크는 물수건으로 목에 흐르는 땀을 닦아내며 중얼거렸다. 태양은 그의 머리 위에서 맹렬하게 열기를 뿜어내고 있었다.

"너는 덥지도 않니?"

어깨 위에 있는 뉴를 보았다. 여전히 자고 있었다. 신기한 것은 뉴가 어깨와 목을 감싸듯이 매달려 있어도 그 부분이 특별히 덥다거나 하지는 않다는 것이다.

즉, 뉴의 체온은 완전히 라크의 그것과 동화되어 있는 듯했다.

후덥지근한 바람이 불어 라크의 몸을 스치고 지나갔다.

뉴의 털들이 하늘하늘 흔들리는 모습은 왠지 모르게 평온한 기분이 들게 했다. 그러나 바람조차 더운 이 사막은 라크에게도 고역이었다.

"얼마나 더 가야 하는 거지?"

화염의 탑은 사막의 한가운데에 있다. 라크는 블래사가 말해준 위치를 찾기 위해 벌써 보름째 사막을 뒤지고 있었다.

그리고 드디어 변경의 초원 지역을 벗어나 마지막 오아시스를 떠난 지도 3일이나 지났다.

보통 사람은 한두 시간도 버티지 못하고 전신의 수분이 증발해서 쓰러질 정도의 열기가 하늘에서, 그리고 땅에서도 뿜어져 나왔다.

그래도 라크는 버텼다. 밤에 몸이 허상이 되면 열기는 전혀 신경 쓰지 않아도 되니 편했다. 그러다 새벽에 다시 재구성이 되면 새로운 활력이 솟으니 그나마 며칠 동안 사막을 헤맬 수 있었다.

편하게 갈 수 있는 방법도 있었다. 화염의 탑의 마법사들이 이렇게 걸어서 사막을 지나갈 리는 없으니. 그리고 결정적으로, 화염의 마법사들은 열기를 흡수하여 마나로 바꾸는 수련을 하기 때문에 더위로부터 자유롭다.

어쨌거나 사막을 달리는 배가 있다. 열두 마리의 낙타가 끄는 그 배에는 바퀴가 없지만 아주 빨리 움직인다.

마법적인 힘도 있기에 반나절도 안 돼서 오아시스로부터 탑까지 갈 수 있다고 한다.

하지만 그것으로 인해 다른 화염의 탑의 마법사들이 라크의 존재를 알게 되면 일이 복잡해진다.

아무리 블래사의 뜻이라고 해도 라크가 화염의 탑의 보물과 비술을 가져가는 것을 그들은 원하지 않을 것이기 때문이다.

"그래, 걸어서 가자."

라크는 그렇게 결심했고, 그 결심에 따라 열심히 걸었다.

"이제 슬슬 보일 때가 됐는데."

라크는 허공을 보았다.

"옷, 나왔군."

미소를 지었다. 과연 그가 보고 있는 하늘에는 거대한 붉은 탑이 떠 있었다. 신기루였다.

하지만 신기루 뒤에는 진짜 탑이 있을 것이다.

라크는 다시 걸음을 옮겼다. 마음 같아서는 전력으로 달리고 싶었지만 그랬다가는 5분도 버티지 못한다는 것을 알기에 천천히 한 걸음씩 정성을 다해 걸음을 내딛었다.

어느새 그는 신기루를 지나 본래의 탑이 보이는 곳까지 도달할 수 있었다.

일단 탑이 보이자 라크는 더 이상 나아가지 않고 그 자리에서 모래 구덩이를 파고들어 가 기다렸다. 탑의 마법사들에게 자신이 온 것을 알리고 싶지 않았기 때문이다. 저녁은 온다. 절대로, 틀림없이 찾아온다. 라크는 그걸 믿었다.

해가 지고 어둠이 사막을 가리자 기온은 급속히 떨어지며 매서운 바람이 맹위를 떨치기 시작했다.

라크는 그때서야 구덩이에서 나왔다. 이미 몸 전체가 허상으로 변해 있어 이제는 거칠 것이 없었다.

사사사사—

그는 달렸다. 모래가 튀지도 않고, 발자국 소리가 들리지도 않았다. 뉴가 잠시 몸을 꿈틀거리더니 자신과 마찬가지로 허상화되는 것이 느껴졌다.

뉴 덕분에 라크는 실체와 허상의 차이를 몸으로 깨달을 수 있었다. 뉴처럼 마음대로 몸을 바꿀 수 있으면 얼마나 좋을까? 하지만 라크에게 그런 능력까지는 없었다.

슥.

아무도 눈치 채지 못하게 탑의 그림자 속으로 들어가 접근한 라크는 하늘을 향해 뻗어 있는 탑을 올려다보았다.

거대했다. 과연 대륙에서 12개밖에 없는 마법사의 탑이다. 백여 명에 달하는 화염의 탑의 마법사들이 이곳에서 수련을 한다.

아무리 허상이라고 해도 마법사의 탑 안쪽으로 들어갔다가는 들킬 수 있다. 하지만 그가 가려는 곳은 탑 안이 아니었다.

라크는 탑의 남쪽 벽면으로 갔다. 그곳에는 거대한 불사조의 문양이 조각되어 있었는데, 왼쪽 발에 불의 구슬을 쥐고 있는 모습이 인상적이었다.

"이곳인가?"

라크는 손을 뻗어 불사조가 쥐고 있는 구슬을 쥐자 허상인 그의 손가락이 벽 속으로 들어갔다. 그런데 신기하게도 벽을 통과한 그의 손에 구슬이 잡혔다.

화르르륵.

"으윽!"

뜨거움! 허상인 상태의 라크에게 맹렬한 열기가 느껴졌다. 손에 쥐어진 구슬이 타오르기 시작했다.

"젠장, 이럼 안 되는데."

라크는 이를 악물고 참으면서 중얼거렸다.

원래대로라면 마법의 시동어를 말해서 불사조의 환영을 불러냈어야 한다. 그러면 벽이 사라지고 구슬이 허공에 떠 있는 상태가 되는데, 그걸 잡으라고 블래사는 말했다.

그러면 그때부터 화염의 탑의 후계자를 위한 시험이 시작되고, 그걸 통과하면 모든 것을 얻게 된다고 했다.

그런데 허상이 된 라크가 시험 삼아 벽 속에 손을 넣고 직접 구슬을 잡은 것이다.

"크으윽, 날 침입자로 생각하는 건가?"

라크는 참기 어려운 고통에 신음 소리를 내며 벽화를 보았다. 피닉스는 라크를 노려보고 있었다.

불길에 휩싸인 손가락이 점점 흐리게 변하고, 그 불길은 이제 팔뚝을 타고 거슬러 올라왔다. 허상으로 변한 라크마저 태울 수 있는 마법의 불이다!

놓아버릴까? 라크는 순간적으로 그렇게 생각했다. 지금이라면 놓고 뒤로 물러날 수 있을 것 같았다. 몸통까지 불길이 올라오면 존재가 소멸할 가능성도 있다.

그때 블래사의 말이 떠올랐다. 한 번 잡은 구슬을 손에서 놓는 순간 그는 모든 시험을 포기하는 게 되어 다시는 화염의 탑의 힘을 얻을 수 없다고!

'좋아. 해보자고!'

라크는 결심을 굳히고 구슬을 노려보며 손에 힘을 주었다. 그러자 마치 반발이라도 하듯 구슬은 더욱 화려하게 불타오르기 시작했다.

그러자 벽에 붙어 있던 불사조의 그림이 고개를 들어 벽을 벗어나 날갯짓을 하기 시작했다. 동시에 불사조는 고개를 높이 들고 날카로운 목소리로 울었다.

끼아아아아아!

불사조는 상대를 놓치지 않겠다는 듯 두 날개로 라크를 감쌌다. 그러자 그 자신이 하나의 거대한 불덩어리로 변했다.

파사사사사.

불덩어리는 점점 커졌지만 이제는 허공중에서 타오르는 것이 아니라 다시 벽 안으로 들어가 버렸다. 곧 그것은 평범한 그림이 되었다.

조금 전까지 불사조의 불길이 있던 곳이 이제는 불덩어리의 그림으로 변한 것이다.

그리고 탑 주변에는 아무런 흔적도 남지 않았다. 오로지 바람 소리만이 지금 일어난 일을 증언하듯 거센 소리를 내며 불고 있었다.

"으윽, 조용히 하라고! 다른 마법사들에게 들키잖아."

라크는 그런 상황에서도 농담조로 불사조에게 불평을 했다. 그는 외부의 상황을 잘 인식하지 못했다. 자신이 벽 속으로 빨려 들어갔다는 것조차 알 수 없었다.

하지만 어쨌든 간에 전신의 힘을 모두 구슬을 쥔 손아귀에 집중했다.

화르르르륵!

불길은 이제 라크의 몸을 완전히 감쌌다. 그림자가 불에 타 죽는 기분이 어떤 것인지를 지금 라크는 여실히 느낄 수 있었다.

전신에 힘이 빠져나갔다. 라크의 몸은 불길 속에서 점점 흐리게 변했다.

소멸의 위기이다. 육신이 있다면 새까맣게 타버릴 터인데, 허상이니 그렇게는 되지 않았다. 단지 형상을 이루는 마나가 사라지며 존재 자체가 꺼져 버리는 것 같았다.

'끝인가?'

이제는 의식조차 점점 흐려지고 있었다.

허무한 결말이다. 마그나타와 싸우기 위해 소환된 자신이었지만, 결국 탄생의 목적을 이루지 못하고 아무것도 없는 무로 돌아가게 되었다.

이대로 존재 자체가 소멸되면 그 후에는 어떻게 될까? 인간들은 환생을 한다고 믿기도 한다.

그러나 나는 원래부터 영혼이 없던 존재, 자아를 가진 그림자에 불과하다.

모든 것은 허상, 한때의 꿈이고 꺼진 거품과도 같다. 이제는 모든 것을 포기할 때다.

라크는 쓴웃음을 지으며 그렇게 생각했다.

그런데 그때 라크의 눈앞에 한 여인의 모습이 나타났다. 그리고 그녀는 상냥한 목소리로 라크에게 말했다.

"당신은 그림자가 아니에요. 인간이에요."

"시르카!"

라크는 입을 벌려 환상으로 떠오른 여인의 이름을 불렀다. 그러자 시르카는 부드러운 미소를 지었다. 염려 말라는 듯, 자신이 도울 수 있다는 표정이었다.

"숲의 정령의 힘으로 그대의 영혼에 제 목소리와 모습을 남겼어요. 그대가 스스로의 영혼의 존재를 부정할 때, 제가 보일 수 있도록 말이에요."

"내가 영혼을 부정한다고?"

"알겠어요? 라크, 이 마법이 통한 이상 그대는 영혼이 있는 거예요. 그림자가 아니에요! 인간이라고요."

"그런!"

"정확하게는 모르겠지만, 그대가 하는 행동과 감정은 결코 그림자가 할 수 있는 것이 아니에요. 그대는 스스로를 그림자라고 생각하지만, 제가 느끼기에는 그대는 틀림없이 라크 본인이에요!"

"……."

라크는 시르카를 보았다. 확신에 가득 찬 눈, 그것은 사랑의 감정을 담아 맑게 빛나고 있었다.

그리고 그 감정은 라크에게 벅찬 감동을 주었다. 사랑을 받는 자는 행복하다. 라크의 두 눈이 격렬하게 흔들렸다.

"이유는 알 수 없지만 그대는 육체를 잃은 것이 틀림없어요. 허상만이 남아 있는 셈이지요. 영혼의 기억에 따라 육체를 재구성하기는 해도 해가 지면 사라져 버리는 일시적인 육체에 불과할 뿐이에요."

"그렇군. 그럴 수도 있어. 하지만 나의 기억은? 나는 틀림없이 그림자로서 소환된 기억을 가지고 있어."

"기억을 조작하는 것은 고위 마법사에게는 쉬운 일이에요. 영혼이 육체를 재구성하는 것이 오히려 어렵지요."

"기억 조작!"

듣고 보니 확실히 시르카의 말은 일리가 있었다. 하지만 이성은 그렇게 생각해도 라크가 가지고 있는 기억은 확실히 그림자의 그것, 감정이 쉽게 받아들이지 못하고 있었다.

시르카에 대한 감정이 아니었다면 이미 부정했을 것이다.

라크는 입을 다물었다.

본능적인 감정과 이성이 격렬하게 부딪쳐 혼란에 빠지려는 마음을 안정시켰다.

시르카의 환영은 그런 라크를 보며 신뢰의 미소를 지었다. 그리고는 마지막으로 말했다.

"저를 찾아오세요. 그대가 잃은 육체를 대신할, 밤이 되어도 사라지지 않을 육체를 준비하고 있어요. 그 후에는 둘이 힘을 합쳐 원래의 육체를 찾아요. 라크의 영혼이 완전히 쉴 수 있는 진짜 몸을."

그러면서 시르카의 환영은 스르르 사라져 버렸다. 원래부터 없던 것처럼 흔적도 없이. 그야말로 한때의 환상과도 같았다.

하지만 그녀의 모습과 목소리는 라크의 마음속에 지워질 수 없는 낙인과도 같이 선명하게 찍혔다.

"살아야 한다. 이대로는 끝나지 않겠다!"

라크는 눈을 부릅뜨고 자신이 쥔 구슬을 보았다.

여전히 화려하게 불타고 있는 구슬, 그것은 틀림없이 마나의 응집체. 모든 것을 태울 수 있는 불의 정화였다.

"나의 것이 되어라!"

라크는 명령했다. 결국 그가 처한 상황을 해결할 방법은 하나이다.

구슬의 힘을 흡수해 버리는 것!

그러나 이미 라크를 적으로 인식한 구슬이라 라크에게 힘을 주기는커녕 소멸시키기 위해 공격을 가하고 있는 것이다.

화르르르르륵—

구슬은 마치 살아 있는 것 같았다. 라크가 명령을 내린 것이 기분 나쁘다는 듯 더욱 거세게 타올랐다. 라크는 이를 악물고 구슬을 잡은 손에 힘을 주었다.

흡수할 수 없다면 남은 길은 하나, 쥐어서 깨버린다!

그그그극—

의지가 하나로 뭉치니 힘이 몇 배나 강해졌다. 지금까지 알지 못했던 새로운 기운이 몸속에서 나와 손으로 흘러들어 갔다.

검은 그림자와도 같은 기운이 그물처럼 구슬을 감쌌다. 그리고 그 그물은 무서운 힘으로 구슬을 조였다.

끼아아아아아!

불새가 고통스러운지 울부짖기 시작했다. 날개를 퍼덕이며 불의 기운을 더욱 강하게 하기 위해 바람을 일으켰다.

콰콰콰콰!

불의 폭풍이 일어나 라크의 몸을 완전히 휘어 감으며 당장이라도 육체를 조각조각으로 찢을 듯이 핍박했다.

그러나 라크는 주변의 모든 것을 의식하지 않고 있었다.

오직 구슬을 쥔 손과 자신의 몸 안에서 일어나는 새로운 그림자의 힘의 움직임에 집중했다.

그것은 원래부터 자신의 몸속에 있었지만 라크는 그걸 움직이는 방법을 몰랐다. 있는지조차 모르고 있었으니 당연하다.

하지만 이제는 알았다. 라크는 스스로의 의지로 그걸 움직이기 시작했다.

스스스스.

몸 전체가 검게 변했다. 그림자의 형상이다. 그리고 그 안에서 다시 검은 기운이 일어나 팔로 흘러들어 가자 구슬을 조이는 압력은 더욱 강해졌다.

그림자와 불의 싸움! 그것은 언제부터인가 호각의 상태를 유지했다. 불은 쉬지 않고 라크의 몸을 태우려 했고, 라크는 불의 근원인 구슬을 부수려 했다.

그리고 어느 순간, 라크는 웃으며 중얼거렸다.

"소용없다. 빛이 강할수록 그림자는 진해진다. 이제는 알았다. 나의 힘은 곧 너의 불꽃으로부터 나온다."

그그그극―

구슬의 불길이 발하는 열은 결국은 라크의 힘을 강화시키고 있었다. 라크 스스로가 그걸 인식하고 이용하기 시작한 이상 구슬이 발하는 불꽃은 모두 자기 자신을 조이는 그림자의 힘으로 변했다.

"끝이다."

파캉!

끼아아아아아아!

라크가 선언하듯 말하며 다시 한 번 힘을 주자 결국 구슬이 깨어졌다. 그 순간 불사조는 단말마의 비명을 지르며 몸을 이리저리 뒤틀었다.

구슬과 불사조의 힘이야말로 블래사가 라크에게 전하려 했던 것이다. 빛의 마법사인 그에게 불꽃의 힘마저 전해 마그나타에 비해 상대적으로 모자랄 라크의 마력을 강화하려 했던 것이다.

그런데 구슬은 깨어지고 불사조는 죽어가고 있다. 비록 마법으로 만들어신 그림 속의 불사조이지만 그 안에 담긴 마력만큼은 불의 탑의 정화라고 할 만했다.

사실 이곳에 올 때 그가 이 힘을 흡수할 수 있을 가능성은 절반을 넘지 못했다. 원래 허상인 라크는 마력을 저장할 수 있는 육체가 없는 것이다.

단지 상위 마법의 힘이니만큼 다른 방법으로 흡수하거나 저장할 수 있지 않을까 하는 생각에 온 것이다. 마그나타와 상대하려면 약간의 가능성이라도 그냥 지나칠 수는 없으니까.

그 결과 혹시나가 역시나로 변했다. 그래도 라크는 실망하지 않았다.

"결국 불의 힘을 얻지는 못한 것인가? 하지만 상관없다. 난 나의 힘을 깨달았으니까."

라크는 그렇게 중얼거리며 검게 변한 자신의 몸을 보았다.

그림자의 기운, 이걸 왜 지금까지 다루지 못했을까?

라크는 그렇게 생각하며 그것을 움직여 몸속에 다시 넣었다. 팔과 다리를 움직이듯 자연스럽게 그림자의 기운을 다룰 수 있었다.

곧 그림자의 기운은 완전히 자취를 감추고 라크는 원래의 모습으로 돌아갔다. 허상뿐인 모습이기는 해도 보이는 것은 실체와 마찬가지이다.

이미 몸은 탑의 밖으로 빠져나온 상태였다. 라크는 그곳에서 점점 흐려져 가는 불사조의 그림을 보고 있었다. 불사조는 원망스러운 눈으로 라크를 보고 있었는데, 발에는 깨어진 구슬이 쥐어진 채였다. 라크의 손은 아직도 그 구슬을 잡고 있었다.

"그런가? 너도 살아 있었던 것인가? 미안하다. 올바른 주인이 되어주지 못해서."

라크는 고개를 숙여 그림의 불사조에게 사과했다. 그리고는 구슬을 잡은 손을 거두려 했다.

그림자인 그가 생각하기에 살아 있는 그림은 자신과 별로 다를 바 없는 존재였다.

그런데 갑자기 라크의 어깨 위에 웅크리고 있던 뉴가 눈을 떴다.

그리고는 고개를 들어 불사조의 그림을 보고 크게 울기 시작했다.

뉴우!!

"앗, 뉴? 깨어났니?"

아직 새벽이 되려면 멀었다. 하루에 딱 두 번, 해가 질 무렵과 뜰 때 이외에는 깨어나지 않던 뉴가 이렇게 활발하게 일어나 울다니?

도도도도도.

뉴는 그대로 라크의 팔을 타고 벽 쪽으로 달려갔다. 그리고 입을 커다랗게 벌리고는 그대로 구슬을 삼켜 버렸다!

꿀꺽.

끼아아아아아!

불사조는 죽어가면서도 크게 놀란 듯 뉴를 보며 비명을 질렀다. 그러자 뉴는 감히 반항을 하냐는 듯 스윽, 불사조를 올려다보더니 앞발을 뻗어 불사조의 발을 움켜잡았다.

신기하게도 그림은 뉴의 앞발에 걸려 벽 밖으로 빠져나왔다. 그 즉시 뉴는 입맛을 다시며 그것을 열심히 씹어 삼키기 시작했다.

끼아아아아아!

완전히 산 채로 잡아먹히는 상황이 된 불사조는 죽어라고 날개를 퍼덕이며 반항을 했다. 이게 방금 전까지 죽어가던 그 불사조인가 하는 의심이 들 정도였다.

하지만 날개를 퍼덕여도 그림 속이다. 뉴는 아주 여유있게 계속해서 그림 속의 불사조를 잡아당겨 끌어내었다. 그리고 맛있게 먹었다.

"너, 배가 고팠니?"

라크는 잠시 할 말을 잃고 그 광경을 지켜보다가 겨우 입을 열어 그렇게 말했다.

뉴뉴뉴.

뉴는 고개를 끄덕이며 계속해서 하던 일을 했다. 급하다는 표정이었다.

라크는 벽에 대고 있던 손을 거두지도 못하고 뻣뻣하게 서서 그 광경을 지켜볼 뿐이었다.

그림은 아무리 먹어도 배가 부르지 않는 것인지도 모른다. 뉴는 어느새 그 거대한 불사조를 다 먹어버렸다.

크기로 따지면 100배도 넘은 차이가 있는데, 그게 다 어디로 들어갔는지 모르겠다.

뉴우웅.

식사를 끝낸 뉴는 포만감에 가득 찬 얼굴로 라크의 팔 위에 두발로 섰다.

그리고는 저 대단하지요? 라고 자랑하는 것처럼 두 앞발로 배를 툭툭 두드려 보였다.

그 모습에 라크는 피식, 웃으며 다른 한 손으로 뉴의 머리를 쓰다듬었다. 모처럼 활기에 찬 뉴의 모습을 보니 라크도 즐거웠다.

뉴뉴뉴.

뉴는 라크가 쓰다듬는 것이 기분 좋은 듯 머리를 이리저리 비틀며 애교를 부렸다. 짧은 콧노래와도 같은 울음소리가 듣기에 좋았다.

그러다가 뉴는 문득 생각이 났다는 듯이 입을 열어 라크에게 말했다.

"엄마, 저 이제 말도 할 수 있어요! 뉴."

"엇, 뉴? 네가 말을 하다니!"

갑자기 패럿이 사람의 말을 하다니? 라크는 크게 놀라 두 눈을 휘둥그레 떴다.

"뉴후, 별것 아니에요. 엄마의 마나를 먹으면서 엄마의 지식을 조금씩 받았거든요. 뉴."

"나의 마나?"

"제가 무사히 자랄 수 있도록 하루에 두 번씩 마나를 주셨잖아요! 누웅, 그러니까 해가 뜰 때하고 해가 질 때예요. 뉴."

"웅? 그, 그건… 그러니까 내 몸이 바뀔 때 말이니?"

"뉴웅, 네, 너무 맛있었어요. 엄마, 뉴."

라크는 그때서야 전후 사정을 어느 정도 짐작할 수 있었다. 이 신기한 동물은 마나를 먹고사는데, 그동안 자신의 몸에서 흘러나온 마나로 살아온 모양이다.

뉴는 신이 나서 이야기를 계속했다.

"엄마가 몸의 마나를 나눠 주셔서 제가 이렇게 훌륭히 자랄 수 있었어요. 뉴. 이제는 다 자라서 대기 중의 마나로 몸을 유지할 수 있게 됐으니 더 이상 잠을 자지 않아도 돼요. 뉴."

"아, 그건 잘됐구나. 난 네가 항상 자서 걱정을 했거든."

"뉴는 배가 고프면 살 수 없어요. 그래서 먹는 시간 이외에는 자야 했어요. 뉴."

"그래그래, 말도 하게 되고, 정말 다 큰 모양이구나. 그런데 말이야. 날 엄마라고 부르는 건 조금 틀리거든. 다르게 부르면 안 될까?"

"누웅? 먹이를 주는 사람을 엄마라고 부르지 않나요? 저에게 흘러들어 온 엄마의 지식 속에는 분명히 그렇게 되어 있었는데. 뉴."

"어? 하하하, 그건 어떤 의미에서 맞는 소린데, 난 남자거든. 엄마는 여자에게 붙이는 칭호란다."

"누웅? 남자? 여자? 그게 뭐예요?"

"으윽, 그러니까 말이야……."

라크는 순간적으로 당황했다. 어떻게 설명해야 할까? 잠시 고민하던 라크는 뉴를 두 손으로 들어올렸다. 뉴의 성별을 확인하려는 것이다.

그런데 정작 뉴의 중요한 부분을 본 라크는 인상을 팍! 하고 구기며 중얼거렸다.

"이런! 없잖아."

그동안 한 번도 확인을 안 해봐서 미처 몰랐는데, 뉴에게는 보통의 패럿과는 전혀 다른 점이 있었다. 그는 성이 없었다. 수컷도 암컷도 아니었다.

라크는 잠시 고민하다 뉴에게 물었다.

"뉴야, 너 혹시 자라서 어떻게 새끼를 낳는지 알고 있니?"

"누웅? 그거야 제 몸속에서 마나를 모아 만들어내지요. 뉴."

"혼자서?"

"그럼 혼자 만들지 여럿이서 어떻게 새끼를 만들어요? 혹시 엄마도 도와주시나요?"

"으윽, 그렇군."

단성 생명체! 뉴는 이성과의 교합을 하지 않아도 자신의 새끼를 생산할 수 있는 생명체였던 것이다.

새삼스레 깨달은 것이지만 뉴는 마물이었다. 겉모습이 패럿하고 너무 닮아 있어서 지금까지 착각을 하고 있었을 뿐이다.

라크는 서둘러 생각을 정리한 후 호기심에 가득 찬 눈으로 자신을 바라보고 있는 뉴에게 설명을 하기 시작했다.

"그러니까 너처럼 혼자 아이를 만드는 생명체도 있지만 대부분은 둘이 합쳐서 아이를 만든단다. 그중 하나가 남성이고, 또 하나가 여성이지."

"뉴누웅, 엄마의 지식 속에 그런 게 있었던 것 같기는 해요. 뉴는 이해를 못해서 그냥 잊었어요."

"크윽, 다시 천천히 설명할게."

사막 한가운데에서 난데없이 아이에게 성교육이 시작됐다. 라크는 정말로 정성을 들여 설명을 했지만, 뉴는 거의 이해하지 못했다.

아직 태어난 지 얼마 안 된 뉴였고, 자신의 몸 구조와는 전혀 다른 생명체의 구조에 대해서 이해하기는 어려운 듯했다.

무엇보다 라크가 한 대목씩 말을 맺을 때마다 뉴는 고개를 끄덕이며 '알았어요, 엄마' 혹은 '잘 모르겠어요, 엄마'라고 대답했다. 태어난 직후부터 마음속으로 라크를 엄마라 불러

온 것이 이미 완전히 버릇이 되어버린 뉴였다.

결국 라크는 한숨을 쉬며 말했다.

"그러지 말고 이름을 부르렴. 난 라크야."

"뉴웅, 엄마가 라크예요? 뉴."

"그래, 자, 불러봐. 라크."

"라크 엄마! 뉴."

"엄마는 빼고, 다 큰 얘는 엄마라고 부르면 안 되거든."

"그런가요? 뉴우우우, 라크 엄, 아니, 라크! 뉴."

"그래, 잘하는구나. 우리 뉴, 다시 한 번 해보렴."

희망을 발견한 라크는 눈을 빛내며 계속해서 뉴를 훈련시켰다.

착한 뉴는 열심히 엄마가 가르치는 대로 따라 했고, 결국 아침이 올 무렵에는 어느 정도 자연스럽게 라크의 이름을 부르게 되었다.

하지만 그 뒤에도 여전히 10번에 한 번 성노는 이름 뒤에 엄마를 붙이는 것은 어쩔 수 없는 듯했다.

어느 정도 뉴를 교육시키는 데 성공한 라크는 불사조가 새겨져 있던 벽의 뒤쪽에 하나의 공간이 나타난 것을 발견했다. 마력이 사라지자 환상도 사라진 것이다.

시험을 통과한 진정한 후계자에게 남겨진 것들! 그것이 그 벽의 뒤쪽에 있었다.

특히 마법서! 상위 마법의 비술서가 고이 모셔져 있는 것이 라크를 더할 나위 없이 기쁘게 했다.

마음속의 화를 실체화시켜 주변의 열을 끌어모으는 방법부터 열기를 마나로, 마나를 열기로 바꾸는 모든 비법이 그 안에 적혀 있었다.

그것은 라크의 몸속에 있는 그림자 본연의 힘을 더욱 효율적으로 다루는 데 도움이 되는 이론이었다. 결국 상위 마법은 모든 것이 어느 정도 통하는 듯했다.

그리고 화염의 탑에서 가장 귀중한 마법구들도 그곳에 숨겨져 있었다. 라크와 뉴는 그것들을 빠짐없이 챙겨서 조용히 탑을 떠났다.

*   *   *

"저쪽이다. 탑이 보인다."

"크흐흐흐, 겨우 도착했군. 이곳은 정말 인간이 살기에는 너무 더운 곳인데 잘도 이런 곳에 탑을 세웠군."

"화염의 탑에 사는 마법사들은 마법적인 의식으로 더위를 느끼지 못하게 된다더군. 일시적인 것이 아니라 항상 그렇게 된다니 대단한 것이지."

"확실히 고위 마법사의 탑인 이유가 있군."

"크흐흐흐, 하지만 이제는 곧 사라질 테지. 마그나타님께서 그걸 원하시니 말이야."

"당연하지 않나. 다른 사람도 아닌 우리가 저곳을 부수고 탑의 보물과 비술을 모두 빼앗아야 하는 장본인이 아닌가?"

검은 로브를 입은 마법사들은 자신들의 임무를 상기했다.

마그나타의 수하들, 그들에게 있어서 고위 마법사가 없는 탑의 일반 마법사들 정도는 안중에도 없었다.

오직 그들이 우려하는 것은 탑에 설치된 가지가지의 마법 함정들이었다. 그것들 중 몇 개는 다른 고위 마법사의 침입을 막기 위한 것도 있기 때문에 마그나타의 부하들이라고 해도 쉽게 해제하거나 막아낼 수 없는 것들이었다.

또 그 위에 단순히 탑을 부수는 것이 목적이 아닌, 그 안에 있는 비술들을 가능한 한 약탈해야 하는 임무를 맡고 있었기에 부담은 더욱 컸다.

하지만 그들은 나름대로 자신이 있었다. 탑의 주변에 매복해 천천히 시간을 들여 함정과 내부 구조를 연구하며 파고들면, 명령이 내려왔을 때에는 충분히 임무를 달성할 수 있을 것이다!

특히 그들 중 몇 명은 변장에 대한 특수한 마법과 연금술의 시약을 가지고 왔기에, 필요하면 언제든 탑 밖으로 나온 화염의 마법사들을 제압하고 대신 들어가 첩자 노릇을 할 수도 있을 것이다.

"좋다, 이제 가자. 조심해라. 이제부터는 탑의 마법사들의 눈에 발각되서는 안 된다."

"크크크크, 염려 마시오, 대장. 우리가 개발한 은신의 결계를 저놈들이 발견할 리가 없지 않소?"

"절대로 방심해서는 안 된다. 저들도 탑의 마법사라는 것을 명심해라."

"알겠소."

과연 전문가들답게 그들은 곧 화염의 탑으로 다가갈 수 있었다. 소문대로 외부를 감시하는 마법의 함정은 없는 듯했다. 이유는 알 수 없지만 그게 이 화염의 탑이 다른 탑과 다른 점 중 하나이기도 하다.

외부에서 내부로 들어가는 것을 막는 함정은 모든 탑 중 최고 수준이지만, 접근에 대해서는 거의 무방비 상태로 있는 것이다.

그들은 탑의 외벽 바로 앞까지 도착해 조심스럽게 주변을 살폈다. 그런데 그중 한 명이 뭔가 이상하다는 듯 고개를 갸웃거리며 말했다.

"마나가 전혀 느껴지지 않는군?"

"응? 뭐라고 했나?"

"탑에서 어떤 마력도 감지할 수 없소. 이것도 화염의 탑의 특징이오?"

"아니, 그런 소문은 들은 적이 없는데?"

대장 마법사는 고개를 갸웃하며 정신을 집중하여 주변의 마나의 흐름을 감지했다. 과연 탑에는 아무런 마력도 느껴지지 않았다. 뿐만 아니라 주변의 마나의 흐름이 그가 상상했던 것과는 전혀 달랐다.

"정말 이상하군. 마나의 흐름이 완전히 정상적이야. 전혀 인위적으로 탑에 모이지 않는데?"

"그럴 리가? 그럼 왜 이 탑이 존재하겠소?"

다른 마법사가 말도 안 된다는 듯 반박했다. 마법사의 탑이란 바로 마나를 응집시키는 거대한 마법진이기도 하지 않은가? 그렇기에 탑 안에서 수련을 하면 외부에서 하는 것보다 훨씬 큰 효과를 얻게 되는 것이다.

그런데 지금 이곳으로는 마나가 전혀 모이지 않고 있었다. 그야말로 탑은 없는 것이나 마찬가지라 할 수 있었다.

대장 마법사는 심각한 목소리로 다른 자들에게 말했다.

"어쩌면 속임수일지도 모른다. 모두 조심해서 주변을 경계하라."

"으음, 설마 우리가 온 것을 이미 들킨 것인가?"

그들은 극도로 긴장하여 정말로 전력을 집중하여 사방을

경계하기 시작했다. 누군가가 노리고 있을 수도 있다고 생각하니 손가락 하나 자유롭게 움직일 여유가 없었다.

시간이 흘렀다.

그렇게 반나절이 지나자 그들은 이대로는 안 되겠다고 생각했다. 그래서 그중 한 사람이 마음을 굳게 먹고 경계를 푼 채 탑을 조사하기 시작했다.

조사를 하는 데에도 정신을 집중해서 마법을 써야 한다. 이런 상황에서 만약 그에게 어떠한 공격이 가해질 경우 손도 못 써보고 죽을 수도 있기에 그는 극도의 공포와 싸워야 했다.

그렇게 다시 하룻밤이 지나자 그들은 결국 결론을 내렸다.

"이 탑은 죽었군."

"안에 사람들도 없는 것 같은데?"

"어떻게 된 거지?"

그들은 영문을 알 수 없는 이 사태에 심각하게 고민했다. 그러나 별 뾰족한 수가 없기에 결국 오아시스 지역까지 철수해서 정보를 모으기로 했다.

그들은 다시 열사의 사막을 죽을 고생을 해가며 움직였다. 아무리 훈련된 자들이라고 해도 사막의 가혹한 자연 환경은 그들에게 두 번 다시 경험하고 싶지 않은 고통을 주었다.

뉴가 탑에 새겨진 불사조를 잡아먹은 이후, 탑의 마법진은 모두 정지해 버렸다. 불사조야말로 탑을 움직이는 모든 힘이었던 것이다.

원래는 시험에 통과한 화염의 마법의 후계자는 알의 힘만을 흡수해야 하는 게 정상이다.

불사조는 탑에 모이는 마나를 탑 안으로 전달함과 동시에 그중 일부를 모아 알을 만들게 되어 있는 고도의 마법진이었다.

그런데 뉴가 그 모든 것을 한번에 삼켜 버렸다. 라크는 그에 비할 수 있는 거대한 힘을 몸속에서 끌어낼 수 있었다. 그들에게 있어서는 그야말로 대단한 행운이라고 할 수 있다.

반면에 탑 안에 있던 수련 마법사들에게는 꿈에도 생각지 못한 재난이었다.

사실 화염의 마법사들이 열기로부터 완전히 자유롭다는 것은 오해이다. 고위 마법사의 경지에 든 자라면 당연히 그렇겠지만, 수련 마법사들은 내성이 강할 뿐 열기에 영향을 받는다.

그래서 탑의 내부는 마법으로 상당히 쾌적한 온도를 유지하게 되어 있다. 그런데 그게 깨져 버리자 탑은 사막의 열기에 달구어져 그야말로 열화지옥으로 변했다.

결국 모든 마법사들은 탑을 벗어나 주변 오아시스로 피신

할 수밖에 없었다. 그 누구도 더 이상 안에서는 버틸 수 없었다. 탑에서 가져 나온 마법서들을 연구하여 대책을 세울 때까지는 탑을 버리기로 그들은 울면서 결정했다.

그런 후에 그곳에 마그나타의 수하들이 온 것이다. 그들은 대륙의 북쪽으로부터 쉬지 않고 달려와 죽을 고생을 하며 사막을 건넜지만, 결국 모든 것은 헛수고로 끝났다.

알맹이는 라크가, 나머지는 화염의 마법사들이 다 가져간 뒤였다.

하지만 아직은 그 사실을 모르는 그들이었기에 당분간은 사막 이곳저곳을 뒤져야 하는 신세가 되었다. 그야말로 보답받을 길 없는 고생이라 할 수 있었다.

Chapter 5

스틸문으로 가는 길

"그대는 영혼이 있는 거예요. 그림자가 아니에요! 인간
이라고요."

'정말일까?

"기억을 조작하는 것은 고위 마법사에게는 쉬운 일이에요."

'그녀의 말은 틀리지 않다. 하지만 그렇다면 내가 가지고
있는 기억이 모두 조작된 것이라는 소리가 아닌가!

라크는 고민하고 있었다. 화염의 탑에서 본 시르카의 환영. 그녀가 한 말은 라크에게 있어서 너무나도 충격적인 말이었다.

그전에도 시르카는 라크가 인간이라는 말을 했던 적이 있다. 하지만 라크는 그걸 마음 한구석에 묻어둘 뿐, 심각하게 생각하지는 않았다.

그런데 이번에는 그럴 수가 없었다.

영혼이 있다!

이건 정말로 단순히 생각할 게 아니다.

마법으로 만들어진 존재는 영혼이 없다. 죽은 자를 이용해 만드는 언데드도, 의사 생명체라고도 불리는 호문크루스 역시 영혼이 없는 것이다.

모든 마법사들이 궁극적으로 바라는 신의 영역이 바로 생명 창조이다. 그렇기 때문에 마법사들은 별 연구를 다 했다. 하지만 결국 그들이 지금까지 만들어낸 존재는 모두 영혼이 없는 것으로 판명되었다. 단지 마력에 의해 움직일 뿐이었다.

라크 역시 소환된 존재, 그림자 가디언이다. 원래부터 존재하지 않았던 생명체이니 진정한 영혼은 없는 것이 당연하다.

그런데 영혼에 작용하는 마법이 걸렸다는 것은 완벽한 모순이 아닌가?

하지만 아무리 이성적으로 그런 판단이 들어도 라크의 머릿속에 있는 기억들은 전혀 다른 진실을 주장하고 있었다.

눈을 감으면 마치 어제 있었던 일처럼 생생하게 떠오른다.

그림자로부터 자신이 태어나던 때의 기억들!

수많은 영혼을 자유자재로 부려 소환자인 진짜 라크를 공격하던 그 급박한 순간에 그림자 가디언인 라크는 정말 죽음을 두려워하지 않고 그에게 덤벼들었다.

소환자의 뜻에 따라 영혼들과 싸울 수 있고, 마법사와 대적하기에 가장 강력한 능력을 부여받은 그는 주인을 보호하면서 마그나타의 무기인 영혼들을 하나하나 제거해 나갔다.

그때에는 다른 생각을 할 수도 없이 오직 본능적으로 마그나타와 싸워야 했다.

마그나타의 힘은 그림자를 소멸시키기에 충분할 정도로 강했지만 빛의 마법사와 그림자 가디언이 힘을 합쳐 싸우니 그도 쉽게 마음먹은 대로 승리를 이끌어내지 못했다.

하지만 결국 주인인 라크의 마력이 고갈되면서 그들은 패했다.

마그나타의 가장 강력한 공격 마법 중 하나인 소울 스매셔를 막아내지 못하고 그대로 탑 밖으로 튕겨 나가고 말았다.

얼마나 시간이 흘렀는지는 모른다.

그림자 가디언인 라크는 영원한 죽음에 가까운 충격으로 인해 정신을 잃었다가 깨었다. 그런데 막상 정신이 들어보니 그림자 가디언인 자신이 어느새 자아를 가지고 있었다.

생각을 할 수 있었다!

"이게 조작된 거라고? 그럼 원래 기억은 뭐란 말이지?"

라크는 가슴이 답답함에 결국 입을 열어 자신의 생각을 중얼거렸다. 그러자 다시 시르카의 목소리가 환청처럼 들려왔다.

"저를 찾아오세요. 그대가 잃은 육체를 대신할, 밤이 되어도 사라지지 않을 육체를 준비하고 있어요. 그 후에는 둘이 힘을 합쳐 원래의 육체를 찾아요. 라크의 영혼이 완전히 쉴 수 있는 진짜 몸을."

육체다! 새로운 육체, 사라지지 않는 육체를 시르카는 준비하고 있다고 한다. 그걸 위해 그녀는 라크를 따라오지 않고 모스에 남았던 모양이다.

"어떻게 해야 하지?"

라크는 괴로운 목소리로 중얼거리며 앞에 있는 커다란 맥주잔을 집어 벌컥벌컥 마셨다.

탁.

"크으! 맛있군. 젠장."

시원한 맥주가 목구멍을 지나치는 느낌과 혀끝의 쓴맛, 그리고 보리의 향이 라크를 위로했다. 역시 고민을 할 때는 술집에서 커다란 술잔을 앞에 놓고 하는 것이 제 맛이라는 생각이 들었다.

사실 고민할 것은 없다. 육체가 준비되었다고 하니 모스로 돌아가 그걸 얻으면 될 뿐이다.

밤이 되어도 사라지지 않는 육체! 그걸 얻으면 마나를 심장에 쌓을 수 있다. 마법을 익힐 수 있다!

라크는 슬쩍 손을 들어 자신의 가슴 쪽을 매만지니 로브 안쪽으로 하나의 책이 만져졌다.

화염의 마법서이다. 사막을 벗어나 이곳까지 오면서 이미 몇 번이나 읽어 모두 암기하기까지 했다.

상위 마법의 이론 중 하나가 적혀 있는 가장 귀중한 마법서! 그곳에 적혀 있는 이론은 라크가 이전에 화염의 마법에 대해 막연히 상상했던 것과는 전혀 다른 것이었다.

열사의 사막 한가운데에 탑을 세우고, 열기를 마나로 바꾸어 수련에 도움이 되게 한 화염의 마법!

하지만 그건 알고 보면 거의 속임수라고 할 수 있었다.

열기가 아니라 냉기를 마나로 바꿔도 화염 마법을 수련하는 데에는 전혀 지장이 없는 것이다.

그렇다면 화염 마법의 핵심이 되는 이론은 무엇인가? 그건 바로 심화, 즉 마음속의 불길이었다.

화가 나면 머리에서 열이 나는 것처럼, 가슴속에 불을 품고 그걸 이용해 마나를 움직이면 진정으로 꺼지지 않는 진정한 불꽃이 된다.

화염의 마법서에는 바로 그 심화를 진화로 바꾸기 위한 깨달음과 수련법이 적혀 있었다.

라크는 이 방법에 대해 깊은 관심을 보였다.

주문을 벗어난 상위 마법이니만큼 보통의 마법사라면 마력이 아무리 강해도 이런 식으로는 마법을 펼칠 수 없다. 하지만 공교롭게도 라크는 가슴속에 그림자를 품고 있다. 형체가 없는 허상이지만 라크의 의지에 따라 몸 밖으로 나올 수 있는 것이 바로 그림자의 힘이다.

그걸 화염의 마법 이론에 접목시키면 확실하게 강력한 마법과도 비슷한 무엇인가를 이룰 수 있을 것이다.

블래사가 지라트와 싸울 때 만들어냈던 불사조! 그걸 불꽃이 아닌 그림자의 힘으로 만들어낼 수 있는 것이다.

하지만 그걸 위해서라면 어느 정도는 마법을 쓸 수 있게 되어야 한다.

결국 육체가 필요하다.

문제는 시간이 없다는 점에 있다.

라크는 대책이 안 서는지 다시 맥주 잔을 들어 남은 맥주를 단숨에 비웠다. 그리고는 옆 테이블에서 몇몇 사람들이 하는 이야기를 들었다.

"거참, 대마법사도 결국은 늙으면 죽는 건가?"

"그거야 당연하지. 그 사람들도 사람 아닌가? 그래도 린도르님은 100살이 다 되어 돌아가셨지 않나? 검사들도 그렇고, 최고 수준에 달한 사람은 오래 산단 말이야."

"하하하, 그게 아니지. 반대로 생각하는 게 옳다고."

"반대로 생각하라니?"

"그러니까 최고 수준에 달하면 오래 사는 게 아니라, 오래 산 사람만이 최고 수순에 달할 수 있다는 서야."

"얼라? 그렇게 되나?"

"그렇지. 그런 경지에 도달하려면 정말로 수십 년이 넘게 걸리지 않나? 마나의 수련은 아무리 천재라고 해도 시간이 걸리니까 말이야. 그러니까 재능도 있고, 몸 관리도 잘해서 오래 산 사람만이 말년에 그런 경지에 오를 수 있는 거라고. 젊었을 때 무리해서 몸이라도 상하면, 결국 최고는 못 되는 법이라니까?"

"과연 그렇군!"

그들은 한 위대한 마법사의 죽음에 대해 말하고 있었다.

한숨이 나왔다.

규칙의 마법사 린도르가 죽었다!

라크는 도시에 도착하자마자 그걸 알았다. 린도르는 워낙 유명한 인물이라 일반 사람들에게까지 그 사실이 널리 알려져 있었다.

'린도르, 반년만, 아니, 두어 달만 더 살았으면 얼마나 고마웠을까.'

라크는 그렇게 생각하며 고개를 절레절레 저었다.

어차피 그는 린도르와 일면식도 없으니 별로 존경심 같은 것은 있지도 않았지만 그가 죽은 것에 대해서는 너무나도 애석해하고 있었다.

린도르가 죽으면 마그나타는 현자의 탑으로 간다!

이건 기정사실이다. 그자에게 있어 모든 것에 우선해서 행해야 할 만큼 중요한 일이기에 예외란 있을 수 없다.

'일단 마그타나가 현자의 탑으로 들어가면 얼마 지나지 않아 모든 마법사는 그자의 노예가 된다. 블래사와 지라트가 그랬던 것처럼 죽음조차 마음대로 할 수 없는 영혼의 노예가!'

그럼 끝이다. 마그나타와 싸우기는커녕 그전에 다른 고위 마법사들이 겹겹이 둘러싸고 라크를 제거하려 할 것이다.

"가야만 한다. 너무 늦기 전에!"

한참을 고민하던 라크는 결국 마음을 비우기로 했다. 시르카의 환영이 어떻게 말을 하던 이성적으로 그게 옳다는 생각이 들어도, 본능이 시키는 존재의 목표는 외면할 수가 없다.

무엇보다 마그나타와 싸우고 싶었다. 그와 싸워 마그나타가 절대로 최강의 마법사가 아니라는 것을 증명해 보이고 싶었다.

'난! 마그나타와 싸우기 위해 탄생한 거다. 지금은 그걸 받아들이자. 설령 그게 거짓된 기억이라고 해도!'

"기분에 따라 길을 가는 것. 이게 인간인가? 좋겠지."

라크는 그렇게 결론을 내리고는 쓸쓸하게 웃었다.

*   *   *

모스의 마법 길드에서는 새로운 길드장이 된 네리아는 오늘도 잠을 자지 못하고 밀린 일들을 처리하고 있었다.

"아아악, 이 서류들! 너무 많아요!"

쾅쾅쾅!

네리아는 책상에 머리를 박으며 소리쳤다. 도둑으로, 그리고 골든 데빌로 살아온 그녀의 지난 생애에 서류라는 것은 거의 존재하지 않았다. 그런데 지난 몇 주간 그 서류라는 놈이 한꺼번에 찾아온 것이다.

나름대로 각오를 하고 책상에 앉아도 항상 각오한 것의 수십 배에 해당하는 서류 덩어리가 오니 이걸 견딜 수 있을 리가 없다.

"어쩔 수 없어요. 전대 길드장이 죽은 뒤 마법 길드의 업무가 거의 정지 상태였던 모양이네요. 길드원들도 복수를 한다고 일을 미루었고요."

맞은편에 앉아 있는 밀리아가 웃으면서 네리아를 달랬다. 그러자 네리아는 밀리아의 여유있는 모습에 크게 부러움을 느낀 듯 두 눈을 반짝반짝 빛내며 물었다.

"밀리아님은 어쩌면 그렇게 서류 처리를 잘하세요? 검을 수련하신 분께서 그럴 수 있다고는 상상도 해보지 못했어요."

밀리아는 미소를 지었다.

황궁에서 교육을 받았으니 이런 일쯤은 아무것도 아니다. 특히 그녀 같은 경우 황궁의 막내나 다름없었기에 잡무나 서류 처리는 대부분 도맡아서 한 경험이 있다.

"저야 검을 수련하기 전부터 이런 일을 해왔거든요. 검하고 서류하고는 서로 반대되는 속성이 아니에요."

"아앗, 그런가요? 지금까지 제 주변에 있던 칼 쓰는 남자들은 코를 풀 때 이외에는 종이만 봐도 고개를 돌리던데요."

네리아의 주변에 있던 남자들은 대부분 도둑이다. 글자 자체를 읽을 수 없는 문맹자가 태반이 넘으니 무리도 아니다.

밀리아는 속으로 그렇게 생각하며 다시 말했다.

"제임스나 카슈님도 서류 정리는 잘하세요. 일급 이상의 용병은 계약서를 스스로 작성하는 경우가 많기 때문에 공부를 해야 하거든요."

"하아, 용병도 잘하려면 글공부를 해야 하는 건가요? 별로 살기 좋은 세상은 아니군요."

'저기요, 네리아님은 마법 길드의 수장이시잖아요.'

밀리아는 한숨짓는 네리아를 보며 속으로 그렇게 말했다. 하지만 정말로 이렇게 말하면 네리아가 설상할 것이 틀림없다.

어쩔 수 없이 밀리아는 다시 몇 마디 위로의 말을 했다.

서류라는 것이 처음에는 힘들어도 시간이 지나면 거의 비슷한 패턴에 익숙해지기 때문에 몇십 배로 처리 속도가 빨라진다는 것을 상냥하게 가르쳐 주었다.

"그리고 제가 듣기로 밀린 서류가 얼마 안 남았데요. 다음

달부터는 아마 조금 쉬워질 거예요."

"안 그러면 전 죽을지도 몰라요. 가뜩이나 시르카 언니가 내준 숙제도 힘들어 죽겠는데 말이에요."

네리아는 그렇게 말하며 고개를 숙였다. 잠시 잡담을 했으니 다시 일을 해야 했다.

그녀에게 하루는 아주 짧아 그녀는 항상 모자란 시간 속에 허덕이고 있었다.

어쨌든 간에 해가 지면 서류 작업은 끝난다. 네리아는 밀리아에게 오늘도 도와줘서 고맙다는 인사를 하고는 시르카에게 갔다.

시르카는 낮에는 바바리안 파라나에게 글과 대륙의 관습 등을 가르치고, 저녁부터는 네리아에게 마법을 가르치기로 했다.

하지만 사실 그것은 핑계이다. 다른 사람이 알고 있는 것과는 달리 시르카와 네리아는 매일 밤 실험을 하고 있었다.

"준비는 됐나요? 놀라면 안 돼요. 항상 마음을 안정시키고 잡념을 가지지 않는 것이 중요해요."

"예, 시르카 언니. 시작하세요."

"좋아요."

시르카는 네리아가 고개를 끄덕이자 곧 주문을 외워 그녀의 손에 마력을 집중시켰다. 동시에 정령의 힘을 이용해 계속해서 그 손을 자극했다.

"마나가 느껴지나요? 정령력은?"

"모두 느껴져요. 오늘은 더욱 선명하게 느껴지는군요!"

네리아는 감탄한 표정으로 말했다.

"현자의 돌의 효능이 모두 알려지진 않았지만, 가장 강력한 마법 물질이라는 것에는 모두 동의하지요. 계속할 테니 느껴지는 것 중에 무엇을 받아들일 수 있는지 시험해 봐요."

"예!"

네리아는 황금빛으로 빛나는 자신의 손을 쥐었다 폈다 하며 그곳으로부터 느껴지는 이질적인 감각을 더욱 선명하게 하려 했다. 그리고는 정신을 집중하여 손에 부탁했다.

'나의 손아, 현자의 돌아. 마력을 흡수해 줘.'

스스스스.

신기하게도 그녀의 손은 또 다른 살아 있는 생명체와 같았다. 네리아가 진지하게 부탁하자 손은 주변의 마나를 조금씩 빨아들이기 시작했다. 그리고는 빨아들인 마나를 네리아의 팔을 통해 보내주었다.

"마나가 흘러들어 와요."

"지금이에요. 그걸 심장 주변에 원을 형성하듯 모아야 해요."

시르카는 약간 긴장한 표정을 지으며 말했다. 그녀는 네리아의 다른 쪽 손을 쥐고 만약의 사태에 대비하고 있었다.

지금이 중요했다. 현자의 돌을 이용해 인위적으로 서클을 형성하는 방법은 네리아를 빠르게 성장시킬 수는 있지만 그만큼 위험하기도 한 것이다.

네리아는 손에 힘을 주고 급하게 뛰기 시작하는 심장을 억지로 안정시켰다. 그리고는 시르카가 가르쳐 준 대로 서서히 마나를 모아 자신의 심장 주변에 원을 그리듯이 쌓았다.

처음에는 잘 되지 않았다. 마나는 항상 자기 마음대로 움직이려 했고, 원의 처음과 끝이 잘 맞지 않는 느낌이 들면서 자꾸 부서졌다.

파팍!

심장 주변에서 작은 폭발음 같은 것이 들리는 듯했다. 사실 마나가 서클을 이루지 못하고 퍼지면 심장에 큰 부담이 가기 때문에 조심해야 한다. 많은 마법사가 그 때문에 건강을 유지하지 못하고 말년에 고생하는 것이다.

하지만 지금은 시르카가 옆에서 자신을 철저하게 보호하고 있기 때문에 네리아는 조금 더 적극적으로 마나를 움직일 수 있었다.

고위 마법사들 중에서도 가장 광범위하게 정령과 치유의

능력까지 소유한 시르카의 도움이 아니었다면 시도할 꿈도 꿀 수 없는 수련법이었다.

시간이 흐르자 심장 주변에 마나의 원이 형성되었다. 그리고 얼마 동안 원이 유지되자 그것은 더 이상 일그러지려 하지 않고 스스로 형태를 유지하기 시작했다.

"됐어요!"

네리아는 흥분해서 소리쳤다. 이렇게 쉽게 마법의 서클을 형성할 수 있다니? 믿을 수 없었다.

"휴우, 정말 되는군요. 다 현자의 돌의 힘이에요."

시르카도 이제야 안심이 되는 듯 네리아의 손을 놓고는 펜을 들어 옆에 있는 책에 무엇인가를 적기 시작했다. 아마도 현자의 돌의 특성에 대해 깨달은 점을 기록하는 것이리라.

"이런 식이면 곧 3서클까지의 마나를 몸 안에 모을 수 있을 거예요."

"3서클까지요?"

"예, 변칙적인 방법이라서 그 이상은 힘들어요. 4서클 정도 되면 제가 보호해 줄 수도 없고요."

"3서클까지만 해도 대단한 거잖아요! 보통 마법사들은 10년 이상 수련해야 한다고 들었어요."

"네리아님의 손이 된 현자의 돌은 연금술의 극치라 할 수 있어요. 그건 바로 생명의 또 다른 형태. 모든 마법사들의 꿈이나 마찬가지이니 그걸 이용해 3서클을 형성하는 것은 오히려 쉽지요."

"그런가요? 헤헤헤."

네리아는 쑥스러운 듯 혀를 살짝 내밀고 웃었다. 그녀의 아버지가 목숨을 걸면서까지 만들어낸 것을 고위 마법사이자 이제는 자신의 스승이 된 시르카가 칭찬하자 기분이 좋았다.

하지만 그때, 시르카는 정색을 하고 말했다.

"반면에 현자의 돌은 그만큼 위험한 물건이기도 해요. 주인이 시킨 대로만 반응하는 것이 아니기 때문에 언제 해를 끼칠지 몰라요."

"아!"

"가장 중요한 것은 네리아님이 지금도 마음 한구석에 현자의 돌을 원망하고 있다는 점이에요. 그건 본인도 어쩔 수 없겠지만, 현자의 돌 입장에서는 자신의 주인이 끊임없이 자신을 원망하는 셈이니 괴로워하게 됩니다."

"그렇군요. 이 돌은 살아 있는 거군요."

"그래요. 그러니 무의식은 어쩔 수 없다고 해도 의식적으로는 항상 그 팔을 칭찬하세요. 그리고 고마워하는 것이 좋아요. 네리아님을 지켜준 힘이니까요."

"예."

"그리고 3서클의 마나를 형성하게 되면 현자의 돌에게 새로운 부탁을 해주세요."

"알고 있어요."

"고마워요, 네리아."

"아니에요. 저도 그걸 원해요. 시르카님의 말대로 저는 항상 이 팔에 제가 먹혀 버릴지도 모른다는 상상을 해요. 하지 않으려 해도 어쩔 수 없어요. 그럴 바에야 가능하면 벗어버리는 것이 나아요."

네리아는 그렇게 말하며 한 남자를 머릿속에 떠올렸다. 현자의 돌이라면 그의 새로운 육체가 될 수 있을 것이다.

처음 봤을 때부터 신뢰하고 싶었던 남자. 지금도 계속해서 마음 한구석에 자리를 차지하고 그녀를 가슴 아프게 하는 남자.

시르카가 아니었다면 정말로 사랑에 빠져 버렸을지도 모른다. 하지만 시르카가 그를 얼마나 사랑하는지 잘 알고 있는 지금, 그 남자에 대한 마음은 더 이상 키워서는 안 된다.

'다행이야, 내가 이렇게 냉정한 성격이라는 것이.'

네리아는 그렇게 속으로 중얼거리며 시르카 모르게 살며시 미소를 지었다.

*　　　*　　　*

일단 마음의 흔들림이 없어지자 라크는 가슴의 답답함이 사라지는 것을 느꼈다.

그는 길을 가면서 새롭게 눈을 뜬 뉴와 놀았다. 뉴 역시 힘이 펄펄 나는 듯 잠시도 가만히 있지 못하고 라크의 양쪽 어깨 위를 뛰거나 등에 데롱데롱 매달려 보는 등 쉬지 않고 재롱을 떨었다.

"그러니까 몸을 물질에서 마나의 형태로 바꿀 수 있다는 거니?"

"네에, 라크가 매일 하는 걸 보고 배웠어요. 뉴."

뉴는 당당하게 가슴을 펴고 대답했다.

"언제라도?"

"그럼요, 뉴."

라크가 다시 묻자 뉴는 당연하다는 듯 고개를 끄덕이고는 보란 듯이 두 앞발을 좌우로 벌렸다. 그러자 갑자기 라크의 팔 위에 서 있던 뉴가 허깨비가 된 것처럼 휙, 하고 아래로 꺼졌다.

턱.

뉴는 그렇게 허상으로 변해 라크의 팔을 통과하고는 다시 물질화되어 앞발로 라크의 팔을 붙잡고 매달렸다. 그야말로 실상과 허상의 변환이 자유롭다는 것을 엄마인 라크에게 자랑한 것이다.

"어때요? 저 잘하죠? 뉴."

기대에 가득 찬 눈, 마치 칭찬해 주세요라고 말하고 있는 듯했다.

그걸 본 라크는 자신도 모르게 고개를 끄덕이며 한 손으로 뉴의 머리를 쓰다듬었다.

"그래, 정말 대단하구나."

"헤헤헤, 별것 아니에요. 뉴."

역시 아이는 칭찬받는 것을 좋아한다. 뉴는 앞발로 머리를 감싼 채 꼬리를 쉬지 않고 흔들면서 대답했다.

엄마가 마나와 함께 전해준 특유의 능력을 완벽하게 받아들인 것으로 자신이 뛰어난 마수인 것을 증명한 셈이다. 본능적으로 그게 대단하다는 걸 아는 뉴였다.

하지만 라크는 그런 뉴를 보며 심각한 고민에 빠졌다.

'뉴가 되면 나도 되지 않을까?'

단순한 생각일 수도 있지만 어쩐지 불가능하지는 않을 것 같았다.

무엇보다 화염의 탑에서 자신이 전에는 느끼지 못했던 그림자의 힘을 깨닫게 된 이후로 라크의 사고 방식이 크게 변했다.

소환되었을 때부터 가지고 있던 힘 말고도 잠재력이라고

할 수 있는, 그런 숨겨진 힘에 대한 가능성을 항상 생각하게 되었다.

한참을 생각하던 라크는 다시 뉴를 보고 물었다.

"그럼 요즘도 내 마나를 흡수할 때 새로운 능력을 배울 수 있니? 왜 있잖아. 밤에 몸속에서 그림자의 기운을 이끌어내는 것 말이야."

"뉴웅, 그건 안 돼요. 제 몸속에는 그림자가 없거든요. 제 그림자는 요기, 요기에 있잖아요. 뉴."

뉴는 고개를 갸웃하며 앞발로 자신의 그림자를 가리켰다.

"못 배우는 것도 있는가 보구나."

"뉴웅."

뉴는 기가 죽었는지 고개를 푹 숙였다. 엄마가 나에게 실망한 걸까? 혼나는 아이처럼 말도 제대로 못하고 엄마의 눈치만 보았다.

라크는 급히 뉴를 위로했다.

"아니, 그런 뜻으로 말한 게 아니란다. 사람도 원래 자신에게 맞는 게 있고 안 맞는 게 있거든. 너에게는 그림자를 움직이는 게 맞지 않는 것뿐이지. 대신에 다른 좋은 능력이 있지 않겠니?"

"예! 저 능력 많아요! 땅속에서도 잘 다니고요. 마나를 깨물어 먹을 수도 있어요. 뉴!"

뉴는 곧 기운이 나는지 큰 소리로 대답했다. 그리고는 곧 라크에게 자신이 할 수 있는 것들을 보여주기 시작했다.

파파파팍!

땅을 향해 뛰어내린 뉴는 그대로 땅에 구멍을 뚫고 들어갔다. 그리고는 몇 초도 되지 않아 수십 미터 밖에서 튀어 나와 통통 튀며 앞발을 흔들어 보였다.

"정말 빠르군!"

라크는 감탄했다. 뉴의 땅속에서의 이동 속도는 라크가 달리는 것에 비해서도 전혀 뒤처지지 않을 정도였다.

토토토톡.

뉴는 땅 위를 달려 라크에게로 다가왔다. 수풀을 박차고 뛰면 풀잎이 꺾일 사이도 없이 가볍게 몸이 난다. 몸놀림이 극도로 가벼워 바람을 차고 허공에서 방향을 바꾸기도 했다.

휘익, 턱.

"어때요, 라크? 뉴."

"대단한데? 땅속에서도 땅 위에서도 빠르구나."

"그럼요. 뉴."

"혹시 불을 뿜거나 벼락을 부르지는 못하니?"

"뉴웅, 그건 할 줄 몰라요."

"그럼 적이 나타나면 어떻게 싸울 거니?"

"그냥 이빨로 콱 깨물지요. 뉴."

"그래, 그게 좋단다."

라크는 알았다는 듯 고개를 끄덕이며 뉴의 머리를 쓰다듬었다. 다행히도 뉴는 아주 위험한 마물은 아닌 것 같다는 생각이 들었다.

땅속을 마음대로 다니고, 몸을 허상으로 만드는 것은 뛰어난 능력이지만 전투적인 능력은 입으로 무는 것 이외에는 없다고 한다.

조그마한 뉴가 이빨로 문다고 해서 얼마나 공격력이 강하겠는가? 틀림없이 몸을 피하는 데에만 능숙한 약하고 귀여운 마물일 것이다.

'일단 언제든지 몸을 허상으로 만들 수 있으니 데리고 다녀도 위험에 빠지거나 하지는 않겠군. 다행이다.'

"뉴우웅, 라크, 가려워요. 뉴, 뉴!"

"으응?"

뉴가 몸을 비틀며 웃고 있었다.

이런저런 생각을 하는 사이 자신도 모르게 손가락으로 뉴의 목을 간질이고 있었던 것이다.

라크는 그런 뉴가 너무나도 귀엽다는 생각이 들었다. 확실히 어깨에서 잠만 자던 때와는 다르게 키울 만했다.

깨어난 뉴와 노는 것은 라크에게는 정말로 즐거운 일이었다. 그림자로서 지내온 지난 시간들 중에는 이런 즐거움이 없었다.

인간을 상대로 할 때에는 자신이 그림자라는 것을 들키면 안 된다는 생각에 항상 마음 한구석에 긴장감이 자리하고 있었던 것이다.

그런데 뉴에게는 라크가 그림자라는 사실이 전혀 문제가 되지 않는다. 오히려 라크가 그림자라는 것을 부러워하는 눈치였다. 왜냐하면 뉴는 그림자의 힘을 쓸 수 없기 때문이다.

더군다나 뉴는 다른 라크의 힘들을 일부 물려받았다. 그건 라크에게 또 다른 감동이었다.

소환되면 목적을 위해 싸우다가 사라져야 하는 그림자 가디언에게 있어 후손이라는 것은 상상도 하지 못할 존재 중 하나이다.

인간은 자식을 낳고, 마족도 여러 가지 방법으로 개체를 번식시킬 수 있지만, 그림자 가디언은 그게 불가능한 것이다.

그런데 지금의 뉴를 말하자면 라크의 후손이라 할 수 있었다. 라크의 마나를 먹고 자라서 라크의 능력과 지식을 일부 물려받은 존재이기 때문이다.

라크는 그게 좋았다. 만약의 경우 자신이 소멸되어도 이제는 세상에 무엇인가가 남겨지게 되었다는 느낌이 들었다.

'그래, 어떻게 되든 데리고 다니는 거다!'

라크는 그렇게 결심하고는 두 손으로 뉴를 들어올려 볼에
비볐다.

해는 이미 서편에 걸려 하늘 위의 구름에 붉은 노을을 물들
이며 사방이 조용한 가운데, 길을 따라 걷는 사람과 마수의
웃음소리는 끊이지 않고 들려왔다.

저녁이 되어 라크가 허상으로 변했을 때, 라크는 자신의 몸
속에서 그림자의 기운을 끌어내었다. 그러자 검은 기운이 라
크의 몸 전체를 감싸 완벽하게 어두운 모습으로 변했다.

빛을 일절 반사하지 않기 때문에 입체감이 전혀 느껴지지
않는, 그야말로 그림자와 똑같은 모습이었다.

그리고 다시 두 눈을 동그랗게 뜬 채 보고 있는 뉴에게도
그림자의 기운을 장막처럼 쳐서 감쌌다.

"뉴웅! 신기해요. 뉴."

뉴는 재미있다는 듯 외쳤다. 뉴의 모습 역시 그림자처럼 변
해 버린 것이다.

"이게 내 능력이란다. 지금까지는 몰랐는데 이번에 깨달았
거든."

"헤헤헤, 그럼 라크는 더 강해진 거예요?"

"응."

라크는 자신만만한 듯 힘있게 고개를 끄덕여 보였다. 굉장

한 해방감이었다. 태어나면서부터 양팔을 묶고 지내 전혀 움직이지 못하다가 그 구속이 풀린 것처럼 그림자의 기운을 자유자재로 움직이는 기분은!

정말로 갑자기 하늘을 날게 된 기분이랄까? 팔다리가 하나 더 늘어났다고도 할 수 있다.

"뉴웅! 라크는 정말 훌륭한 마수예요. 멋지고 강해요!"

뉴는 신이 나서 떠들었다.

"하하하, 마수는 조금 그렇지 않니? 뭐, 틀린 말은 아니지만 말이야."

"뉴도 꼭 라크처럼 훌륭한 마수가 될 거예요."

흥분한 뉴는 이미 자신만의 세계에 빠져들고 있었다. 라크는 약간 굳어진 얼굴로 웃을 수밖에 없었다.

'누가 마수냐? 내가 왜 마수냐? 으윽, 얘가 날 상처 입히다니.'

불만이 있어도 말을 할 수가 없다. 조용히 손을 들어 뉴의 목을 간질이는 것으로 끝냈다.

그러던 중 라크는 길 저쪽에 일단의 사람들이 야영을 하기 위해 모닥불을 피워놓고 앉아 있는 것을 보았다.

'으웅? 저들은!'

라크는 살짝 긴장하며 기척을 죽였다. 뉴도 그들을 보았는지 떠들던 것을 멈추고 라크의 어깨 위로 올라가 얌전히 앉왔다.

그들의 수는 약 30여 명이었는데, 그중 20여 명은 용병으로 보였다.

문제는 남은 10여 명의 사람들이었는데, 하나같이 로브를 입고 지팡이나 마법의 막대기를 든 것이 의심할 여지없는 마법사들이었다.

아무리 마법이 성한 시대라고 해도 마법사가 10여 명이나 같이 다니는 것은 결코 흔한 일이 아니다.

라크는 그들이 있는 곳으로 어느 정도 다가가 나무 그늘 아래에 조용히 서서 잠시 그들을 살폈다.

그림자 형태로 변한 그가 나무 그늘 아래 서 있으니 정말로 어둠에 가려 보이지 않았다. 기척이야 허상인 라크가 발할 리가 없다.

마법사들은 라크의 존재를 전혀 눈치 채지 못하고 잠들기 전에 배를 채우려는 듯 무엇인가를 먹으며 담소를 나누었다.

"불꽃의 탑이 무너졌다는군."

"마그나타의 수하 마법사들이 화염의 마법사들을 잡으러 다닌다더군."

"후우, 그래서 그놈들이 자꾸 우리를 귀찮게 하는 거였나?"

"세상이 어찌 되려는지 모르겠네."

"힘을 내자고. 그래도 우리에게는 제논님이 계시지 않은가?"

"그렇지. 이번에 제논님이 정식으로 보스톡 왕국의 길드장으로 인정받으면 우리들도 어깨에 힘을 줄 수 있을 걸세."

"그나저나 제논님도 상당히 피곤하신 모양인데 괜찮을까?"

"낮에도 상당한 무리를 하셨지 않나? 정말 자기 집을 잃어버리고 엄한 데 와서 억지소리를 해대는 놈들을 그냥 확!"

"허허허, 그 기분은 나도 같네. 내 특기인 전격 마법 맛을 보여주고 싶었지. 하지만 제논님은 그놈들에게도 자비를 베풀어주시지 않았나?"

"그게 문제야. 공격해 오는 놈들을 그냥 막기만 하다니. 그놈들이야 제풀에 나가떨어질 때까지 기다리는 건 좋다고. 하지만 그럼 제논님도 힘들지 않나? 이 중요한 때에 말이야."

"이봐, 좀 조용히 하라고. 제논님이 들으시겠네."

"아차!"

이야기에 열중하다 보니 어느새 목소리에 힘이 들어간 모양이다. 그들은 스스로의 목소리에 놀라 얼른 입을 다물었다.

그러나 이미 커져 버린 목소리가 사라지는 것은 아니다.

한쪽에 쳐져 있던 천막 안에서 한 중년 남자가 나왔다.

그는 머리카락이 하나도 없는 완벽한 대머리였는데, 자세히 보면 눈썹과 수염도 없었다. 그걸 보면 병으로 인해 털이 없는 것일지도 모른다. 하지만 손등에 나 있는 털로 보아 그런 것은 아니고, 스스로 깎은 듯했다.

세상에서 가장 괴팍한 성격의 소유자가 대부분 마법사라더니, 이 남자도 그 후보 중 하나일지도 모른다고 라크는 생각했다.

"다 들려요, 들립니다. 하하하."

"아, 제논님, 죄송합니다."

마법사들은 일제히 자리에서 일어나 그 남자에게 인사를 했다. 자신들의 소란스러움으로 인해 편히 쉬지 못하고 일어난 것에 상당히 미안해했다. 그것도 쉬고 있던 사람이 자신들의 수장이기에 더 더욱 그런 듯했다.

"괜찮습니다. 아직 잠이 들기에는 조금 이른 듯하군요. 눈을 감고 명상을 했더니 조금 나아졌습니다."

"과연 제논님이십니다! 그놈들이 그렇게 공격 마법을 계속해서 써댔는데, 그것을 모두 받아내시고도 여유가 있으시다니요."

"아닙니다. 솔직히 말해 전 지금 거의 마나 고갈 상태라고 할 수 있습니다."

제논이란 남자는 가볍게 웃으면서 말했다. 그 말에 다른 마법사들은 모두 놀랐다.

라크 역시 그 남자를 관심있게 보았다.

'마법사가 다른 자들에게 스스로 마나 고갈 상태임을 밝히는 것은 죽여도 좋다고 허락하는 것과 같은데. 저 사람은 왜 저걸 말하는 거지?'

이해할 수가 없었다. 하지만 그때 제논은 라크의 마음속의 의문에 대답이라도 하듯 말을 이었다.

"저는 근래에 상당한 발전을 하여 전보다는 훨씬 나아졌습니다만, 그렇다고 해도 강력한 대마법사의 경지에 비하면 아직 멀었습니다."

"겸양의 말씀을."

"아닙니다. 겸양이고 뭐고 그럴 실력도 못 됩니다. 단지 여러분들이 도와주셔서 보스톡 왕국의 통합 길드장이 되었을 뿐입니다."

'뭐야? 저런 거였어?'

라크는 실망했다. 지금 제논이 하는 말은 그야말로 정치적인 언변으로 겸양을 가장하여 아랫사람들을 끌어들이는 성질의 것이었기 때문이다.

저런 소리를 하는 자들은 보나마나 속으로는 자신이 대단하다는 자만심에 가득 차 있을 것이다. 겉과 속이 다른 전형

적인 헛소리인 것이다.

라크는 순간적이나마 관심을 가졌던 것이 아깝다는 생각을 하며 몸을 돌려 가던 길로 발걸음을 옮겼다. 이들에 대한 관심이 사라진 이상, 이대로 계속 밤새 걸어갈 생각이었다.

제논은 그런 라크의 심정을 모른 채 계속해서 말하고 있었다.

"현자의 탑에 있을 때, 그곳에서 정말 대단한 마법사들을 많이 보았습니다. 운이 좋아서 일곱 명의 고위 마법사를 모두 뵐 수 있었지요."

"오오, 현자의 탑의 일곱 고위 마법사를 모두 말입니까?"

감동의 표정을 짓는 다른 마법사들은 영락없이 시골 마법사라고 할 수 있었다. 대륙의 최남단 오지에 위치한 보스톡 왕국 출신이니만큼 이해할 수는 있지만 약간은 한심한 생각이 들 정도였다.

"그중에서도 빛의 마법사인 라크님은 정말 대단했습니다. 비록 20대의 젊은 나이지만 다른 어떤 마법사들과 비교해도 손색이 없었지요."

라크는 걸음을 멈추고 다시 제논을 보았다. 그는 라크를 안다! 어떤 관계일까?

"하지만 제가 그분의 나이를 떠나 마음속으로 존경하는 것은 그 실력이 아닌 성격에 있습니다. 그분은 강할 때나 약할 때나 당당했습니다. 자신의 운명에 대해 항상 정면으로 맞서는 느낌이랄까? 아무튼 보기만 해도 힘이 났지요."

"그렇군요."

"뭐, 그분이 행방불명된 뒤에 저는 현자의 탑에서 쫓겨나다시피 보스톡으로 가게 되었지만 말입니다. 하하하."

"저런! 제논님 같은 분을 내쫓다니 현자의 탑도 썩을 대로 썩었군요."

한 마법사가 분을 참지 못하겠다는 듯 무릎을 탁! 치며 말했다. 그는 최근에 통합 길드에 가입한 자로서 이런 쪽으로는 상당히 과격한 성격을 지니고 있었다.

제논은 미소를 지으며 고개를 저었다.

"그들도 그들 나름대로 사정이 있을 겁니다. 요즘에 와서야 그걸 어렴풋이 이해할 수 있겠더군요. 그리고 제가 하고 싶은 이야기는 지금부터입니다. 잘 들으십시오."

갑자기 진지한 표정을 짓는 제논, 사람들은 그런 그를 보며 자세를 바로 했다. 수장이 진지하게 하는 말은 진지하게 들어야 하기 때문이다.

"아시겠습니까? 현자의 탑에는 단 한 명의 힘으로도 우리들 모두의 힘을 합한 것보다 강한 마법사가 상당수 있습니다. 저를 비롯해 여러분들이 모두 힘을 모아도 감당할 수 없는 상대가!"

꿀꺽.

"비록 싸우러 가는 것은 아니지만, 시험을 받을 겁니다. 하나의 왕국의 마법사 길드가 새롭게 통합되어 뭉치려는 순간입니다. 그들이 이걸 좋아할지 싫어할지는 모르겠지만, 그만한 역량이 없다고 판단되면 필히 무산시키려 할 것입니다."

"그걸 왜 그들이 마음대로 정합니까? 우리가 이미 정했으니 그들은 인정해야 합니다."

"그렇게 쉽게는 되지 않을 겁니다. 어쨌거나 마법도 힘의 원리가 통하는 시절이니까요."

"으음......."

"결국 조금이라도 가능성을 높이는 길은 여러분과 제가 가능한 한 힘을 합하는 것뿐입니다. 그러려면 제 힘의 한계를 여러분께 분명히 알려야 합니다. 그래야 여러분들께서 저를 도울 수 있으니까요."

"그럼!"

"그렇습니다. 오늘 여러분들께 제 마력의 한계를 보여드렸습니다. 물론 여러분들까지 자신의 한계를 밝힐 필요는 없습니다. 하지만 이제는 저의 한계를 알았으니 여러분들께서 조금이라도 더 확실하게 저를 도와주실 수 있을 것입니다."

"그런 뜻이라니!"

마법사들은 하나같이 감탄했다. 제논은 그들의 도움을 효과적으로 받기 위해 약점을 밝힌 것이다. 만약 이들 중 한 명이라도 불순한 마음을 품는다면 제논은 큰 위기에 빠질 것이다. 마력의 한계가 온 순간에는 작은 암습에도 당할 수밖에 없으니까.

'대단한데! 목숨을 건 신뢰를 보이는 건가? 그걸 담보로 도움을 요청하고?'

라크는 이제 완전히 제논에게 빠져들었다. 확실히 제논의 마력은 그렇게까지 강하지 않아 한 왕국을 책임지기에는 모자란 감이 있다. 그러나 그의 의도대로 10여 명의 마법사들이 제논을 적극적으로 돕는다면 어떻게든 뜻을 이룰 수 있을 것이다.

'문제는 그 다음이지.'

라크는 자신도 모르게 미소를 지으며 생각에 잠겼다. 일단 한계를 다른 사람에게 알린 것은 틀림없다. 나중에라도 크게 문제가 발생할 수 있는 것이다.

과연 제논이란 마법사는 그걸 염두에 두고 있을까? 한계가 드러난 마법사는 예외없이 비참한 꼴을 당한다는 걸 마음속으로부터 아는 그가 부담을 가지지 않을 수는 없다.

말하자면, 지금 제논의 의도는 급한 대로 길드장이 되기 위해 무리수를 둔 것이라고 생각할 수도 있었다.

다른 마법사들도 바보는 아닐 터이니 이런 점에는 생각이 미칠 것이다. 그들은 과연 자신들의 길드장이 한계가 드러난 것을 좋아할까? 어쩌면 현명하지 못한 선택이라고 생각할지도 모른다.

과연 라크의 생각대로 마법사 중 나이가 많아 보이는 자가 조심스럽게 제논에게 물었다.

"제논님, 그렇다면 제논님은 우리를 영원히 신뢰하겠다는 말씀이십니까?"

영원이란 없다. 인간의 신뢰는 그야말로 연약한 것. 한 사람도 아니고, 10여 명의 마법사를 영원히 신뢰하겠다고 대답한다면 제논은 수장의 자격이 없는 것이리라.

제논은 웃었다. 그리고는 거리낌없이 대답했다.

"그러기를 원합니다. 하지만 저는 여러분들께 영원히 비밀을 지킬 부담을 안겨 드릴 마음은 없습니다."

"그럼?"

"말씀드렸지 않습니까? 저는 근래에 상당한 발전을 하고 있다고요. 지금의 제 한계가 내일의 한계가 아닐 겁니다. 현자의 탑에 갔다가 보스톡으로 돌아갈 무렵, 그러니까 두 달쯤 후에는 저는 또 다른 한계를 가지고 있을 겁니다. 그리고 일 년이 지나면 또 다른 경지를, 그렇게 평생 발전할 겁니다."

"그런 일이 가능하단 말씀이십니까!"

"적어도 지금은 그렇게 느끼고 있습니다."

제논은 자신있게 대답하며 사람들에게 고개를 끄덕였다. 그 모습은 신뢰를 주기에 충분할 정도로 여유가 있었다.

마법사들은 제논의 말에 크게 감명을 받은 듯 입으로 뭔가를 중얼거리거나 수첩을 꺼내 제논의 말을 적었다.

라크 역시 그런 제논을 보며 미소를 지었다.

'한 사람의 마법사가 이런 곳에 있었군. 적어도 저자는 스스로에게 한계를 만들지 않는 자다.'

크게 호감이 생기는 것이 느껴졌다. 이름과 생김새가 인상적이니만큼 오래도록 기억에 남을 것 같았다.

'저자를 만나볼까? 그래서 진짜 라크와 어떤 관계인지를 물어볼까?'

라크는 생각했다. 하지만 곧 고개를 저으며 그 생각을 지웠다.

'지금은 마그나타에게 집중을 하자. 모든 것에 우선시해야 한다.'

그렇게 스스로에게 다짐을 하며 걸음을 옮기기 시작했다. 그런데 그런 라크의 감각에 걸리는 무엇인가가 있었다.

'음, 이건?'

제논에게 마지막으로 질문을 던진 노마법사다. 그가 이상했다. 하지만 뭐가 이상한지는 알 수 없었다.

평범한 시골 마법사의 차림에, 몸속에서 느껴지는 마나의 양도 그저 그랬다.

'알 수 없군.'

라크는 이제 그 노인을 자세히 살피기 시작했다. 그러자 곧 한 가지를 알 수 있었는데, 그가 제논을 바라보는 눈빛이었다.

'다르다. 저 노인의 눈에는 감탄의 감정은 있어도 존경이나 존중의 감정은 없다.'

길드의 수장을 바라보는 눈이다. 다른 마법사들은 모두 제논을 존경하고 있었다. 나이가 많고 적음과는 관계없이 뛰어난 마법사에 대한 부러움의 감정이기도 했다.

다른 사람의 감정을 알아차리는 데 탁월한 감각을 지닌 라크의 눈에는 그게 확실히 보였다.

하지만 그 노인만은 그런 기색이 전혀 없었다. 오히려 기특한 아랫사람을 보는 듯했다. 마법사로서 제논을 자신의 아래로 생각하는 것이 틀림없다.

'흐음, 분명히 별것없는 노인인데, 뭐지? 뭐가 그렇게 자신만만한 거지?'

라크는 더 이상 걸음을 옮길 생각을 하지 않았다. 분명히

갈 길이 바쁘기는 해도 이걸 모르고 지나치면 왠지 크게 후회할 것 같은 느낌이 들었다.

아무런 상관이 없을 것 같지만, 만에 하나라도 그의 감각의 헛점이 드러난다면 마그나타와 싸울 때에는 치명적으로 작용할 것이 뻔하다.

그렇다면 납득이 갈 때까지 고민을 해봐야 한다.

결국 라크는 오늘 밤은 그들을 관찰하며 보내기로 했다.

Chapter 6

가슴속이 원하는 길

가슴속이 원하는 길

제논을 비롯한 마법사들의 목적은 린도르 장례식의 참석과 새롭게 결성한 길드의 인가였다.

그런 만큼 그들은 최대한 빠르게 현자의 탑이 있는 스틸문으로 이동했다.

라크는 계속해서 그들을 따라갔다. 목적지가 같으니 크게 부담이 되지는 않았다. 단지 들키지 않고 따라가야 하니 길이 아닌 숲에서 이동을 해야 했다.

3일이 지났다.

제논은 이미 원기를 완전히 되찾고 특유의 활발함으로 사람들을 영도하고 있었다. 마법사들뿐만 아니라 자신들을 호위하는 용병들에게조차 빠짐없이 배려해 주는 것으로 보아 타고난 성격이 그런 것 같았다.

하지만 밤이 되면 누구보다도 열심히 마법에 대한 연구를 하는 듯했다. 여행길이라고 해도 쉬는 일은 없었다.

반면에 라크가 관심을 가지고 보고 있는 노마법사는 전혀 마법 연구를 하거나 명상에 잠기지도 않았다. 그저 여럿이 있을 때에는 잡담을 나누고, 혼자일 때에는 땅콩 같은 간식을 먹으며 흐르는 구름을 구경하고는 했다.

"편해 보이는군."

라크는 감탄 반, 허탈함 반의 감정으로 그렇게 중얼거렸다. 그런데 이상하게도 노마법사의 모습을 보면 볼수록 그에게서 눈을 뗄 수가 없었다.

뭔가 변화가 있으면 좋겠다고 라크는 생각했다. 라크의 그런 생각 때문인지는 몰라도 오전부터 수상한 사람들이 접근해 오는 것이 느껴졌다.

라크는 조용히 그들을 살펴보았다. 붉은 불꽃이 새겨진 로브, 분명 화염의 탑 소속의 마법사들이었다.

'그러고 보니 며칠 전에도 저들이 공격해 왔다고 그랬지?'

어째서인지는 몰라도 싸움이 있었다고 했다. 라크는 홍

미진진한 모습으로 그들이 무슨 짓을 하는가를 지켜보았다.

화염의 마법사들은 모두 20여 명에 달했는데, 그중에는 선홍색의 로브를 입은 자가 있었다.

짧은 콧수염을 기른 오만해 보이는 중년 남자.

다른 사람과 문양은 같지만 다른 색의 로브를 입고 있는 것으로 보아 보통의 신분은 아닌 것 같았다.

단지 몸에서 일어나는 열기를 주체하기 힘든 듯 그가 걷는 걸음걸이마다 풀이 타서 꺼멓게 변했다.

'화염의 탑의 기운을 너무 욕심내서 받아들였군. 오히려 마나의 양을 줄이고 정밀함에 신경을 썼다면 훨씬 더 강해졌을 텐데.'

라크는 간단하게 그의 한계를 평했다. 이미 화염 계열 최고의 마법서를 본 그였기에 상대가 가진 문제점을 너무나도 잘 알 수 있었다.

"저쪽입니다, 베어날님."

"흥, 감히 화염의 권위를 부정한다는 놈들이 있다니? 이 남대륙의 마법사라면 있을 수 없는 일이다."

베어날이라는 마법사는 상당히 화가 난 듯했다. 그러자 다른 마법사들은 일제히 맞장구를 치며 말했다.

"그렇습니다. 하지만 베어날님은 장래 고위 마법사가 되실

분이시니 그들도 순순히 복종할 것입니다."

"당연하지. 이런 상황에서 남대륙의 마법사들이 하나로 뭉치지 않으면 어떻게 되겠나? 나를 따르는 자는 보답을 받을 것이고, 아닌 자들은 업화의 제물이 될 것이다."

"지당하신 말씀이십니다."

라크는 그 모습을 보며 고개를 저었다.

'저놈들, 정말 마법사 맞아? 왜 이리 딸랑딸랑거리는 거야?'

처음 봤다, 마법사가 저렇게 무게없이 구는 모습은. 남대륙의 마법계가 걱정되는 순간이었다.

하지만 적어도 베어날은 상당히 뛰어난 마법사임에 틀림없어 보였다.

그들은 곧 앞에 있는 제논 일행을 따라잡았다.

제논 일행은 이들이 보이는 순간부터 움직임을 멈추고 대열을 지어 이들이 다가오기를 기다렸다. 그런데 그 대열이라는 것이 상당히 기묘해서 마치 하나의 마법진과 같아 보였다.

호위를 하는 용병들은 오히려 뒤로 물러나고 마법사들이 그들을 보호하는 형태였다. 그리고 그 중앙에는 제논이 섰다.

"무슨 일이십니까?"

제논은 차분한 목소리로 물었다. 며칠 전에 그들이 공격했었다는 사실은 이미 잊은 것처럼 태연했다.

베어날은 날카로운 눈으로 제논의 모습을 위아래로 훑어보고는 코웃음을 쳤다.

"흥, 그대가 바로 보스톡의 새로운 연합 길드장인가?"

처음부터 반말이다. 아예 사람을 아래로 보고 있는 증거이다. 길드장을, 그것도 한 왕국의 길드장을 하대할 수는 없는 법이다. 다른 마법사들은 모두 눈살을 찌푸리며 베어날을 노려보았다.

그러나 제논은 조금도 개의치 않는 듯 순순히 대답했다.

"그렇습니다. 화염의 탑에서 나오신 분입니까?"

"그렇다. 다스파의 제자인 베어날이 바로 나다!"

"다스파? 그렇다면 그대는 블래사와 같은 항렬이군요."

"흐흐흐, 잘 알고 있군. 블래사가 죽은 지금, 화염의 탑의 지배자는 바로 나다. 남부의 마법사라면 탑의 주인에게 어떻게 대해야 하는지 알고 있겠지?"

베어날은 자신만만하게 말했다. 확실히 남부의 자존심인 화염의 탑의 지배자는 다른 모든 마법사들에게 경외의 대상이다. 하지만 제논은 눈앞의 베어날에게 그런 감정을 느끼지 못했다.

"탑의 주인은 당연히 존경받아야 합니다. 왜냐하면 고위 마법사이니까요."

"뭐라고!"

제논의 말은 바로 고위 마법사가 아니면 탑의 주인이 될 수 없다는 뜻이다. 즉, 베어날의 말을 정면으로 부인하는 것이라 할 수 있었다.

베어날은 날카로운 목소리로 소리쳤다. 하지만 곧 음흉하게 웃으며 말했다.

"크크크, 생각 외로 대담한 놈이군. 싸울 준비는 되어 있다, 이건가?"

"그렇습니다. 마나의 길을 가는 자, 어떤 흔들림에도 가슴 속의 중심을 흔들지 않도록 수련해야 하지요. 그대가 공격하면 전 맞서 싸울 뿐입니다."

"좋다!"

화르르륵—

베어날의 몸에서 불길이 일어나기 시작했다. 주문도 외우지 않았는데 화염이 발생하는 것으로 보아 확실히 그는 상위 마법에 대한 깨달음이 있다는 것을 의미했다.

사람들은 안색이 변해 뒤로 한 걸음씩 물러났다. 단지 제논만이 자신의 자리를 지키고 있을 뿐이다.

베어날은 다시 음흉한 표정을 지으며 손가락으로 제논을 가리켰다. 그리고는 마지막으로 선언하듯 말했다.

"알고 있겠지? 네놈의 마력이 상당하기는 해도 난 이미 상위 마법의 길에 들어섰다. 정해라! 화염의 탑에 충성을 맹세하고 나의 수하가 될 테냐? 아니면 이 자리에서 재도 남지 않고 타버릴 거냐?"

"……"

제논은 대답하지 않았다. 그저 담담한 눈으로 베어날을 바라볼 뿐이었다.

그들 사이의 긴장감은 더욱 높아져 이제 다른 마법사들은 숨도 쉬기 어려울 정도가 되었다.

베어날의 얼굴은 점점 일그러져 갔다. 상위 마법의 힘을 보이면 제논이 바로 충성을 맹세할 줄 알았는데 대답을 하지 않다니?

"크크크, 죽어봐야 후회를 할 놈이로군."

마침내 그는 제논을 제거하기로 결심한 듯 살기 띤 목소리로 중얼거렸다

그리고는 갑자기 두 손을 들어올렸다.

파라라라!

화염의 기운이 손바닥 안에 모여 하나의 구슬처럼 변하기 시작했다.

공격 마법! 제논은 그때서야 주문을 외우기 시작했다. 적이 공격을 해오면 방어를 해야 사는 것은 당연한 일이다. 드디어 두 마법사 간의 마법 대결이 펼쳐지려는 순간이 왔다.

'뭐냐? 저 사기꾼은?'

라크는 하품이 나오려는 충동을 억지로 참았다. 베어날의 로브에서 마력이 느껴졌다. 그리고 그게 무엇인지도 이미 알고 있었다.

화염의 탑에서 가져온 마법서 뒤쪽에는 화염의 탑이 보유한 여러 마법 물건들에 대한 이야기들이 적혀 있었다.

크림슨 로브, 불꽃을 일으키며 웬만한 화염계 공격으로부터의 피해를 막아주는 마법 로브였다. 싸구려 마법 물건은 아니지만 그렇다고 해서 상위 마법의 힘을 낼 수는 없는 것이다.

그런데 베어날은 로브의 힘을 방출하면서 상위 마법이라고 헛소리를 해대고 있었다.

아마도 그는 이런 식으로 다른 마법사들을 굴복시켜 화염의 탑의 주인이 되려고 하는가 보다. 이미 모든 마력이 사라진 화염의 탑의 주인이.

하지만 지금 베어날이 제논에게 하려는 짓은 충분히 위협적이었다.

베어날이 손에 숨겨 쥐고 있는 물건.

그것은 바로 라바스톤이다. 화염의 상위 마법으로 만들 수 있는 마법 물건인데, 순간적으로 화염 마법의 위력을 세 배나 강화시켜 주는 물건이다.

한 번 쓰면 재가 되어버리긴 하지만 이렇게 비슷한 수준의 마법사와 대적할 때에는 결정적인 역할을 할 수도 있다.

확실히 블래사의 사제답게 화염의 탑에 있는 마법 물건들 중 몇 개는 그가 지니고 있는 모양이다.

라크는 제논이 냉정하게 대치하고 있지만 라바스톤의 힘을 빌린 화염 마법에는 당할 수 없다고 판단했다. 베어날은 단번에 제논을 죽임으로써 다른 마법사들을 굴복시키려는 것이다.

'어떻게 하지?'

라크는 고민했다.

블래사에게는 받은 것이 있다. 그리고 화염의 탑이 망가진 이유는 바로 자신에게 있지 않은가?

비록 다른 화염의 마법사들에게 무슨 보답을 할 마음은 없지만, 그래도 사기꾼이 블래사의 뒤를 잇는 것은 두고 볼 수만은 없었다.

'일단 막아야겠지.'

시간이 없다. 생각을 하는 사이 두 마법사의 주문이 거의 끝에 달하고 있었다. 라크는 얼른 땅에서 돌을 하나 들어 그림자의 기운으로 감쌌다. 그리고는 베어날의 뒤통수를 향해 던졌다.

휘익, 빡!

"컥!"

"앗, 베어날님!"

"누구냐?"

화염의 마법사들은 경악한 표정으로 비명을 질렀다. 전신에 불꽃을 두르고 강력한 선홍의 파이어 볼을 생성해 내던 자신들의 윗사람이 어디선가 날아온 짱돌 하나에 그대로 뻗어 버린 것이다.

분명히 주문을 시전하면서 나름대로 마법의 방어막을 쳤을 터인데, 돌멩이는 그걸 완전히 무시하고 목적지까지 날아가 임무를 완수했다. 상식적으로는 절대로 이해할 수 없는 일이었다.

"나요."

라크는 바로 대답을 하며 나무 뒤에서 나와 그들에게로 걸어갔다. 빠르지도 느리지도 않는 평범한 걸음걸이였다.

"으윽, 네놈은 누구냐?"

"구경꾼이라고 할 수 있지요."

"멈춰라! 가까이 오면 공격하겠다."

"해보시오."

라크는 어서 공격해 보라는 듯 고개를 끄덕이며 미소를 지어 보였다. 당황한 화염의 마법사들의 표정이 볼 만했다.

"이놈! 우리를 조롱하다니. 죽어랏! 플레임 애로우!"

"파이어 휩!"

화염의 마법사들은 순간적으로 놀랐다가 곧 놀람이 분노로 바뀌었는지 크게 소리를 지르며 일제히 라크에게 공격 마법을 시전했다.

화염 덩어리와 불타는 채찍, 화살, 그리고 땅을 태우며 나아가는 불길이 순식간에 라크를 뒤덮었다.

콰콰쾅, 화라라라!

"아, 저런!"

제논 일행들은 갑자기 나타난 젊은이가 마법사들의 마법에 의해 죽임을 당하는 모습을 보자 크게 놀라 안타까움의 탄성을 질렀다. 하지만 곧 그들은 두 눈을 크게 뜨고 입을 벌렸다. 놀라움의 극치라 할 수 있었다.

라크는 머리카락 하나 그을리지 않고 맹렬하게 타오르는 불길 속을 걸어나오고 있었다. 그러면서 약간 덥다는 듯 손으로 뺨을 향해 휘익, 휘익 저었다.

"이, 이럴 수가?"

"다 했습니까?"

"다가오지 마라!"

"싫은데요?"

라크는 화염의 마법사들을 완전히 무시했다. 어차피 이들은 마법사의 자존심을 버린 자들, 앞으로의 발전은 기대할 수가 없다. 화염의 탑의 마법사들이 모두 이들과 같지 않기를 기원할 뿐이다.

라크는 상대가 겁에 질려 뒤로 물러나든 말든 그대로 걸어서 땅에 쓰러진 베어날이 있는 곳으로 갔다. 그리고는 그가 입고 있는 로브를 벗겼다.

"무슨 짓이냐?"

"이자가 입고 있기에는 조금 아까운 것이라서 그렇소."

"뭐라고?"

로브는 아직도 불을 뿜어내고 있었다. 그러나 라크가 완전히 벗겨내자 불꽃이 약해지더니 곧 꺼져 버렸다. 라크는 그걸 착착 접어서 자신의 배낭에 쑤셔 넣었다.

"에또, 그리고……."

라크는 다시 베어날이 쥐고 있던 라바스톤을 빼앗았다. 또 그의 손가락에 있는 반지를 빼고, 품속을 뒤져 몇 가지 물건을 더 찾아내었다.

"뭐 하는 짓이냐?"

노상강도와 같은 라크의 행동은 겁에 질려 있던 화염의 마법사들이 오히려 화를 내게 하기에 충분했다.

자신들의 우두머리가 지닌 물건을 정체를 알 수 없는 자가 마음대로 가지게 할 수는 없는 것이다.

그들은 심기일전하여 다시 마법을 시전하기 시작했다.

조금 전보다는 훨씬 신중하게 선택한 다채로운 마법들이었다.

그 순간 라크가 베어날의 멱살을 잡아 들어올렸다.

"앗! 이놈, 베어날님을 놔라!"

마법사들은 당황해서 외쳤다. 베어날이 있는 이상 라크를 향해 공격 마법을 시전할 수는 없다. 몇몇이 정신계 마법을 시전해 보았지만 걸릴 리가 없다.

라크는 그들을 거들떠보지도 않고 들어올린 베어날을 격렬하게 흔들었다. 그러자 베어달의 머리가 목뼈가 부딪치는 소리가 날 정도로 빠르게 앞뒤로 움직였다.

파파파곽!

"크그그극, 누, 누구냐?"

"깨어났습니까?"

베어날이 정신을 차리자 라크는 웃으면서 그를 내려놓았다. 비틀거리며 가까스로 서는 베어날, 그는 뒤통수가 무척 아픈 듯 인상을 찡그리며 손으로 그곳을 만져 보니 피가 묻어나왔다.

라크는 말했다.

"화염의 탑의 권위를 걸고 싸우는 것을 말리지는 않겠습니다. 하지만 쓸데없는 장비는 제가 맡아두겠습니다. 그럼 계속하십시오."

"뭐라고? 앗, 내 로브! 내 라바스톤!"

그때서야 베어날은 자신의 겉옷이 벗겨지고 비장의 수로 의지하던 라바스톤마저 모두 없어진 것을 알고는 비명을 질렀다.

"이놈! 무슨 짓이냐? 어서 내 물건을 내놔라."

베어달은 너무나도 화가 나서 이성을 잃은 듯했다. 그러나 그건 그의 사정, 라크는 아무렇지도 않게 고개를 흔들었다.

"제가 알기로 상위의 마법에 대한 깨달음은 이런 물건에 의지해서는 절대로 도달할 수 없는 것입니다. 그리고 블래사님의 뒤를 잇겠다고 선언하신 이상, 적을 상대할 때 순수한 자신의 마력으로 하십시오."

"으으으, 네놈이 무슨 상관이냐?"

베어날은 이를 갈며 죽일 듯한 눈으로 라크를 바라보았다. 그리고는 두 손을 들어 주문을 시전하려 했다.

'상황 판단이 안 되는 자로군. 블래사의 사제 중에서도 가장 능력 없는 자가 아닐까?'

라크는 속으로 혀를 끌끌 차며 발로 땅에 있는 돌 하나를 툭, 하고 찼다.

쎄엑, 빡!

"카아악!"

돌은 바람을 가르며 날아가 베어날의 이마 정중앙에 맞았다. 피를 분수처럼 내뿜으며 비명을 지르는 베어날의 모습에 다른 사람들은 기가 질린 듯 뒤로 주춤주춤 물러났다.

"그럼 계속하십시오."

이 정도면 말을 알아들었겠지. 라크는 그대로 몸을 돌려 한쪽으로 걸어갔다.

하지만 라크의 생각과는 달리 베어날은 아직도 상황을 파악하지 못한 모양이다.

"이놈! 내가 방심한 틈을 타서 기습을 하다니! 죽여 버리겠다!"

화르르륵—

"응?"

라크가 뒤를 돌아보니 베어날의 모아진 양손에는 주먹만 한 불덩어리가 생성되고 있었다. 그리고 앞쪽으로 마법의 방어막이 쳐졌다.

라크는 피식 웃으며 말했다. 방금 전 그가 조금만 힘을 더 주었다면 베어날의 머리는 돌멩이로 인해 터져 버렸을 것이다. 그런데도 승복하지 못하고 뒤를 돌아선 사이에 방어막을 치고 파이어 볼을 생성한다.

"그 방어막이 당신을 보호할 수 있을 것 같습니까?"

"흥, 검도 철퇴도 이걸 뚫을 수는 없다!"

상당히 자신만만한 모양이다. 상대가 얼마나 강한지, 그리고 자신의 힘이 어느 정도인지 전혀 모르는 마법사라니?

한편으로는 불쌍하기조차 했다. 어쩌면 이 마법사는 블래사와 비교되면서 자랐는지도 모른다. 그래서 블래사 정도로 강한 마법사 이외에는 전혀 안중에 없는지도 모르지.

라크는 허리를 굽혀 다시 돌멩이를 하나 주웠다.

스스스스.

돌멩이는 어느새 검은 그림자에 의해 덮여 검게 변했다. 그러나 그걸 알아차린 사람은 없었다. 라크는 막 파이어 볼을 날리려고 하는 베어날을 향해 그걸 던졌다.

휘익, 빡!

"커어억!"

돌은 정확하게 베어날의 이마 한가운데에 가서 박혔다. 아까 맞은 그 자리였다.

"어, 어떻게?"

베어날은 거의 쓰러질 듯 비틀거렸다. 믿을 수 없다는 표정. 주변의 모든 사람들과 같은 감정을 나타내고 있었다.

그도 그럴 것이, 돌이 방어막에 막혀 튕긴 것이 아니라 그냥 지나쳐 베어날의 이마를 때린 것이다. 차라리 방어막을 깨고 들어갔다면 이해할 수도 있지만, 무시하고 통과할 수는 없는 법이다. 적어도 마법사들의 상식으로는 그랬다.

"돌멩이가 방어막을 그냥 통과해서 기분 나쁘나요? 어쨌든 이제 알았지요? 제가 마음만 먹으면 언제든지 돌을 던질 수 있습니다."

"흐흑!"

"그럼 전 신경 쓰지 마시고 하던 일 계속하세요. 이 화염의 탑의 마법 물건들은 승리하신 분께 돌려드리겠습니다. 그것이 순리일 것 같군요."

"그건 원래 내 거요!"

"도움이 안 되는 물건을 가지고 몸을 망치는 것은 좋지 않습니다. 이미 제가 빼앗았으니 제 거라고 할 수 있지요."

억울하면 힘으로 빼앗아보라는 투였다.

원래 라크는 베어날 같은 자에게까지 일일이 예의를 지킬 정도로 성격이 좋지 못했다.

결국 베어날은 이를 악물고는 몸을 돌려 제논을 노려보았다. 아무래도 라크와 싸우는 것은 위험하다고 판단한 모양이다.

"좋다! 네놈 정도는 단번에 태워 버리겠다!"

그때까지 조용히 서서 라크를 보고 있던 제논은 천천히 고개를 끄덕였다.

"언제든지 오시오. 난 이미 준비가 되었소."

"홍, 파이어 볼!"

슈웅!

조금 전 라크를 상대하기 위해 생성해 놓은 파이어 볼을 용케도 유지하고 있었던 베어날은 그걸 그대로 제논에게 던졌다.

선수필승! 상대가 주문을 외울 시간을 주지 않는 것이 중요했다.

그러나 제논 역시 이미 마법을 생성해 놓고 있었다.

"홀드 매직!"

날아오던 파이어 볼이 그물에 걸린 새처럼 허공에 정지했다.

"이익! 이건 어떠냐? 플레임 필드!"

화르르르륵!

땅이 불길로 가득 찼다. 그리고 그 불의 장벽은 파도처럼 제논을 덮쳤다.

"마법 부유!"

부웅—

"아! 저런 방법이!"

구경하던 마법사들이 환성을 질렀다. 땅을 뒤덮던 불의 장벽이 허공으로 떠올라 제논의 머리 위를 지나쳐 버렸다. 물질이 아닌 상대의 마법을 띄워 버린 것이다.

라크 역시 놀랐다.

이건 기존에 없는 새로운 마법이다. 제논이 뛰어난 마법사인 줄은 처음부터 알았지만, 설마 기본적인 서클 마법을 변형시킨 자신만의 특화 마법을 자유자재로 사용할 수 있는 경지였다니?

"이익, 네놈이 사악한 술법을!"

'그게 사술로 보이냐?'

라크는 주변에 있는 화염의 마법사들을 '너희들, 정말로 베어날 밑에 있을 거냐?'는 눈으로 보았다. 그러자 눈치 빠른 몇몇 마법사들은 한숨을 쉬며 고개를 저었다. 그들 역시 베어날의 마법 물품 사기에 넘어갔던 모양이다.

"아아악!"

베어날은 비명을 지르고 있었다. 제논이 주문을 외우자 하늘로 띄워진 불의 장벽이 다시 내려왔다. 그런데 이번에는 제논이 아닌 베어날의 주변을 감쌌다. 그가 생성한 불의 장벽인데, 어느새인가 마력의 주체가 제논에게 넘어간 듯했다.

불의 장벽은 베어날을 둥그렇게 포위하더니 점점 그를 향해 모여들었다. 뜨거울 열기가 벗어날 수 없는 쇠사슬처럼 얼기설기 엮여 베어날을 핍박하고 있었다.

베어날은 필사적으로 방어막을 치거나 마법 전환을 사용하여 그걸 되돌리려 했지만, 이미 힘의 균형이 깨어지고 당황한 그의 마력으로는 불가능한 일이었다.

크림슨 로브가 없으니 화염의 열기를 막아낼 수도 없다. 땀이 송글송글 맺혔다가 조금 있자 아예 그것마저 증발되어 하얀 소금 자국만 남았다.

베어날은 이제 완전히 겁에 질려 버렸다. 얕봤던 상대가 막상 전투가 벌어지니 오히려 자신을 압도한다.

"이럴 수는 없어. 이럴 수는 없는데!"

꿈이라면 깨라는 듯 크게 소리를 질렀다. 하지만 그를 핍박하는 불길은 사라지지 않았다.

"항복하시오."

제논은 마지막 권고를 하듯 말했다.

"난! 블래사의 사제다! 네놈이 나를 괴롭히고 무사할 것 같으냐?"

베어날은 다시 외쳤다. 이미 그는 블래사가 죽었다는 것조차 잊은 듯했다.

라크는 고개를 저었다.

"저런 식으로 살아온 건가? 블래사의 그늘 아래에서?"

다른 마법사들도 혀를 끌끌 찼다. 그들은 더 이상 베어날을 숭배하거나 두려워하지 않았다. 오히려 화를 내고 있었다.

"블래사님의 이름에 수치가 되는 짓을!"

베어날은 그들의 스승이자 남부 마법사들의 자존심과 다름없는 고위 마법사의 이름을 이용해 상대를 협박하려 하는 중이 아닌가? 있을 수 없는 일이다.

제논은 오히려 담담한 시선으로 베어날을 바라볼 뿐, 조금의 동요도 하지 않았다. 반면에 동정심을 발휘하여 마법을 거둔다거나 하지도 않았다.

마법사가 도중에 마법을 거두면 상당한 빈틈을 보이게 되기 때문에 상대가 완전히 항복하지 않으면 절대로 손을 멈춰서는 안 된다.

제논은 그 이치를 너무나도 잘 알고 있었고, 별로 상대에게 자비심을 베풀려 하지도 않았다.

팍! 화르르륵—

"아아아아악!"

마침내 베어날의 옷에 불길이 옮겨 붙었다. 마법의 불은 순식간에 그를 새까맣게 태웠고, 그는 단말마의 비명과 함께 쓰러졌다.

잠시 정적이 흘렀다.

이 마법 승부는 정말로 의외라 할 정도로 제논의 압도적인 승리로 끝났다.

라크조차 둘의 마력이 거의 비슷하다고 판단했기에 십중팔구 승부를 내지 못하리라 생각했을 정도이다.

하물며 베어날을 데려온 화염의 마법사들은 그가 이렇게 허무하게 패배하여 최후를 맞이하리라고는 상상도 하지 못했다.

'마력의 운용 실력에 너무 큰 차이가 있었군. 그야말로 차원이 다르다고 할 수 있어.'

라크는 나름대로 이 승부를 분석해 보고는 납득한 듯 고개를 끄덕였다. 확실히 제논이란 마법사의 마법 운용은 상대의 힘을 이용하여 오히려 자신의 힘을 강화하는 수준에 도달해 있었다.

어째서 그가 한 왕국의 마법사들의 신망을 얻게 되었는지 이번 한판으로 확실하게 보여줬다.

원래 그를 따르던 마법사들은 물론이고, 공격해 왔던 자들조차 이제는 경외의 눈으로 그를 바라보고 있었다.

하지만 제논은 승리자의 얼굴이 아닌 구도자의 얼굴을 하고 있었다. 이런 승부는 그의 정신 세계에 별로 영향을 미칠 수 없는 듯했다.

제논은 화염의 마법사들을 보며 말했다.

"이제 물러가십시오. 또다시 이런 일이 일어나지 않기를 원합니다."

남은 자들을 벌할 생각은 없는 것인가?

라크는 재미있다는 표정을 지었다. 두 번이나 공격을 가해

온 자들을 그냥 보내는 제논이 상당히 마음에 들었다.

그런데 화염의 마법사들도 라크처럼 제논이 마음에 들었나 보다. 그들 중 제법 마력이 강해 보이는 자가 앞으로 나오더니 허리를 굽히며 말했다.

"저희는 갈 데가 없습니다. 사실 화염의 탑은 이미 힘을 잃었고, 영혼의 탑의 마법사들이 저희들을 쫓고 있습니다. 저 베어날이 능력없는 자였다는 것이 밝혀진 지금 저희에게 더 이상 무슨 희망이 있겠습니까?"

"화염의 탑이 힘을 잃었다고 해도 그 이론은 여전히 남아 있을 것입니다. 마력은 자연 중에서 자유롭게 흐르다 마법을 품은 자의 몸속에 고이는 것. 그대들의 몸이 아직 멀쩡한데 어찌 희망이 없다고 하십니까?"

"어찌 된 일인지 블래사님의 연구실 안에 있는 모든 마법서를 찾아 보아도 상위 마법에 대한 이론은 전혀 남아 있지 않습니다. 믿지 못하시겠지만, 저희는 일반적인 서클 마법 이외에는 전혀 알지 못합니다!"

화염의 마법사들은 억울하다는 듯 외쳤다. 상위 마법의 비술! 그중 전부는 아니더라도 한자락이라도 얻을 수 있다고 믿고 노력해 온 자들이 절망하고 있었다.

제논은 그걸 보고 가볍게 한숨을 쉬었다.

'이들은 과거의 나와 같다, 현자의 탑에서 쫓겨나 대륙의 구석으로 가야 했던 나와. 아직 모르는구나, 서클 마법이 얼마나 강한지를. 모든 상위 마법은 결국 서클 마법으로부터 나왔을 터인데…….'

이미 알고 있는 마법을 열심히 수련하고, 끊임없이 연구하면 얼마든지 발전할 수 있다.

비술서에 적혀 있는 주문을 외우기만 한다고 당장 상위 마법을 쓸 수 있는 것도 아니고, 깨달음은 재능있고 노력을 하는 자에게만 찾아오는 법이 아닌가?

제논은 하늘을 바라보았다. 구름이 바람을 타고 유유히 흐르고 있었다. 그가 느끼는 마법이란 바로 저 구름처럼 형체도 흐름도 자유로운 것. 무한의 상상력을 꿈꿀 수 있게 해주는 최고의 장난감과 같았다.

하지만 눈앞에 있는 화염의 마법사들은 그걸 책에 적혀 있는, 설명할 수 있는 물건처럼 여기고 있다. 가장 잘못된 오해이고, 마법을 수련하는 자라면 마땅히 꺼려야 할 생각이었다.

'블래사, 그대는 고위 마법사이지만 제자들의 교육에는 관심이 없었나 보구려. 그저 숭배해 주는 자들이 필요했을 뿐.'

제논은 지금은 없는 블래사에게 애도의 묵념을 했다. 하지만 그는 고위 마법사, 아직 제논 자신이 불쌍해할 대상은 아닌 것도 같았다.

그는 씁쓸하게 웃었다.

"저희들을 받아주십시오. 제논님의 아래에서 마법을 배우고 싶습니다!"

생각을 하고 있는 사이에도 화염의 마법사들은 열심히 말을 하고 있었나 보다. 그들의 결론은 제논 밑으로 들어오고 싶다는 것이었다.

"저는 아직 다른 사람을 가르칠 준비가 되어 있지 않습니다. 하지만 원하신다면 제가 가진 마법서와 그동안 연구한 마법 이론을 모두 보여드릴 수는 있습니다."

제논은 대답했다. 이것은 그동안 다른 동료 마법사들에게도 해온 일들로, 제논은 항상 자신의 연구 결과를 조금도 숨기지 않고 공개했다. 그래서 마법사들은 그걸 노리고 제논의 곁으로 왔다가 결국 그의 인품에 빠져들곤 했다

화염의 마법사들도 예외는 아니었다. 그들은 눈을 빛내며 연신 허리를 굽혔다. 이 정도 강한 마법사의 마법책과 연구서들을 마음껏 볼 수 있다면 확실히 도움이 될 것이라고 생각했다.

제논은 미소를 지은 채 그들을 보았다.

이들이 정말 주문과 이론을 뛰어넘어 즐길 수 있게 되려면 얼마나 시간이 걸릴까? 그때까지 자신의 마법책이 조금이라

도 마음의 위로가 될 수 있으면 좋겠다고 생각했다.

어쨌든 간에 이렇게 해서 제논의 곁으로 20여 명의 화염의 마법사가 새롭게 모였다.

수십 명의 마법사가 한자리에 모이니 확실히 그 기세가 범상치 않았다. 이제는 완전히 한 왕국의 마법 길드다운 세력을 형성한 셈이다.

라크는 잘됐다고 생각하면서 몸을 돌려 다시 숲으로 들어갔다. 이들과 같이 길을 갈 생각은 없었다.

"잠깐, 그대는 누구요?"

한 마법사가 그런 라크의 모습을 보며 물었다. 그가 보기에 라크는 굉장히 신비한 존재이고, 그만큼 강했다.

라크는 잠시 걸음을 멈추고 고민했다. 그림자라고 말하기는 그렇고, 라크라고 대답하기도 싫었다.

'뭐라고 대답할까?'

결론은 곧 나왔다.

"제논님께 물어보십시오."

그리고는 다시 걸음을 옮겨 수풀 사이로 들어가 버렸다. 아무도 그를 잡지 못했다.

마법사는 제논을 보며 다시 물었다.

"제논님께서 아시는 분이십니까?"

제논은 순순히 고개를 끄덕였다.

"그렇습니다."

말은 간단하게 해도 그의 심장은 이미 격렬하게 뛰고 있었다. 평정을 가장하고 있었지만, 사실 그는 벌써부터 라크를 끌어안고 소리를 지르고 싶었다.

단지 라크가 먼저 제논에게 아는 체를 하지 않았기에 무슨 사정이 있는가 싶어서 가만히 있었을 뿐이다.

그가 수풀 속으로 사라질 때에도 그를 붙잡고 그동안 어떻게 지냈냐고, 무사해서 다행이라 말하고 싶었다.

하지만 라크의 성격을 잘 아는 그였기에 그가 말도 않고 사라지는 데에는 뭔가 이유가 있다고 생각했다. 하지만 그만큼 그의 마음이 흔들린 것은 틀림없다.

그런 제논의 마음속을 알 리 없는 동료 마법사는 속으로 제논에게 투덜대기 시작했다.

알던 누구라고 말해줘야 할 것 아닌가? 아냐고 물었더니 '안다' 대답하고 끝이라니?

가뜩이나 호기심이 강한 게 바로 마법사라는 직업에 종사하는 자들인지라 궁금해서 도저히 참을 수가 없었다.

그들은 열심히 제논의 눈치를 보며 어떤 식으로 다시 물어볼까 궁리했다.

그때 한 마법사가 라크가 사라진 숲 쪽을 보며 슬쩍 물었다.

"신비한 자입니다. 아까 그가 던진 돌멩이가 마법사의 방어막을 어떻게 그냥 통과한 것인지는 도저히 알 수가 없군요."

다른 마법사들이 옳다구나 하고 자신들의 의견을 말하기 시작했다.

"속임수일 것입니다."

"아니, 어쩌면 아주 특이한 마법일지도 모르겠소."

"제논님은 어떤 수법인지 알고 계십니까?"

누군지 말해라. 아니면 그 수법에 대해 설명해도 좋다.

마법사들의 눈은 하나같이 그렇게 말하고 있었다. 단지 제논에게 추궁하듯 말을 할 수가 없어 화제를 빙빙 돌리고 있는 중이다.

제논은 겨우 가슴속의 흔들림을 진정시키고는 다른 사람들을 보았다. 그들이 원하는 것은 말하지 않아도 얼굴에 써 있는 것과 같다.

"그는 바로."

살짝 말을 끊어 뜸을 들였다.

"바로?"

"누구란 말입니까?"

과연 마법사들은 참지 못하고 본색을 드러냈다. 어서 말하지 않으면 나 답답해서 죽는다!

제논은 웃으며 고개를 돌려 구름을 보았다. 지난 과거의 추억들이 주마등처럼 흘러 지나갔다.

그는 담담한 목소리로 말했다.

"대륙 최고의 고위 마법사, 빛의 길을 걷는 자, 라크입니다."

제논의 마음속 라크는 언제나 대륙 최고의 마법사였다. 마그나타나 다른 고위 마법사들이 아무리 강해도 라크를 이겨낼 수는 없다고 여겼다. 왜냐하면 라크야말로 제논의 마음속의 스승이었기 때문이다.

"아! 빛의 마법사!"

"그럼 그건 상위 마법이었던 거군!"

마법사들은 하나같이 감탄하며 고개를 끄덕였다. 라크의 의도대로 그들은 알아서 생각하고, 알아서 납득했다.

* * *

밤이 되었다. 라크는 숲에서 뉴와 함께 자신이 얻은 그림자의 힘을 더욱 능숙하게 사용하는 수련을 하고 있었다.

일단 무리를 떠나왔으니 조금은 거리를 두고 따라갈 생각이었다.

서두를 필요는 없다. 어차피 스틸문으로 가기로 결심한 이상 마그나타보다 며칠 빠르던 늦던 큰 영향은 없을 것 같왔다. 그보다는 조금이라도 지금의 힘을 강화하는 것이 좋다.

슈욱, 팍!

우지지직!

나무 한 그루가 돌에 맞아 부러져 버렸다. 라크가 힘을 주어 던지니 작은 돌멩이 하나도 커다란 철퇴와 같은 파괴력을 발휘했다.

무엇보다도 지금은 밤, 여태까지 육체가 허상화되어 전혀 물리력을 행사할 수 없던 라크였지만 이제는 달랐다.

"거참, 신기하군."

라크는 자신의 손을 보며 중얼거렸다. 방금 돌을 집어 던진 손이었다. 손바닥은 검은 그림자의 기운으로 뒤덮여서 손금도 보이지 않았다.

"라크, 뭐가 신기해요? 뉴."

"그림자의 기운은 어째서 물건을 집을 수 있는 거지?"

"뉴웅, 집을 수 있으니까요. 뉴."

단순한 생각. 확실히 뉴는 아직 어려서 라크의 고민을 이해할 수 없는 듯했다. 하지만 그 말을 들으니 오히려 가슴속이 시원해지는 기분을 느꼈다.

"그건 그렇구나. 집을 수 있는데 괜히 고민할 건 없지. 집을 수 없어야 고민하는 게 옳아."

라크는 바로 편하게 생각하기로 했다.

허상으로 변한 이후에도 몸속에서는 그림자의 기운이 나오는데, 이게 물건을 집거나 부술 수가 있었다.

또한 다른 물체를 그림자의 기운으로 감싸면 어떤 마법에도 보호할 수 있게 되는데, 낮에는 그걸 이용하여 그림자로 감싼 돌멩이를 이용하여 마법사의 방어막을 통과시켰다.

상당히 편리하고 강력한 힘이다. 좋은 게 좋은 거라고, 이게 왜 이런지 고민할 필요는 없다.

단지 나중에라도 이치를 알고 더 좋은 활용법을 알게 된다면 좋겠다고 생각할 뿐, 억지로 고민하면 오히려 역효과가 날 수 있다.

"일단 이게 왜 그런지보다 어떻게 쓸까를 생각하는 게 먼지야."

"맞아요! 뉴."

뉴는 라크를 응원하려는 듯 두 앞발을 번갈아 위로 들어올렸다. 기분이 좋을 때에는 두 발로 서는 습관이 있는 것 같았다.

"좋아!"

라크는 결심을 하고는 자세를 바르게 하고 앉았다. 몸속에서 느껴지는 힘, 라크가 정신을 집중하자 그림자의 기운이 잠에서 깨어나려는 듯 꿈틀거렸다.

'나와라!'

스스스스.

속으로 명령을 내리며 그림자를 움직이려 하자 그것은 라크의 의도대로 몸 밖으로 흘러나와 마침내 하나의 형체를 이루었다.

그것은 한 쌍의 팔이었다.

검은 안개를 뭉쳐서 만든 것처럼 지금이라도 집중이 흐트러지면 곧 흩어져서 사라져 버릴 것처럼 불안했지만, 일단은 라크가 원하는 형체를 만드는 데에 성공했다.

라크는 웃었다. 마음속의 기운을 형상화하는 것은 상위 마법의 힘이라고 할 수 있다. 단순히 몸을 감싸거나 돌멩이에 뒤집어씌우는 것이 아닌, 정말로 그림자의 팔을 만들 수 있게 된 것이다.

'의외로 쉽군.'

라크는 이것이 원래 자신의 숨겨진 힘이었고, 원래는 처음부터 할 수 있어야 했다는 것을 어렴풋이 알 수 있었다.

단지 인간의 감각에 익숙해져 이 자유로운 그림자의 힘을 마음대로 조종하는 법을 잊었을 뿐이다.

이제 다시 감각을 되찾았으니 익숙해질 때까지 죽어라고 수련을 해야 했다.

일단 형상화에 성공하고 어느 정도 시간이 지나자 특별히 의식하지 않아도 팔의 형태를 유지할 수 있게 되었다.

이제는 움직여 볼 차례다!

원래의 팔은 팔짱을 끼고 움직이지 않은 채 그림자의 팔에 정신을 집중해서 조금씩 조심스럽게 움직여 보았다.

처음에는 아주 부자연스러웠다. 이 새로운 팔은 육체의 팔과 전혀 달랐다.

스으윽.

팔이 주욱 늘어나 두 배로 길어져 그 앞에 있는 나뭇가지를 잡았다.

우직!

힘을 주자 나뭇가지는 그대로 부러져 버렸다. 상당히 두꺼운 가지였지만 라크의 손아귀 힘을 견뎌낼 수는 없는 모양이다.

그렇게 길어진 팔을 이리저리 움직였다가 다시 줄였다가 하다 보니 상당히 재미가 있었다. 또 팔을 고무로 된 것처럼 관절의 구분이 없게 만들 수도 있었다.

한참을 그렇게 하고 있는데 갑자기 뒷목이 뻐근하게 아파 왔다.

"으윽!"

풀썩.

라크는 더 이상 정신을 집중하지 못하고 신음 소리와 함께 옆으로 쓰러졌다. 동시에 팍! 하고 그림자의 팔이 사라져 버렸다.

머리에서는 윙윙, 소리가 나는 듯 어지러웠다. 몸을 일으키려 했지만 몸이 말을 듣지 않는다. 팔도 잘 움직이지 않았다.

단지 수풀에 큰대 자로 누운 채 어지러움이 사라질 때까지 기다릴 수밖에 없었다.

"어떻게 된 거지?"

스스로에게 물어보았지만 이해할 수가 없었다.

"뉴웅, 라크, 괜찮아요? 뉴."

"모르겠어. 왜 그런 거지?"

"아프지 말아요. 뉴."

"특별히 아픈 것은 아닌데, 몸이 내 것이 아닌 듯 말을 듣지 않아."

"뉴웅."

뉴는 걱정이 되는 듯 라크의 팔과 볼을 앞발로 문대다가 다시 다리를 살짝 들어 흔들기도 했다.

그런 식으로 계속해서 자극을 가하자 겨우 라크는 자신의 몸을 움직일 수 있게 되었다. 어지러움증도 거의 사라졌다.

"거참, 알 수가 없군."

라크는 정말로 심각하게 고민하다 결국 한숨을 쉬며 중얼거렸다. 그림자를 다루는 수련을 계속해야 할지도 알 수가 없었다. 뭔가 부작용이 있는 것일까?

그런데 그때, 나무 뒤쪽에서 누군가가 나오며 말했다.

"새로운 팔의 움직임을 정신이 받아들이지 못하는 것 같군."

"누구?"

벌떡.

라크는 순간적으로 긴장을 하며 자리에서 일어났다. 마스터도 피할 수 없는 그의 감각에 걸리지 않고 이렇게 가까이 다가와 엿볼 수 있는 자가 있다니? 절대로 범상한 자가 아니다.

"아, 당신은!"

라크는 곧 그가 누군지를 알아보았다. 제논의 옆에 있던 노마법사. 그가 라크를 따라와 몰래 지켜보고 있었던 것이다.

노마법사는 놀라는 라크를 보며 기분 좋게 웃었다. 하얀 수염이 그가 웃는 것에 따라 가볍게 흔들렸다.

"허허허, 소문에 듣던 빛의 마법사를 만나 보고 싶어서 왔네."

"……."

"그런데 지금 보니 그대는 빛의 마법사가 아닌 것 같군. 그렇지 않나?"

"그대가 누구인지를 모르겠군요."

"글쎄, 내가 누구인지가 중요한가?"

노마법사의 말투는 마치 놀리는 것처럼 가볍고 즐거워 보였다. 하지만 악의는 없어 보였다.

라크는 잠시 그를 보며 필사적으로 머리를 굴렸다. 누구일까? 적인가? 아군일까?

보통의 마법사는 절대로 아니다. 그렇다면? 라크는 딱 한 사람밖에 없다는 결론을 내렸다.

"혹시 클라우드님이십니까?"

"호오, 나를 아는가?"

노마법사는 라크의 질문에 부인하지 않았다.

라크는 과연이라고 속으로 중얼거리고는 정중하게 예를 표했다.

수십 년 동안 세상에 모습을 드러내지 않은 고위 마법사. 이미 죽었다고 알려진 자유와 방랑의 클라우드가 눈앞에 있었다.

"처음 뵙습니다."

"그렇지. 나도 처음 보네. 그림자가 살아서 돌아다니다니?"

"알아보시는군요!"

"내 눈을 의심했네. 하지만 그대는 몸속에서 그림자의 기운을 만들어내더군. 그런 자가 사람일 수는 없지."

"그렇습니까?"

라크는 담담하게 대답했다. 하지만 마음 한구석으로는 알 수 없는 섭섭함이 생겼다. 어쨌든 간에 상대는 첫눈에 자신이 그림자임을 알아보았다.

고위 마법사 중에서도 가장 신비한 클라우드다운 식견이었다.

"저는 라크의 그림자 가디언입니다. 마그나타와 싸우기 위해 소환되었지요."

라크는 순순히 자신의 정체를 털어놓았다. 숨길 필요는 없다고 판단했다.

"흠, 과연 빛의 마법사가 영혼의 지배자에게 습격당했다는 소문은 들었네. 하지만 그자가 그렇게 맹약을 어기면서까지 일을 벌인 이유는 잘 모르겠더군."

"마그나타는 마족과 계약을 했습니다. 그럼으로써 사람의 영혼을 오염시키는 힘을 얻게 되었지요."

"흠, 강력한 힘인가 보군?"

"고위 마법사도 피할 수 없는 힘입니다. 단, 빛의 마법으로는 영혼을 정화시키는 것이 가능합니다."

"그래서 미리 제거를 하려 한 건가?"

"그렇습니다. 하지만 제가 살아 있는 것을 보면 빛의 마법사도 살아 있을 것입니다."

"그렇겠지. 본체가 없으면 그림자도 없으니까."

클라우드는 납득한 듯 고개를 끄덕이며 입속으로 무엇인가 주문을 외웠다. 그러자 그의 몸으로부터 파란색의 빛이 나기 시작하더니 곧 몇 개의 빛 덩어리가 허공중에 나타났다.

그것들은 클라우드의 손짓을 받고는 주변으로 흩어졌다.

라크는 주변의 마나의 흐름이 정지된 것을 느꼈다. 완벽하게는 아니지만 일종의 결계가 쳐진 것 같았다.

"소리와 기척을 막는 결계를 쳤네. 혹시 모르니까 말이야."

"상관없습니다."

"그런데 자네는 어떻게 할 건가?"

"마그나타와 싸울 겁니다."

"아니아니, 묻고 싶은 것은 빛의 마법사 본인을 만났을 때네. 내가 알기로 그림자가 자아를 가지면 주인을 죽이려 한다고 들었네만."

"클라우드님께서 생각하시는 대로일 겁니다."

"그렇군. 역시 인간이 되고 싶은 건가?"

"그렇습니다."

"허허허, 조금도 머뭇거리지 않는군."

클라우드는 웃었다. 이 그림자는 재미있다! 자신에 대한 비밀과 속마음을 이렇게 당당하게 말할 수 있는 것을 보면 그의 마음은 상당히 맑고 선한 것 같았다.

처음에는 그림자라는 사실을 알고 빛의 마법사 본인을 위해 제거를 해야 하나 생각했지만, 지금은 왠지 그러기 싫었다. 몇 마디 나누지도 않았는데 벌써 호감이 생긴 것 같았다.

라크는 그런 클라우드를 보며 잠시 고민했다. 적이라고는 생각되지 않는다. 그렇다고 아군이 될 수는 없다. 그림자인 그에게 있어 모든 인간은 경계의 대상이 될 수밖에 없는 것이다.

하지만 적어도 클라우드는 마그나타와 동시대의 마법사이다. 라시타가 죽고, 린도르마저 죽은 지금 미력의 양으로 마그나타와 비견될 수 있는 유일한 마법사일 것이다.

"그런데 몇 가지 의문이 남아 있네. 대답해 줄 수 있겠나?"

"무엇입니까?"

정체를 밝힌 이상 일단은 대화를 나누자. 라크는 결단을 내리고 순순히 클라우드에게 고개를 끄덕였다.

"방금 전 내가 말했듯이 그대는 그림자의 힘을 다루는 데

익숙하지 않은 것 같군."

"그렇습니다. 근래에 깨닫게 되었습니다. 전에는 낮에는 육체를 가지고, 밤에는 허상인 상태로 이걸 사용했었지요."

라크는 그렇게 말하며 자신의 손에 드림 블레이드를 소환해 보였다.

영혼을 벨 수 있는 검이다. 마그나타와 싸우기 위한 특별한 힘인데, 이것 때문에 원래 그림자가 가진 힘을 잊고 있었던 것 같다.

"흐음, 그런가? 그럴 수도 있군."

클라우드는 라크의 설명으로부터 뭔가 재미있는 것을 발견한 것처럼 연신 고개를 끄덕였다.

"예. 그런데 막상 그림자의 기운을 익숙하게 다루기 위해 수련을 하는데 어지러움을 느끼게 되었습니다."

"팔이 둘인 사람이 갑자기 넷으로 늘어나면 정신이 그걸 감당해 내지 못한다네. 과거 합성수에 대한 실험으로 그런 결론이 나왔지. 그런데 자유자재로 변화하는 그림자를 움직이려면 그냥 팔보다 몇 배나 심한 부담을 받겠지."

"으음, 그럼 이런 식으로 사용하는 것은 불가능한 것입니까?"

"아니, 정신력이 강하면 강할수록 좋아지겠지. 상위 마법과 같은 이치겠군, 허허허."

"그런 것이군요."

클라우드의 말대로라면 라크가 상상했던 대로 그림자의 기운을 다루려면 고위 마법사 수준의 정신력이 필요하단 결론이 나온다. 라크는 암울함을 느꼈다.

"일단은 팔처럼 복잡한 것보다는 무기나 화살 같은 고정된 것으로 만들어 사용하는 게 좋을 걸세. 일단 형상화가 되면 움직임에는 훨씬 부담이 적으니까 말이야."

"가르침에 감사드립니다."

"허허허, 아닐세. 거참, 그림자에게 마법 이론을 가르치는 것 같아서 조금 기분이 이상하구먼."

클라우드는 뭐가 그렇게 좋은지 계속해서 미소를 짓고 있었다. 그러다가 라크가 뭔가를 깨달은 것 같자 대견하다는 듯 고개를 끄덕였다.

"그런데 말이야. 아까 분명히 낮에는 육체를 얻고, 밤에는 허상으로 변한다고 그랬지?"

"그렇습니다."

"흠, 내가 빛의 상위 마법의 이론을 자세히 아는 것은 아니지만 말이야. 원래 그림자라면 태양이 떠 있을 때에는 허상화가 되는 게 기본적인 마법의 이치란 말이지. 반대로 밤이 되고 달이 뜨면 충만해진 마나를 모아 육체를 형성하고 말이야."

"그런 겁니까?"

"그렇지. 그리고 더 재미있는 것은 적어도 그림자 가디언이든 뭐든 일단 소환된 존재가 도중에 더욱 강한 힘을 얻게 되는 경우는 없거든? 깨달음을 얻어 몸속에 숨겨진 힘을 쓸 수 있게 된다? 그럴 정도면 소환될 때부터 쓸 수 있어야 하지 않나?"

"그것은……."

"호오, 뭔가를 알고 있는 모양이지? 그게 뭔가?"

라크가 말을 흐리자 클라우드는 눈을 빛내며 물었다. 마법사적인 호기심이 동하니 참기 어려운 모양이었다.

"사실은 숲의 마법사가 말하기를, 제가 인간이라고 하더군요. 기억이 조작당하고 육체를 빼앗겼다는 겁니다."

"충분히 그럴 수 있지. 그럼 당연히 빼앗은 존재는 원래의 그림자겠군?"

"모르겠습니다. 제 기억은 제가 그림자라고 말하고 있으니까요."

"그것참, 괴롭겠군. 그런데도 마그나타와 싸우려는가? 어쩌면 자네의 적은 마그나타가 아닐지도 모르네. 그자와 싸우려는 것 자체가 조작된 기억인 셈이니까."

"그건 이미 알고 있습니다만, 결국 제가 그걸 원하고 있다는 결론을 얻었습니다."

"원하고 있다고?"

"제가 그림자이건 아니건, 마그나타와는 싸울 겁니다."

"굳은 결심이군. 멍청할 정도야."

"……."

라크는 대답하지 않았다. 클라우드도 대답을 바라지 않는 듯했다. 그는 고개를 들어 하늘의 별들을 보며 조용히 말을 이었다.

"북부의 고위 마법사인 흡혈의 도사르가 스틸문 근처에 나타났다는 말을 들었지. 이미 10여 년간이나 북부 산맥의 한가운데에서 나오지 않던 그가 무엇 때문에 움직였는가 궁금했는데, 아마 자네를 상대하기 위해서인 것 같군."

"흡혈의 도사르입니까?"

"그렇다네. 피의 상위 마법을 익힌 자지. 그런데 성격이 편협해서 피를 남과 나누려 하지 않고 불노불사를 연구한다디군. 한심한 일이지. 아예 흡혈괴가 되든가 하지, 인간이면서 무슨 불노불사냔 말이야."

"불노불사는 적지 않은 사람들이 원한다고 알고 있습니다만."

"꿈꾸는 건 자유지만, 도사르란 자는 그걸 피의 마법으로 이루려고 하니 문제지. 원래 피의 마법은 다른 사람을 돕기 위해 탄생된 것이란 말일세."

"그렇군요."

분통을 터뜨리는 클라우드의 앞에서 라크는 그저 고개를 끄덕일 수밖에 없었다. 클라우드는 그런 라크가 마음에 들었는지 몇 번 웃고는 라크에게 다시 말했다.

"그 이외에 마그나타의 수하 마법사들도 적지 않게 숨어 있다고 하더군. 뿐만 아니라 전문 암살자로 여겨지는 자들도 있고 말이야."

"흐음, 과연 철저하군요."

"확실히 마그나타는 자네가 스틸문으로 들어서지 못하게 하려는 것 같단 말이지."

"들키지 않고 숨어 들어가기는 힘들지도 모르겠군요."

클라우드는 고개를 저었다. 쉽지 않다는 표시였다.

클라우드 정도 되는 마법사가 쉽지 않다고 하면 정말로 어려운 것이다.

"그럼 싸우는 수밖에 없군요."

"아니, 좋지 않아. 일단 저들과 싸움이 벌어지면 포위당하게 될 걸세. 그리고 포위를 당하면 그 다음에는 쉬지 않고 싸우다가 완전히 지친 순간 흡혈의 도사르와 부딪치게 될 게 뻔하거든."

"음, 그건 확실히 그럴 겁니다."

라크도 그동안 포위당한 경험이 상당히 많았다. 클라우드의 말이 확실히 옳다는 것은 인정할 수밖에 없다.

그는 진지하게 생각해 보았다. 지친 상황에서 고위 마법사와 부딪친다. 과연 이길 수 있을까? 어려울지도 모른다. 적어도 승리를 확신할 수는 없다.

하지만 그 정도도 뚫지 못하고 마그나타와 싸울 수 있다고는 생각할 수 없다. 넘어야 할 산이다!

"싸워서 뚫겠습니다."

라크는 말했다. 간단하지만 굳은 결심이 느껴지는 말이었다.

"허허허, 전사 같은 말투로군. 적어도 마법사가 할 말은 아니야."

"저는 마법사가 아닙니다. 그림자 가디언일 뿐입니다."

"어쩌면 반대일지도 모른다고 하지 않았나? 사실 나도 그대가 그림자라는 생각은 들지 않는다네."

"그래도 싸워서 뚫어야 하니 싸우겠습니다."

"아니아니, 꼭 그런 건 아니거든. 살짝 들어가는 방법이 있다네."

"살짝 들어가는 방법이요?"

"웅. 내 탑에 들어가서 이동하면 스틸문으로 바로 들어갈 수 있지."

"클라우드님의 탑 말입니까?"

라크는 상당히 놀라서 두 눈을 크게 뜨고 클라우드를 보았다.

자유와 방랑의 탑! 소문에 의하면 아무도 그게 어디 있는지 모른다고 한다. 존재하기는 하는데 그것을 실제로 본 사람은 없다.

그런데 그 신비의 탑을 클라우드는 라크보고 들어가라고 한다. 그리고 탑에 들어가서 움직이면 스틸문으로 갈 수 있다니? 설마 장거리 순간 이동이 가능하단 말인가?

"허허허, 뭘 그리 놀라나? 내 탑은 말이야, 움직인다네. 쉬지 않고 대륙 남쪽을 돌아다니지."

"예? 살아 있단 말입니까?"

"아니, 살아 있는 건 아니지만 움직이는 건 확실하지. 어떤가? 가겠나?"

"으음……."

기껏 싸워서 뚫을 결심을 했는데 클라우드는 딴소리를 한다. 하지만 거절하기도 어려운 것이, 클라우드의 탑을 보고 싶었다. 움직이는 탑이 무엇인지 무척 궁금했다.

한참을 고민하던 라크는 결국 고개를 끄덕이고 말았다. 싸우는 건 언제라도 할 수 있지만 클라우드의 탑은 지금밖에는 볼 수 없기 때문이다.

"클라우드님께서 도와주신다면 신세를 지겠습니다."

"허허허, 잘 생각했네. 그럼 어서 가세. 저쪽에 내 탑으로 들어가는 입구가 있네."

클라우드는 이제 시간이 없다는 듯 바로 일어서서 걷기 시작했다. 라크는 묵묵히 그의 뒤를 따라 걸었다.

Chapter 7

빛의 탑

빛의 탑

도사르는 식사를 하고 있었다.

고위 미법사의 지위에 어울리는 화려한 식사였다. 전속으로 거느리고 있는 일류의 요리사들이 정성 들여 만든 수십 가지의 요리가 차례로 나왔다.

하지만 요리는 고급이어도 먹는 사람의 품위는 그렇지 못하다.

열네 번째로 나온 요리는 닭과 칠면조를 같이 구운 요리였는데, 도사르는 두 새의 뒷다리를 모두 뜯어 양손에 들었다. 그리고는 번갈아가며 그걸 뜯어먹었다.

지칠 줄 모르는 식욕의 소유자인 듯했다.

"그놈은 아직 발견되지 않았나?"

다리 하나를 다 뜯은 도사르는 옆에 있던 수하 용병에게 물었다. 그러면서 이번에는 날개 쪽을 뜯어내었다.

"전혀 흔적이 발견되지 않습니다. 하지만 일단 스틸문 가까이 접근하기만 하면 틀림없이 발견될 것입니다."

"홍, 당연하지. 이 일에 몇 명이 동원됐다고 생각하는 거냐? 지금까지 조사한 그놈의 능력을 토대로 구성한 추적자와 탐색자들의 수만 100명이 넘는다."

도사르는 화를 내듯 말했다. 벌써 한 달 가까이 이곳에 머물며 라크가 나타나기를 기다렸으니 무리도 아니다.

하지만 보고하는 용병에게는 그런 도사르가 곱게 보일 리 없다. 강력한 마법사이니 겉으로 불평을 말할 수는 없지만 속으로는 마음껏 욕을 해댔다.

'이놈의 돼지 새끼가 또 히스테리를 부리는군!'

물론 이런 속마음과는 달리 입으로 나온 말은 지극히 정중해야 한다. 안 그러면 몸 안의 피가 끓어올라 터져 죽는 경우가 발생할 수 있다.

"염려 마십시오. 꼭 라크란 자를 찾아내어 처리하겠습니다."

"웃기는 말이군. 그놈이 아무리 어려도 고위 마법사다. 용병 나부랑이가 고위 마법사를 우습게보다니? 네놈들은 몸으로 막으면 된다. 내가 갈 때까지 말이다."

'그럼 우리보고 죽으란 말이냐? 치사한 새끼.'

"물론입니다. 절대로 놓치지 않겠습니다."

"흥, 그래도 할 마음은 있구먼."

도사르는 그렇게 말하고는 하녀가 새롭게 가져온 통돼지 구이를 먹기 시작했다. 어차피 라크가 나타날 때까지 먹는 것 이외에는 즐거움이 없다고 생각하는 도사르였다.

그 무렵, 라크는 도사르가 있는 지역의 아래쪽에 있었다.

"뉴우우웅, 정말 대단해요. 뉴."

뉴가 신기한 듯 주변을 보며 말했다. 라크 역시 이런 경험은 처음이었기에 뉴를 쓰다듬으며 대답했다.

"그렇구나. 실마 자유의 탑이 지히 수맥 안에 존재할 줄이야?"

그들은 지금 희미하게 빛나는 물의 성 안에서 지하 수맥의 흐름을 따라 이동하고 있었다.

성 자체가 물로 되어 있어서 수맥과 섞여 흐르고 있었다. 액체로 된 탑이기 때문에 물의 흐름에 따라 이리 휘고 저리 휘는 등 계속해서 모양이 바뀌고 있었다. 하지만 일종의 공간 왜곡의 결계가 쳐져 있는 탑의 안쪽은 라크와 뉴가 지내기에 불편함이 없었다.

클라우드의 말에 의하면, 자유의 탑은 지하 수맥의 마나가 강하게 흐르는 곳을 찾아 움직인다고 한다. 클라우드는 그것에 맞추어 쉬지 않고 이동하면서 살아야 한다는 것이다.

그렇기 때문에 아무도 자유의 탑의 위치를 모른다. 마나의 흐름이 강한 곳에 세워지는 것이 마법사의 탑인데, 자유의 탑만큼은 정해진 장소가 없이 계속해서 움직이는 것이다.

유사시에는 어느 정도 자유자재로 이동 방향을 정할 수도 있는 것이 바로 이 탑의 특징이었다.

"이제 곧 스틸문에 도착할 거네."

클라우드가 말했다. 그는 수정구에 두 손을 대고 마력으로 수맥의 흐름의 조종하고 있었다. 자칫 잘못하면 지진을 발생시킬 수 있는 위험한 조작이기에 거의 전력을 다하고 있는 모양이었다.

"탑은 멈출 수 없으니 그곳에 도착하면 헤엄쳐서 나가게. 아까 준 목걸이가 출구까지 안내할 걸세."

"알겠습니다. 도움에 감사드립니다."

"아니, 나름대로 재미있었으니 됐네. 허허허."

"클라우드님께서는 이제부터 어떻게 하실 생각이십니까?"

"일단은 현자의 돌이란 걸 봐야겠군."

"모스로 가실 생각이십니까?"

"그렇지. 궁금하지 않나? 숲의 마법사가 무슨 일을 하고 있는지 말이야."

"궁금합니다."

"내 자네를 대신해서 봐주도록 하겠네."

"그렇군요. 잘 부탁드립니다."

"허허허, 농담이 통하지 않는 친구로군. 어쨌든 그곳에 가서 도울 일이 있으면 돕겠네."

"참, 그런데 제논님과는 무슨 관계이십니까?"

"제논? 별것 아니네. 싹수가 보이는 자라서 말이야. 잠시 같이 다니면서 관찰을 했지."

"싹수 말입니까?"

"응, 그에게 자유의 탑을 물려줄 생각이거든."

"제논님은 왕국의 마법 길드장이 된 것 아닙니까?"

"마법 길드장 같은 짓을 하면 결코 경지에 이르지 못하지. 내가 수를 써서 빼낼 걸세."

클라우드는 당연하다는 듯이 말했다. 그러나 라크로서는 쉽게 동의하지 못했다.

'멀쩡한 마법 길드의 수장을 빼내서 평생 방랑하게 만들겠다고?'

고위 마법사의 후계자가 되는 셈이니 꼭 나쁘다고 할 수는 없다. 하지만 평생 홀로 외롭게 방랑해야 한다는 것은 상당히 괴로운 일임에 틀림없다.

'제논님, 고생하시겠군요.'

라크는 자신도 모르는 사이 고위 마법사의 총애를 받게 된 제논에게 애도의 염을 보냈다.

그러는 사이, 드디어 탑은 목적지에 도착했다.

쿠쿠쿠쿠!

클라우드는 수맥의 분기점에 탑을 고정시키고는 짧게 주문을 외워 한쪽에 있는 문을 열었다.

"이곳일세. 가게!"

"그럼 안녕히 계십시오."

라크는 정중히 고개를 숙이고는 열려진 문으로 다가갔다. 탑의 마력이 외부의 물이 안으로 흘러들어 오는 것을 막고 있었기에 문의 바깥쪽은 물의 벽이 쳐져 있는 것처럼 보였다.

라크는 천천히 한 손을 내밀어 그 안에 넣었다. 그러자 엄청난 흡입력이 발생해 순식간에 라크를 빨아들였다.

콰르르르!

"잘 가게!"

뒤로 들리는 클라우드의 마지막 목소리와 함께 라크는 격렬한 물의 흐름을 타고 지상으로 나아갔다.

*　　　　*　　　　*

마그나타는 당당하게 스틸문의 북문을 통해 현자의 탑으로 들어섰다. 이미 제약이 풀린 그였기에 아무도 막을 수 없었다.

그래서 그런지 현자의 탑에서는 오히려 정식으로 마그나타에게 초대장을 보냈다. 새로운 수장의 후보로 인정할 테니 와서 정식으로 힘을 보이라는 내용이었다.

"크흐흐흐흐, 이놈들이 시세를 볼 줄 아는군."

마그나타는 크게 웃었다. 그리고는 자신의 수하 마법사들을 모두 데리고 탑을 나섰다.

현자의 탑 안에 있는 빛의 탑을 새로운 거처로 할 생각이었기에 영혼의 탑을 완전한 봉인 상태로 만들었다.

하지만 사실상 두 개의 탑의 주인이 되는 셈이다. 전무후무한 일이었기에 그는 상당히 즐거워하고 있었다.

탑의 정문에 도착하니 이미 수십 명의 마법사들이 나와 마그나타를 기다리고 있었다. 하나같이 현자의 탑에서도 중요한 위치를 차지하고 있는 강력한 마법사들이었다.

하지만 현자의 탑에 들어서는 마그나타의 진영도 만만치 않았다.

우선 마그나타는 검은 로브에 황금의 실로 방황하는 영혼의 문양을 새겨 넣고 길이가 2미터나 되는 마법사의 지팡이를 들고 있었다.

짧게 깎은 그의 머리카락과 수염은 나이에 걸맞지 않게 아직 한 올의 백발도 없이 검었다. 누가 보아도 위엄에 가득 찬 대마법사의 그것이었다.

뿐만 아니라 수십에 달하는 그의 수하 마법사들도 이미 대부분 경지에 달한 듯 범상치 않은 기운을 몸에서 발하고 있었다.

그가 백 년을 넘게 살아오면서 얼마나 많은 수하들을 얻었는지 다른 사람들이 쉽게 상상할 수 있는 것은 아니지만, 지금 그의 뒤에 서 있는 자들이 그중에서도 정예라는 것은 의심할 여지가 없었다.

순식간에 현자의 탑 앞쪽 광장은 양측 마법사들이 내뿜는 마나로 대기가 후끈 달아올랐다.

"어서 오십시오, 영혼의 지배자 마그나타님. 저는 규칙의 탑에서 수련을 하고 있는 머시입니다."

젊은 마법사가 한 걸음 앞으로 나와 정중한 예를 표했다.

마그나타가 보기에 그는 아직 고위 마법사의 문턱에 겨우 다다른 수준이었지만 장래가 기대될 정도로 나이에 걸맞지 않는 마력을 몸에 지니고 있었다.

'과연 규칙의 탑이다. 린도르가 그래도 쓸 만한 후계자를 남겨놓았군.'

마그나타는 속으로 그렇게 평가하며 고개를 살짝 끄덕였다. 거만한 표정이었지만 그로서는 정말 최고로 상대에게 호의를 보인 것이다.

어차피 시간이 지나면 다 그의 부하가 될 사람들이라고 생각하니 능력이 있는 자를 보면 저절로 웃음이 나왔다.

머시는 다시 한 번 정중하게 예를 취한 후 손으로 현자의 탑을 가리키며 말했다.

"어서 들어가시지요. 일단 숙소는 안쪽에 마련해 두었습니다. 구름과 드래곤의 관이 그곳입니다."

구름과 드래곤의 관은 현자의 탑에 준비된 최고의 손님용 숙소였다. 보통 황족이나 마스터 급의 무사들이 왔을 때에 그 중 일부를 내어준다. 현자의 탑에서는 이번에 마그나타를 맞이하여 그걸 통째로 비웠다. 최고의 예우를 하는 셈이다.

하지만 마그나타는 그곳에 들어갈 마음이 없었다.

"나는 빛의 탑에서 지내겠다."

그가 말을 꺼낸 이상 이미 결정된 것이나 마찬가지라는 듯 거만하게 선언했다.

머시는 약간 곤란한 표정을 지었다.

"라크 경은 어쨌거나 아직 생존해 있는 것으로 알고 있습니다. 아마 탑이 마그나타님을 인정하지 않을 겁니다."

"상관없다. 나에게 있어 탑의 방어 장치는 아무런 제재도 되지 못한다. 그대들이 나를 인정한다면 빛의 탑을 내줘야 할 것이다."

빛의 탑을 강탈하겠다는 주장이다.

억지나 다름없다. 고위 마법사끼리는 싸우지 않는 것이 불문율이었지만, 이미 지라트와 블래사가 서로 싸워 죽은 상황인지라 전례가 생겼다고 할 수 있다.

그것이 바로 마그나타가 두 고위 마법사를 서로 싸우게 유도한 이유 중 하나이고, 이제 마그나타가 정식으로 라크를 제거하고 빛의 탑을 차지해도 다른 고위 마법사들의 저항이 그렇게까지 심하지 않을 터였다.

무엇보다 규칙의 힘이 약해져서 이제는 함부로 일반인들을 마법으로 해하지 않는다는 마법사의 맹세 이외에는 거의 모든 규율로부터 자유롭게 되었다.

역시 힘이 최고다! 마그나타는 속으로 그렇게 중얼거리며 오만한 눈으로 머시를 보았다.

머시는 결국 한숨을 내쉬며 어쩔 수 없다는 듯 말했다.

"으음, 그럼 그렇게 하겠습니다. 일단 그곳으로 안내해 드릴 테니 그 뒤에는 알아서 해주십시오."

"안내해라."

아랫사람을 부리는 것 같은 마그나타의 말투에 머시는 살짝 인상을 찡그렸다. 그러나 그는 곧 몸을 돌려 마그나타가 원하는 대로 빛의 탑으로 향했다.

*   *   *

스틸문의 중앙 광장에는 대륙에서 가장 커다란 분수가 있
다. 건국 초기에 완성된 이 분수는 그 후에도 수많은 증축을
거듭해 이제는 제국의 명물 중 하나가 되었다.

중앙의 물줄기는 한 번 뿜어지면 거의 30미터를 치솟고, 그
주변으로 수십 개의 작은 물줄기가 허공중에 물의 화려함을
뿜어도록 되어 있다.

또한 거대한 호수와도 같이 넓은 물고임대에는 젊은 연인
들이 배를 타고 사랑을 속삭이기도 했다.

물의 탑을 벗어나 라크가 나온 곳은 바로 그 분수대였다.
물의 정전내 딥의 주인이 뚫어서 지하 수맥과 연결해 놓았다
고 한다.

"푸하!"

물 밖으로 고개를 내민 라크는 참았던 숨을 내쉬었다.

"이거, 누굴 질식시켜 죽이려는 건가? 숨을 참을 수 있는
마법을 걸어주던가."

거의 죽을 뻔한 고통을 받은 라크는 생각하기도 지겨운 듯
고개를 절레절레 저었다.

사실은 탑의 문을 나서는 순간 저절로 숨 참기 마법이 걸리도록 되어 있었는데, 라크는 마법이 걸리지 않는 몸이라서 안 걸린 것임을 미처 몰랐다.

어쨌든 간에 살아서 분수대까지 나온 라크는 주변을 두리번거리며 상황을 살폈다.

대낮이다. 그런데 옆을 보니 젊은 연인이 사이좋게 배를 젓다가 갑자기 물속에서 튀어나온 라크를 보고는 놀라 두 눈을 휘둥그레 뜨고 있었다.

"안녕하십니까!"

라크는 즉시 밝게 웃으며 인사를 했다. 머리 위에 올라가 있는 뉴도 앞발을 흔들었다.

"아, 저 물에 빠지신 겁니까?"

사람 좋아 보이는 젊은 청년이 물었다.

"그런 겁니다. 사실은 헤엄을 치고 있었지만요."

"어머, 헤엄치는 건 금지예요."

옆에 있던 아가씨가 놀라 말했다. 하지만 라크는 염려 말라는 듯 바로 대답했다.

"그러니까 명목상 물에 빠진 겁니다. 저쪽에서 빠져서 급한 김에 헤매다 보니 이쪽 편으로 나가게 되는 것이죠."

"어머! 호호호호."

그들은 라크가 가리키는 방향을 보고 참을 수 없는지 크게 웃었다.

라크는 그야말로 정반대 방향을 가리켰다. 즉, 헤엄을 쳐서 분수대를 횡단한 셈이다.

라크는 그들과 같이 웃다가 작별 인사를 하고는 유유히 헤엄쳐서 자신이 가리킨 방향 쪽으로 나아갔다.

다행히도 분수대를 관리하는 직원의 눈에는 뜨이지 않은 것 같았다.

라크는 얼른 골목 안쪽으로 뛰어 들어가 구석진 곳에서 그림자의 기운을 이용해 물기를 털어냈다.

"후우, 이제 되었군."

북쪽을 보니 화려한 제국 황궁의 건물들이 눈에 들어온다. 5백여 년간 신성불가침의 영역이 되어 대륙인들의 경외를 받아온 곳이다.

그리고 수도의 동쪽으로는 대상 빛을 받아 상아빛으로 빛나고 있는 탑들이 보인다. 현자의 탑이다!

"뉴, 너는 이곳에서 잠시 기다릴래? 지금부터는 상당히 위험하단다."

"염려 마세요. 제 발톱하고 이빨의 힘을 보여드릴게요. 뉴."

뉴는 어느새 작은 돌멩이 하나를 들고 자신의 앞 발톱을 다듬고 있었다. 삭삭, 하는 소리와 함께 돌이 가루가 되어 깎여

나갔다.

라크는 그걸 보고는 쓴웃음을 지었다. 고위 마법사와 싸우려는데 발톱과 이빨이라니? 아무리 날카로워도 마법사들은 뉴가 접근하는 것조차 허용하지 않을 것이다.

그래도 언제든지 영체로 변할 수 있는 뉴다. 라크는 손으로 뉴의 머리를 쓰다듬고는 그를 어깨에 태운 채 현자의 탑을 향해 걸었다.

회색의 로브에 어깨 위에는 뉴를 얹고 있는 라크의 모습에 거리의 사람들은 힐끔힐끔 그를 보았다. 뉴도 사람들의 모습이 신기한 듯 열심히 구경했다.

"라크, 여긴 사람들이 굉장히 많아요. 뉴."

"제국의 수도니까 당연히 많단다."

"그래도 라크보다 강해 보이는 사람은 하나도 없네요. 뉴."

"보통 사람은 그렇게 강하지 않단다. 하지만 지금 가는 곳에는 강한 사람이 많아."

"뉴우."

사람들이 보든 말든 뉴와 대화를 나누며 계속해서 대로를 걷다 보니 어느새 주변에 줄지어 있던 커다란 건물들이 사라지고 넓은 광장이 나왔다.

현자의 탑의 정문 광장이었다. 바닥은 매끄럽게 깎은 대리

석이 깔려 있었는데, 그것들은 서로 다른 색을 하고 있어 전체가 하나의 거대한 모자이크처럼 그림을 이루고 있었다.

거대한 거인들이 진을 형성하고 서서 드레이크들과 싸우는 문양이었다.

라크의 기억에 의하면 그것들은 하나의 거대한 마법진으로, 유사시에는 그 거인의 그림이 일어나 싸우고 드레이크들이 고개를 내밀고 화염과 전격을 쏘게 되어 있다.

광장 앞에서부터는 현자의 탑의 영역인 셈이다. 그리고 영역 전체에서는 범상치 않은 기운이 어려 있었다.

대륙을 둘로 가르는 하이얀 산맥의 마나가 이곳을 정통으로 흘러 지나가는 것이다.

특히 라크처럼 마나의 흐름에 민감한 체질은 현자의 탑을 본 순간부터 몸이 저절로 반응을 해 긴장이 됐다.

뉴 역시 혀를 낼름거리너 두 잎빌로 라크의 목을 붙갑았디.

라크는 일단 멈춰 서서 눈을 감았다. 그리고는 크게 심호흡을 해서 마음을 안정시키고는 주변 마나의 흐름에 몸을 맡겼다. 공간에 적응을 하여 완전히 몸이 익숙해질 때까지 조용히 기다렸다.

어느 순간 주변의 마나가 더 이상 이질적으로 느껴지지 않게 되었을 때, 그는 눈을 떴다.

"갈까?"

"뉴웅!"

뉴도 준비가 된 듯했다.

천천히 걸음을 옮겨 광장을 가로지르자 기다란 담벼락과 커다란 문이 나왔다. 철창으로 이루어진 문이기 때문에 안쪽이 훤히 보였다.

"어떻게 오셨습니까? 소속 길드와 성명을 말씀해 주십시오."

정면에 지키고 서 있던 마법사가 앞으로 나와 물었다. 라크가 로브를 입고 있어 마법사라고 생각했는지 바로 길드를 물어왔다.

라크는 그를 보고는 허리를 펴고 당당하게 말했다.

"저를 모르시겠습니까?"

"응? 회색의 로브를 입은 마법사는 알지 못합니다만."

마법사는 라크가 오히려 반문하자 약간 당황한 듯 말했다. 그런데 뒤쪽에 서 있던 마법사가 놀란 표정을 지으며 앞쪽으로 나왔다.

"그대는 라크님이 아니십니까! 돌아오셨군요."

"돌아왔습니다."

"아아, 이럴 수가!"

마법사는 감격에 겨운 목소리로 호들갑을 떨었다. 현자의 탑이 자랑하던 빛의 마법사가 돌아온 것이다.

마그나타의 기습으로 사라진 라크를 걱정하고 그리워하는 자들은 많았다. 특히 지금처럼 마그나타 본인이 힘을 앞세워 빛의 탑을 차지하겠다고 찾아온 시점에서 라크가 왔으니 어찌 기쁘지 않겠는가?

라크는 이자가 자신의 본체에 호감을 가지고 있다는 것을 알았다.

"마그나타는 도착했습니까?"

"그렇습니다. 그자는 가증스럽게도 빛의 탑으로 들어갔습니다. 오늘도 탑 안에 있는 함정들을 해체하고 있다고 합니다."

"빛의 탑이라, 그렇군요."

라크는 눈을 돌려 안쪽 멀리 보이는 탑 중 하나를 보았다. 저곳에 마그나타가 있다고 한다.

"문을 열어주십시오."

"예, 지금 열어드리겠습니다."

정문을 지키는 마법사는 서둘러 그날의 주문을 외워 문에 걸린 마법을 발동시켰다.

끼이이이익!

문이 소리를 내며 열렸다. 5백 년이나 된 문이라 녹이 슬 대로 슬었지만 아직 문에 걸려 있는 마법은 작동하고 있었다.

"그럼 들어가겠습니다."

라크는 가벼운 미소와 함께 살짝 고개를 숙여 마법사에게 가볍게 인사를 한 후 당당하게 안으로 걸어 들어갔다.

탑 안쪽으로는 이미 전갈이 들어갔을 것이다. 고위 마법사들도 나오겠지.

'그들이 과연 나의 정체를 알아볼까?'

확률은 반반 정도라고 생각되었다.

라크는 두 주먹을 꾸욱 쥐었다.

어차피 이곳까지 온 이상 뒤로 물러날 생각은 없다. 마그나타를 만나고, 그와 싸워 결판을 내는 것으로 하나의 일을 매듭지어야 한다.

몇 번의 갈림길을 통과하니 드디어 라크의 눈앞에 하나의 거대한 탑이 나타났다.

상아색의 재질을 알 수 없는 벽돌로 쌓아 올려진 7층의 탑이었다. 층마다 창문이 있고, 꼭대기는 뾰족한 첨탑 형식으로 되어 있다.

화려한 외장은 전혀 없어 어떻게 보면 소박한 건물이지만 모든 사람들의 선망의 대상이 되는 곳이다.

과거에 그가 소환된 곳이자 본체의 집이기도 한 빛의 탑, 지금은 마그나타가 들어가 있다고 하는 그곳이었다.

탑 앞까지 가서 들어가는 입구를 보니 새삼 마음이 흔들렸다. 어떻게 말로 설명할 수조차 없는 감정이 가슴 아래서부터 치솟아올라 전신으로 퍼졌다.

그리움, 그것은 그리움의 감정이었다. 시르카와 클라우드의 말이 떠올라 더욱 감정을 고조시켰다.

'과연 그들의 말대로 내가 원래 진짜 라크라면, 이곳은 나의 고향과도 같다. 아니, 그림자인 나도 이곳에서 태어났으니 고향은 확실히 고향인 건가?'

어쨌든 간에 빛의 탑이 라크에게 있어 소중한 장소임은 틀림없다.

한쪽 무릎을 꿇고 땅에 있는 흙을 한 줌 쥐어 냄새를 맡아보았다. 보드라운 흙의 감촉과 은은하게 느껴지는 흙의 냄새는 라크에게 마음의 안정을 느끼게 했다.

라크는 천천히 흙을 손가락으로 비비며 떨어뜨리다가 손에 쓸리는 몇 개의 작은 돌조각을 집었다. 그리고는 호흡을 가다듬어 마음을 완전히 평온한 상태로 만들고는 입구까지 갔다.

그곳에는 두 명의 마법사가 지키고 있었다. 문양을 보니 영혼의 탑의 마법사, 즉 마그나타의 수하 마법사인 것 같았다.

탑을 지키는 것이 그들의 임무일 것이다.

숙달된 마법사답게 가만히 서 있으면서도 몸 주변으로는 마법의 방어막을 쳐 만약의 사태에 대비하고 있었다. 이렇게 항상 방어막을 치는 것은 보통 힘든 게 아니다.

"멈추십시오. 무슨 일로 마그나타님의 탑에 찾아오셨습니까?"

"마그나타의 탑이라, 이미 주인이 된 기분인가?"

라크는 씁쓸하게 웃으며 중얼거렸다. 기분이 최악으로 나빠졌다.

"그대는 누구지? 마그나타님을 모욕할 생각인가?"

상대의 말투가 거칠어졌다. 라크의 중얼거림을 들은 모양이다.

라크는 피식, 웃었다.

"난 이 탑의 주인이다."

"뭐라고!"

라크의 말에 담긴 뜻은 명확했다. 빛의 마법사! 그러고 보니 문장이 없는 회색의 로브는 바로 빛의 마법사의 복장이다. 그들은 순간적으로 긴장하여 경계 태세를 취했다.

그러나 라크가 조금 빨랐다.

휘익, 파팍!

"커헉!"

라크가 번개처럼 손에 든 자갈돌 중 두 개를 던지자 마법사들은 피할 생각도 하지 못하고 그대로 이마에 정통으로 맞고 쓰러졌다.

그림자의 기운으로 감쌌기 때문에 그들을 보호하는 방어막은 아무런 소용이 없었다.

민첩성이 숙련된 검사와도 같은 라크의 육체 능력은 일반 마법사가 반응하기에는 무리가 있었다.

그들은 이마에서 피를 흘리며 그대로 뒤로 넘어가듯 쓰러졌다.

라크는 그대로 걸어가 탑의 문을 열었다.

파지지지직!

수십 개의 전격이 문으로부터 흘러나와 라크를 감쌌다. 그러나 라크의 몸은 그것을 받아들이지 않았다.

뉴는 더했다. 전격이 자신을 감싸자 오히려 좋아하며 전격의 줄기를 앞발로 잡아 입에 넣고 빨아먹기 시작했다.

전격은 곧 멎었다. 마법 함정을 유지하는 마력을 뉴가 먹어버렸기에 정분의 함성은 너 이상 작동하지 않게 되었다.

"꽤 맛있는 마나예요. 뉴."

"대단하구나. 마법을 먹을 수 있니?"

"뉴는 이런 거 좋아해요. 뉴."

"그래."

보면 볼수록 신기한 생물이다. 내 애완동물이지만 이상한 놈이군. 라크는 그렇게 생각하며 문을 열었다.

안의 구조는 이미 모두 알고 있다. 하지만 마그나타가 기존의 마법 함정들을 해체하고 새로운 함정들을 설치하고 있다고 하니 구조는 같아도 내용은 다를 것이다.

'고위 마법 급의 함정을 조심해야 한다. 그건 나도 버티기 어려울 테니까.'

문제는 마그나타가 탑을 어느 정도까지 장악했는가 하는 점이다. 이미 중추까지 모두 그의 손에 넘어갔다고 한다면 상당히 위험하다.

고위 마법사의 탑은 거의 살아 있다고 봐도 될 정도로 신기한 힘을 지니고 있기 때문에 탑의 주인은 그 안에서 아주 강력한 힘을 발휘할 수 있는 것이다.

하지만 반대로 마그나타가 아직 탑의 중추까지 장악하지 못했다면 상황은 정반대로 나타날 수 있다.

어쨌든 간에 라크는 빛의 탑에 소속되어 있는 존재이기 때문에 이곳에서 움직이는 것이 편하다. 반면에 마그나타는 탑의 중추를 지키는 수많은 마법 함정들에 노출된 채 라크와 대적해야 한다.

물론 그렇다고 해도 마그나타가 받는 부담은 그렇게 크지 않을 것이다. 과거 그자가 빛의 탑에 침입해 왔을 때에도 탑은 그를 막지 못했으니까.

"저기다!"

라크가 막 층계를 걸어 올라가려 할 때 위쪽에서 사람들이 외치는 소리가 들려왔다. 마그나타의 수하들이었다.

그들은 하나같이 살기등등한 표정을 짓고 있었다. 또한 저마다 손에 마법의 지팡이나 막대기를 들고 문답무용으로 주문을 시전하려는 듯했다.

"벌써 들켰나?"

라크는 아쉽다는 표정을 지었다. 정문부터 밀고 들어온 이상 당연한 결과였지만, 그래도 한 걸음이라도 편하게 올라가고 싶었다. 특히 충계를 걸어 올라간 후에 싸웠다면 좋았을 것이다.

"어쩔 수 없지. 가자, 뉴."

타타타탁!

라크는 전력으로 달려 올라갔다. 공격 마법은 두렵지 않지만 그 외에도 기괴막측한 마법이 많다. 잘못해서 길이 막히는 것만큼은 피하고 싶었다.

"앗! 온다."

"죽어랏, 스크리밍 애로우!"

"포이즌 웹!"

통로에는 독을 품은 거미줄이 쳐지고, 비명을 지르는 영혼의 화살이 라크를 노렸다.

라크는 즉시 그림자의 기운을 개방하여 손바닥 앞을 감싸고 스크리밍 애로를 받아냈다. 손이 얼얼한 것이, 이 마법은 그림자의 기운에도 어느 정도 영향을 미치는 듯했다.

"장난이 아니군."

휘익, 파팍!

라크는 단숨에 벽을 박차고 허공으로 몸을 날려 상대의 바로 앞까지 다가갔다. 독을 품은 거미줄은 무시했다.

마법사들이 놀라 비명을 지르는 사이 그대로 발로 마법사 중 두 명의 가슴을 차버렸다. 뼈가 으스러지는 소리와 함께 상대는 피를 토하며 뒤로 튕겼다.

라크는 땅에 착지함과 동시에 남은 한 명의 마법사의 목을 손으로 잡았다. 그리고 위로 들어올려 벽에 붙였다.

"크으윽!"

"마그나타는 몇 층에 있지?"

"죽여라!"

"그래."

우드득!

손에 힘을 주자 마법사는 그대로 목뼈가 부러져 죽었다.

이미 영혼이 오염된 자들을 상대로 손에 사정을 두는 것은 좋지 않다. 마음을 독하게 먹은 라크의 눈은 평소와는 달리 차가운 투지로 빛나고 있었다.

*　　　*　　　*

라크가 빛의 탑으로 들어간 후 얼마 지나지 않아 탑의 주변에는 일단의 사람들이 모여들었다.

하나같이 화려한 로브를 입은 자들, 바로 현자의 탑이 자랑하는 고위 마법사들이었다.

한 명도 아니고 다섯 명의 고위 마법사가 모두 모인 것으로 보아 이미 그들은 이런 상황에 대한 약속이 되어 있었던 모양이다.

"모든 것이 예상 대로군."

"이로써 얽매인 인과관계가 풀리겠군요."

"그가 마그나타를 상대할 수 있을까?"

"알 수 없습니다. 확실히 그의 말대로 마그나타는 한계를 짐작할 수 없을 정도로 강하더군요."

"최강의 마법사임에는 틀림이 없지. 딘지 지깃은 빛의 탑, 이번에는 철저하게 준비를 했으니 충분히 싸워볼 만할 걸세."

"만약 그가 마그나타를 넘어서지 못한다고 해도 그는 충분한 복수를 하게 되는 셈입니다."

"그렇지. 마그나타는 적어도 10년간은 저곳에서 나오지 못할 테니까. 그사이 우리는 그와 대적할 방법을 찾아낼 수 있을 걸세."

"모든 것이 빛의 마법사의 희생 덕분입니다."

마법진의 대가인 마화의 진의 말에 다른 고위 마법사들은 조용히 동의를 표했다.

사실 빛의 마법사가 이기든 지든 이 탑은 10년간 봉인된다. 현재 상황에서 마그나타를 막는 방법은 이것뿐이다.

지난 1년간 마그나타의 시선을 현자의 탑 외부로 돌리는 데 성공한 그들은 착실하게 준비해 왔다.

그리고 오늘 드디어 그 결실을 맺을 때가 된 것이다.

"서두르세. 혹시라도 마그나타가 눈치를 채기 전에 일을 끝내야 하네."

"그러지요. 뭐, 알아도 이미 늦었겠지만요. 그림자 가디언이 들어간 이상 쉽게 몸을 빼내지는 못할 겁니다."

"그래도 방심해서는 안 되네. 적어도 마그나타는 우리 모두가 힘을 합쳐도 감당하기 어려운 자이니까 말이야."

"알고 있습니다. 시작하지요."

말을 끝낸 고위 마법사들은 곧 빛의 탑 주변을 오각형으로 감싸는 위치에 가서 섰다.

그리고 곧 마화의 진이 땅에 손을 대고 주문을 외우기 시작했다.

우우우웅—

급격한 마나의 흐름, 그것은 공기를 진동시켜 소리를 낼 정도로 강했다. 그리고 땅에서는 서서히 오망성의 문양이 드러나기 시작했다.

"나, 마화의 진은 오늘 하나의 탑을 감싸는 최고의 마법진을 여러분과 함께 탄생시킵니다."

선언과 함께 땅이 흔들리기 시작했다. 작은 지진과도 같은 흔들림은 다섯 명의 고위 마법사가 서 있는 곳에서 시작하여 파도처럼 빛의 탑을 향해 몰려갔다.

"위쪽은 규칙, 그 좌우에 그림과 환영, 아래쪽은 융합과 소멸! 이 모든 것이 모여 빛을 가두니 위가 아래고 되고, 다섯 개가 하나가 될 것입니다."

샤아아아아!

고위 마법사들의 몸에서 제각기 빛이 뿜어져 나오기 시작했다. 상위 마법의 힘이 극한까지 발휘되어 그들만의 공간이 생성되는 현상이다.

그 빛은 사방으로 퍼져서 이윽고 다른 마법사들의 빛과 함께 섞였다. 그에 따라 땅에 그려진 마법진은 더욱 선명하게 모습을 드러냈다.

마침내 빛의 탑 외벽 쪽으로도 수많은 룬어의 문양이 나타났다.

콰콰콰콰콰!

마나가 해일처럼 빛의 탑으로 몰려 들어갔다. 탑에 새겨진 문양들은 그 마나를 흡수하여 형형색색으로 빛났다.

자유로운 마나가 문양의 힘에 의해 점점 굳어져 그 무엇도 빠져나갈 수 없는 공간의 결계를 형성하기 시작했다.

아무리 강력한 마법사라고 해도 빠져나갈 수 없는 결계가!

마그나타가 현자의 탑에 침투하여 빛의 마법사를 암습한 이후, 현자의 탑의 고위 마법사들이 심혈을 기울여 만든 함정 이 지금 완성되려 하고 있었다.

Chapter 8

재회의 길

재회의 길

"크 놈이 나타났다고?"

마그나타는 흰쪽 눈을 기늘게 뜨고 말했다. 가장 기분이 나쁠 때 보이는 습관이다.

영혼의 하녀는 고개를 숙인 채 무릎을 꿇었다. 지은 죄는 없지만 마그나타가 기분 나빠할 보고를 올린 것만으로도 충분히 소멸할 수 있었다.

하지만 마그나타는 지금 그녀를 벌할 생각이 없었다. 영혼의 하녀는 강력한 힘을 가진 소환물이라 적이 나타났을 때 충분한 전력이 될 수 있었다.

"도사르 놈, 절대로 스틸문으로 들어오지 못하게 하겠다더 니!"

마그나타는 혀를 차며 수도 바깥쪽에서 진을 치고 대기하 고 있을 도사르를 욕했다. 확실히 라크가 수도로 들어온 것은 그의 실책이라고 할 만했다.

그가 꾸민 음모는 라크가 스틸문으로 들어오지 못한다는 것을 전제로 짜여진 것이다. 그래야만 시간을 들여 다른 고위 마법사들과 접촉할 수 있는 것이다.

적어도 3개월의 시간은 필요했다.

하지만 일단 라크가 현자의 탑으로 돌아온 이상, 고위 마법 사들은 마그나타가 영혼을 오염시킬 수 있다는 것을 알게 되 었을 것이다.

"크크크, 상관없겠지. 이럴 수도 있다고 생각은 했으니 말 이야."

분노한 것도 잠시, 마그나타는 언제 화를 냈냐는 듯이 바로 냉정한 표정을 회복했다.

도사르가 라크를 막을 확률은 상당히 높았지만 완벽은 아 니다. 완벽은 마그나타 자신에게만 존재하지 않겠는가?

라크란 놈은 잔꾀를 써서 도사르의 눈을 피한 모양이다. 하 지만 결과적으로 변하는 것은 없다.

왜냐하면 그가 진짜로 힘을 내면 다른 모든 고위 마법사들이 힘을 합쳐도 충분히 감당할 수 있기 때문이다.

일단 현자의 탑에 정식으로 들어왔고, 또 빛의 탑에 자리를 잡는 것이 허락된 이상 다른 마법사들은 마그나타의 수중에서 벗어날 수 없을 것이다.

스스로의 계획을 다시 한 번 검토한 마그나타는 시선을 돌려 바닥에 꿇어 엎드린 영혼의 하녀를 보았다.

"어디까지 왔는가?"

"이미 3층까지 올라왔습니다. 마법이 거의 통하지 않는다고 합니다."

"흥, 당연하다. 그래도 그놈은 고위 마법사인데 저급한 마법으로는 상대가 될 수 없지."

"……."

일단 무사히 보고를 했으니 이제는 마그나타의 뜻대로 일이 흘러길 것이다. 영혼의 하녀는 조용히 입을 다물고 마그나타의 명을 기다렸다.

마그나타는 그런 영혼의 하녀의 마음을 아는지 잠시 눈을 감고 생각에 잠겼다.

그가 생각하기에 자신의 수하들로는 라크를 제거하기 힘들 것 같았다. 특히 이곳은 빛의 탑, 탑의 마나는 알게 모르게 라크의 편을 들 것이다.

"흐음, 내가 가지 않으면 안 되는가?"

"내려가시겠습니까?"

"아니, 아니지."

마그나타는 곧 생각을 바꿨다.

"지금 내려가면 탑의 도움을 받는 빛의 마법사와 싸워야 한단 말이야. 이기는 건 문제가 아니지만 잘못하면 탑의 힘에 손상이 갈 수 있어."

"그렇습니다. 확률적으로 탑 안에서 탑의 주인을 처치하는 것은 위험합니다."

"그렇지, 통째로 붕괴해 버리기라도 하면 곤란하거든."

마그나타는 영혼의 하녀의 말에 고개를 끄덕였다. 저번에는 워낙 빛의 마법사를 처리하는 게 급해 수틀리면 탑을 통째로 날려 버릴 생각까지도 했지만, 지금은 아니다.

라크를 제거해도 비밀은 지켜질 수 없다. 이미 알려졌을 것이 뻔하다.

그렇다면 탑을 먼저 손에 넣어야 한다.

"크크크크, 탑의 중추를 장악하기만 하면 네놈을 상대하기는 아주 쉽지. 탑이 나의 편을 들 테니까 말이야."

마그나타는 결정을 내리고 다시 걸음을 옮기기 시작했다. 이제 시간은 얼마 걸리지 않는다. 6층에 설치된 최후의 마법 함정들을 해체하면 바로 7층의 중추에 들어설 수 있다.

단, 6층의 마법 함정은 고위 마법사라고 해도 무시할 수 있는 수준이 아니다. 무작정 부수면 탑 자체가 파괴되어 버릴 수도 있는 위험이 존재한다.

서두를 것은 없다. 이럴 때일수록 침착하게 일을 처리하면 되는 것이다.

마그나타는 속으로 그렇게 중얼거리며 조용히 눈앞에 있는 마법진을 살피기 시작했다.

*   *   *

"아아악!"

4층을 지키던 고참 마법사는 라크의 가슴에서 튀어나온 검은 창에 배가 관통되자 고통을 참지 못하고 비명을 질렀다.

주문도 외우지 않았는데 마법의 창이 날아오다니! 모든 방어마을 무시하고 통과할 수 있다니!

과연 고위 마법사는 감당하기 어려운 존재였다.

"하아압!"

라크는 잠시도 멈추지 않았다. 이미 십여 명이나 되는 마법사들을 처치했지만 계속해서 앞을 막는 마그나타의 수하들을 향해 주먹을 휘두르거나 몸속 그림자의 기운을 이용해 공격했다.

상처가 전혀 없는 것은 아니다. 마법은 통하지 않지만 상대들 중에는 마법사뿐 아니라 전사도 있었다.

그들은 거의 영혼을 빼앗긴 듯 멍한 눈으로 오직 라크를 향해 무기를 휘둘렀다.

낮의 육체는 어디까지나 상처를 입는다. 그래도 그림자의 기운을 창으로 변화시켜 날릴 수 있게 되었기에 충분히 앞을 막아서는 자들과 싸울 수 있었다.

쿵, 쿵, 쿵, 쿵!

4층으로 올라서자마자 문 저쪽에서 무엇인가가 다가오는 소리가 들렸다. 바닥을 울리는 발자국 소리로 보아 굉장히 크고 무거운 놈인 것 같았다.

"스톤 골렘인가?"

라크는 긴장했다. 마법사들의 최강의 호위병 중 하나인 스톤 골렘은 절대 만만히 볼 수 있는 놈이 아니었다.

슈우우우우―

목의 양쪽에 뚫린 구멍으로 뜨거운 김을 내뿜으며 나타난 그것은 확실히 돌로 된 골렘이었다. 크기가 거의 4미터나 되는 놈인데, 무게가 얼마나 나갈지는 상상하기 힘들었다.

"마그나타, 스톤 골렘을 제작하는 데 성공했군."

절로 감탄이 나왔다. 눈앞의 파괴 병기는 고위 마법사라고 해도 쉽게 만들지 못하는 일종의 예술품이다.

골렘의 주변에 서 있는 마법사들이 득의만만한 웃음을 지으며 서 있는 모습이 보였다.

"네놈이 아무리 강하다고 해도 골렘과 우리들의 합공을 감
당할 수는 없을 것이다!"

"그럴지도 모르지."

라크는 고개를 끄덕였다. 그리고는 씨익, 웃으며 다시 말했
다.

"하지만 난 아닐 거라고 생각되는군."

팍!

전력으로 바닥을 박차며 몸을 날리자 라크의 몸이 쑤욱—
하고 늘어난 것처럼 보였다. 최강의 무인이 적을 단번에 처리
하기 위해 돌진하는 순간처럼 라크의 몸은 잔상으로만 남았
다.

파칵!

슈우우우우—

"크으! 정말 단단하군."

가장 약해 보이는 무릎을 때렸는 데도 골렘은 뒤로 약간 물
러났을 뿐이다.

오히려 라크의 주먹이 부서질 듯 아팠다. 그림자의 기운으
로 감쌌는 데도 이 정도라면 정말 눈앞의 골렘을 부수기는 쉽
지 않을 것 같았다.

슈우우우우—

골렘은 화가 난 듯 다시 뜨거운 입김을 내뿜으며 주먹을 휘둘렀다. 정확하게 말하면 주먹을 내뻗고 몸통을 한 바퀴 회전시킨 셈인데, 그 기세가 놀라웠다.

라크는 급히 뒤로 물러섰다. 얼굴에 골렘의 주먹에서 일어난 바람이 스쳐 지나갔는데 그것만으로도 화끈거릴 정도였다.

위잉, 쾅!

그사이 골렘은 주먹을 높이 치켜들었다가 바닥을 향해 내려쳤다.

천장에 거의 닿을 정도의 높이에서 떨어진 주먹은 바닥에 커다란 구멍을 뚫을 정도의 파괴력을 지니고 있었다. 순간 파인 바닥의 돌들이 사방으로 튀어 올랐다.

파파팍!

"크윽!"

라크는 급히 양팔을 들어 얼굴을 막았다. 돌 파편이 몸의 이곳저곳에 박히며 피가 흘렀다. 이런 식의 공격을 막을 방법이 라크에게는 없었다.

"저놈이 부상을 당했다!"

"과연 마법은 막아도 파편을 막지는 못하는 건가!"

완벽한 방어막은 없다. 마법사들은 라크의 방어막이 마법은 완벽하게 막는 대신 물리적인 공격은 전혀 막아내지 못한다고 생각했다. 그리고 그것은 어느 정도 맞는 판단이었다.

"화살을 쏴라! 암기를 던지라고!"

마법사들은 주변의 전사들에게 그렇게 말하며 자신들도 물체 이동 마법을 사용하여 땅에 떨어진 무기들을 날렸다.

단번에 십여 개의 무기들이 라크를 향해 날아왔다. 그와 동시에 골렘은 몸통째 라크를 향해 돌진해 왔다. 피할 수 있는 여유는 없었다.

"흐읍!"

피할 수 없으면 버틴다! 라크는 두 다리에 힘을 주고 버티고 섰다. 그리고 그림자의 기운을 최대한 방출하여 몸 앞쪽에 거대한 방패를 만들었다.

파파파파팍, 쾅!

무기들은 그림자의 기운으로 만들어진 방패에 막혀 튕겼다.

그러나 골렘의 육탄 돌격은 그럴 수 없다. 결국 요란한 소리와 함께 라크의 몸이 뒤로 튕겨 벽에 부딪쳤다.

역시 버틴다는 것은 무리였나 보다.

"콜록, 으으, 강렬한데?"

라크는 큰 충격을 입고는 피를 토했다. 그러자 상대 마법사들이 환호성을 지르는 소리와 함께 그들이 주변의 무엇인가를 집어 들고 날리려는 모습이 보였다.

라크는 훗, 하고 웃었다. 그림자의 기운을 이용하면 저런 공격들은 충분히 막아낼 수 있다.

하지만 문제는 골렘이다. 라크의 힘으로도 골렘을 감당할 수가 없었다.

그 강력한 힘과 파괴력이라니! 확실히 마그나타가 다년간 힘들여 만들 만한 마법 병기다웠다.

슈우우우―

골렘이 다시 공격해 올 준비를 하듯 입김을 내뿜었다. 저 입김만 해도 그대로 맨살에 닿으면 살이 익어버릴 정도로 뜨겁다.

라크는 일단 벽을 등지고 섰다. 힘으로 버티는 것이 불가능하다는 것을 안 이상 벽을 따라 빠르게 이동하며 싸우는 수밖에 없다고 판단했다.

문제는 골렘을 공격할 방법이 없다는 것이다. 그림자의 기운으로도 골렘의 몸통을 파괴할 수 없었다.

'어딘가 방법은 있다. 그걸 찾아내자.'

라크는 속으로 그렇게 중얼거리며 골렘을 뚫어지게 노려보았다. 투지가 몸속으로부터 불길처럼 끓어올랐다.

그런데 뭔가 이상했다. 골렘의 머리 위쪽으로 보이는 무엇인가가 눈에 들어왔다.

"뉴!"

뉴였다. 어느새 뉴가 골렘을 타고 뛰어 올라가 머리 위에까지 도달해 있었다.

"뉴웅!"

뉴는 라크를 향해 앞발을 저으며 기분 좋게 웃었다. 등산을 하여 정상을 밟은 사람의 얼굴 표정과 같았다.

"앗, 저놈은 뭐냐?"

"빛의 마법사가 데리고 온 생물이다. 죽여라!"

마법사들도 뉴를 발견한 모양이다. 그들도 뭔가 심상치 않음을 느낀 듯 순간적으로 공격 목표를 라크에서 뉴로 바꿨다.

그러나 이미 늦었다. 뉴는 그대로 골렘의 머리를 깨물었다.

으적!

"단단하네. 뉴!"

돌이 씹히는 기분, 하지만 뉴는 굳세게 골렘의 머리를 입으로 깨물고 발톱으로 긁었다. 순식간에 뉴는 골렘의 머리꼭대기에 구멍을 파고는 그 속으로 파고들었다.

"아앗! 저럴 수가!"

파파파곽!

이제는 뉴의 모습은 보이지 않고 작은 파공음만 들려왔다.

말이 스톤 골렘이지, 마법으로 강화된 돌덩어리는 그 무엇보다 단단하다. 하지만 뉴의 이빨과 발톱은 그보다 더 단단하고 충분히 날카로운 듯했다.

슈우우우, 슈우우우우—

콰콰콰콰쾅!

골렘이 발광을 하기 시작했다.

고통을 느낄 수 없는 단순한 행동 패턴을 지닌 마법 생물인 골렘이었지만 머릿속을 파 먹히는 느낌은 참기 어려운 것 같았다.

주먹으로 천장과 바닥을 계속해서 내려치다 결국 자신의 머리를 부수기 시작했다.

"아앗, 큰일이다! 어떻게 좀 해봐!"

마법사들은 극도로 당황해서 어쩔 줄 몰라 했다.

스톤 골렘이 파괴되면 라크를 제거하는 데 성공해도 마그나타의 분노를 살 것이 분명했다.

그러나 그들은 지금 이 순간 마그나타의 분노보다 라크의 주먹을 더 걱정해야 했다.

휘익, 뻑!

"커헉!"

어느새 뛰어든 라크가 가장 앞쪽에 있던 자의 가슴을 주먹으로 쳤다. 그는 가슴이 움푹 파인 채 뒤로 날아갔다. 살아 있다고는 생각할 수 없는 모습이었다.

"앗, 피해라!"

"늦었다."

슈욱—

그림자의 창이 단번에 네 개나 날아갔다. 라크가 동시에 만들어낼 수 있는 한계의 수였는데, 그중 세 개는 그대로 마법사들의 몸을 관통했다. 오직 한 개만이 빗나갔을 뿐이다.

"젠장, 전사라고 이 정도 공격은 피한다는 건가?"

라크는 자신을 향해 달려드는 두 명의 전사를 보며 급히 몸을 낮추고 두 손 안에 그림자의 기운을 모았다.

방금 전 골렘에게 당할 때의 경험이 그에게 전사들을 상대할 방법을 가르쳐 주었다. 피할 수 없는 공격, 돌의 파편처럼 공간을 뒤덮는 힘!

"차앗!"

파파파파!

"아악!"

그림자의 기운을 작고 동그랗게 뭉쳐서 그걸 한꺼번에 허공에 뿌렸다. 자갈을 한 움큼 쥐고 뿌린 것과 같다.

라크의 힘은 인간의 한계를 뛰어넘는 것이었기에 이것만으로도 상당한 살상력을 발휘할 수 있다.

전사들은 전신에서 피를 흘리며 쓰러졌다.

"쓸 만하군."

한번 효과를 보자 그 맛을 바로 알아버렸다. 라크의 그림자의 기운 앞에서는 어떤 보호 마법도 소용이 없기 때문에 오직 피하거나 막아내야 하는데, 이제는 그것도 힘들게 되었다.

라크는 계속해서 그림자의 기운을 수십 개의 작은 알갱이로 만들어 뿌렸다. 그렇게 몇 번 뿌리자 4층에 있던 사람들 모두를 쓰러뜨릴 수 있었다.

"이제 남은 것은 저 골렘뿐이군."

고개를 돌려 골렘을 보니 이제는 거의 움직이지도 못하고 제자리에서 주춤주춤대고 있었다.

뉴는 어떻게 되었을까? 뉴의 이빨이 골렘의 몸을 파고들 정도라고는 생각지 못했다.

"뉴야, 괜찮니?"

라크는 소리 내어 물었다. 그러자 골렘의 몸 한쪽에서 파카카칵, 하는 소리와 함께 뉴가 구멍을 뚫고 나왔다.

"저는 괜찮아요. 뉴."

"다행이다. 골렘은 어떻게 된 거니?"

"얘 몸속에 무지 맛있는 마나 덩어리가 있어서 지금 그걸 먹고 있어요. 단단하게 뭉쳐 있어서 갉아먹는 데 시간이 조금 걸리네요. 뉴."

"마나 덩어리?"

골렘의 생명석일 것이다. 가장 강력한 마법사만이 연성해 낼 수 있는 생명석! 그 가치는 마법사에게 있어서 무엇보다 큰 것이다.

"뉴웅, 라크도 필요해요? 뉴."

"웅? 아니. 난 지금 필요없으니 뉴, 네가 다 먹으렴."

"그게요, 사실은 배가 불러요. 뉴."

뉴는 그렇게 말하며 자신의 배를 통통 두드렸다. 그러고 보니 뉴의 배가 약간 튀어나온 것 같았다.

"배가 불러?"

"저번에 화염의 탑에서 먹은 새도 아직 다 소화시키지 못한 걸요."

화염의 탑의 새, 그것은 불사조를 말한다. 화염의 탑의 생명석이나 다름없는 것이었으니 마나의 양이 장난이 아닐 것이다.

사실 뉴는 욕심꾸러기라 그걸 먹고도 매일 라크의 몸에서 나오는 마나도 빼놓지 않고 먹어 치웠다. 그 외에 이것저것 군것질 삼아 먹은 마법들도 꽤 되니 항상 배가 부른 상태였다.

"흠, 그럼 골렘의 생명석까지 먹기에는 힘들단 말이구나?"

뉴의 설명을 들은 라크는 약간은 황당하다는 표정을 지으며 말했다.

뉴는 부끄러운 듯 앞발로 머리를 긁으며 고개를 끄덕였다.

"더 먹으면 살찔 것 같아요. 뉴."

"그래, 그럴 때는 욕심 부리지 말고 일단 소화를 시키는 게 좋겠지. 생명석을 그대로 파낼 수 있겠니?"

"그건 간단해요. 뉴."

"그럼 파서 가져오렴. 뉴가 소화가 끝날 때까지 내가 보관해 줄 테니."

"뉴우."

뉴는 대답을 하고는 다시 골렘의 몸 안으로 파고들었다. 이미 생명석을 손상당한 골렘은 조금도 반항하지 못했다.

잠시 후, 골렘의 몸이 우르르 무너져 내렸다. 팔다리가 모두 마법적 구속력에서 벗어나 서로 떨어져 버렸다. 머리도 몸통에서 굴러 떨어져 결국 한 무더기의 바윗덩어리가 되었다.

그리고 그 안에서 뉴가 투덜대며 기어나왔다.

"그걸 못 버티고 무너지네? 뉴."

"하하하, 무사했구나."

"뉴우, 생명석 여기 있어요. 뉴."

반가워하는 라크에게 별것 아니라는 듯 생명석을 내미는 뉴의 모습이 무척 귀여우면서도 믿음직스러웠다.

라크는 뉴에게서 주먹 반만 한 구슬을 받아 들었다. 재질을 알 수 없는 투명한 표면 속으로 뭉쳐진 마나의 흐름을 눈으로 확인할 수 있었다. 은은하게 신비한 빛을 발하고 있는 생명석은 예술품이라고 할 만한 최상급 생명석이었다.

마그나타가 다년간 심혈을 기울여서 만들었을 물건의 모습에 라크는 감탄했다.

그의 입가에는 미소가 떠올랐다. 아무리 최상급 생명석이라고 해도 지금의 쓰임새는 뉴의 도시락일 뿐이다. 마그나타가 알면 이를 갈 만한 일이라고 생각되었다.

"그럼 지금까지 먹은 마나를 다 소화하면 말하렴. 그때 줄게."

"알았어요. 뉴."

뉴는 입맛을 다시며 대답했다. 그는 식탐이 있었다.

＊　　　＊　　　＊

"무사히 오고 있군. 아주 좋은데?"

커다란 수정구에는 골렘을 쓰러뜨린 라크의 모습이 비치고 있었다. 그리고 그 옆의 거울에는 지금 막 6층의 결계를 파훼하고 기분 좋게 웃고 있는 마그나타의 모습이 나타났다.

남자는 눈을 돌려 창문을 통해 바깥쪽을 보았다. 다섯 명의 고위 마법사가 마법진을 발동시키기 위해 주문을 외우고 있었다. 이제 곧 빛의 탑에 새겨진 마법진도 그들의 마력에 반응하여 마법진이 완성될 것이다.

일단 봉인이 완성되면 10년간 이곳으로부터 나갈 수 없게 된다. 그도 마그나타도!

"모든 것이 계획 대로입니다. 마그나타, 그리고 라크."

남자는 웃었다.

"어서 오세요. 우리는 다시 모이는 겁니다. 서로 헤어진 그 날 이후로 다시 이 장소에서 말입니다."

남자는 감회가 새롭다는 듯 중얼거렸다. 그리고는 라크가 5층을 향해 계단을 오르는 것과 마그나타가 이곳 7층을 향해 오고 있는 것을 보면서 그는 조용히 찻잔을 들어 물을 끓이기 시작했다. 손님을 맞이할 준비를 해야 했다.

*   *   *

5층은 화원이었다. 이전에는 없던 화원이니 마그나타가 만든 것임에 틀림없다. 사람은 하나도 없고 사방은 온통 식물 천지였다.

사방의 벽을 타고 올라 천장까지 뒤덮은 덩굴들은 작고 빨간 꽃을 피우고 있었다. 그리고 화단에는 화분이 예쁜 문양처럼 규칙적으로 놓여 있었다. 모두 나름대로 화려한 꽃을 피우고 있었다.

"마그나타, 자기가 무슨 숲의 마도사도 아닌데 이렇게 식물을 키우고 있는 거야?"

"라크, 저것들 다 맛있어 보여요. 뉴."

라크가 투덜대자 뉴가 라크의 옷깃을 툭툭 잡아당기며 말했다. 그 말에 라크는 뉴를 보며 물었다.

"역시 마나 식물이니?"

"뉴우, 고밀도 마나가 느껴져요. 뉴."

"흐음, 배부르지 않겠어?"

"뉴웅, 그래도 먹을래요. 뉴."

"그래라. 일단 덩굴들이 수상하니까 저것들부터 먹으렴. 화분은 내가 챙길 테니까 나중에 천천히 먹고."

"그럴게요. 뉴."

뉴는 대답을 하자마자 쪼로록 달려가서 덩굴 줄기 중 하나를 붙잡고 먹기 시작했다.

끼아아아이!

갑자기 덩굴이 비명을 지르기 시작했다. 그리고는 스스로 움직여 붉은 꽃을 활짝 피워 꽃가루를 날렸다.

라크는 급히 그림자의 기운으로 몸을 덮어 꽃가루가 몸에 닿지 못하도록 했다. 그러나 뉴는 신경도 쓰지 않고 묵묵히 줄기를 먹었다.

다른 줄기들도 연신 비명을 지르며 이파리를 둘둘 말아 가시처럼 세워 채찍처럼 휘둘러 뉴를 때렸다.

짝!

"앙탈하지 마라. 뉴."

뉴는 슬쩍 몸을 비키며 날아온 줄기를 잡아 콱 깨물어주었다. 그러자 줄기는 다시 비명을 지르며 몸을 부르르 떨고는 힘없이 바닥에 떨어졌다.

라크는 이제야 알겠다는 듯 고개를 끄덕였다. 뉴는 마나 생명체의 천적이나 다름없는 존재이다. 마나를 빨아먹는 능력이 있으니 그 어떤 마나 생명체도 뉴에게는 먹이일 수밖에 없다.

'완전 괴물이군. 뉴가 저렇게 강력한 마물일 줄이야.'

라크는 씁쓸한 미소를 지었다. 하지만 열심히 줄기를 먹어치우는 뉴를 보니 너무나도 귀여웠다.

정이 들 대로 들어 이제는 떼어놓지도 못한다. 라크의 어깨는 이미 뉴의 집이라고 할 수 있었다.

어느덧 뉴는 그 많던 줄기를 다 먹고 벽 속에 박혀 있는 뿌리까지 하나하나 모두 캐 먹고 있었다. 그 많은 양이 어디로 들어갔는지 알 수 없을 정도로 뉴는 여전히 평소의 그 몸매를 유지하고 있었다.

"다 먹었어요. 뉴."

"그래, 잘했다."

라크는 뉴의 머리를 쓰다듬어 주곤 화분이 있는 곳으로 걸어갔다.

"이놈들은 무슨 능력이 있는 걸까? 설마 관상용은 아니겠지?"

"저기 저놈이 제일 맛있어 보여요."

뉴는 앞발로 그중 하나의 화분에 피어 있는 꽃을 가리켰다. 그리고는 살짝 트림을 했다. 배가 부른 상태에서 또 먹을 생각을 하자 뱃속에서 경고를 보내는 것 같았다.

"저놈?"

라크는 뉴가 가리키는 화분을 보았다. 사람 머리만 한 보라색의 꽃을 화려하게 피우고 있었다. 그런데 라크가 그 화분을 보자 꽃이 살그머니 방향을 틀어 라크를 외면했다.

마치 사람이 시선을 피하기 위해 고개를 돌리는 것과 같았다.

"오호, 사람의 말을 알아듣는 화분인가 보네? 볼 수도 있는 건가?"

재미있다! 라크는 얼른 그 화분으로 가까이 가 손가락으로 꽃을 쿡쿡 찌르며 말했다.

"혹시 말도 할 줄 아니? 대답할 수 있으면 대답해 봐라."

[……]

"뉴야, 얘 꽃잎 하나만 먹어볼래?"

"그럴까요? 뉴."

[꺄악! 너무해요, 잔인해요. 식인종!]

"말할 줄 아네. 너 뭐냐?"

[…….]

"꽃잎 한 장."

[치사하게 그럴 거예요!]

"치사고 뭐고, 널 가만 놔두면 내가 위험할 것 같아. 그러니 순순히 협조를 해라."

[쳇, 전 영혼의 꽃이에요. 마그나타님이 저를 탄생시키셨죠.]

"일종의 식물형 호문크루스인가? 그런데 이 화원에서 뭐하고 있는 거지?"

[당연히 여왕이죠. 저기 있는 애들은 모두 내 말만 들어요. 바보 덩굴은 생각할 수 있는 지능도 없으니 그냥 상대도 안 해요.]

"흠, 그럼 이 화분들 모두가 살아 있단 말이지?"

라크는 다른 화분들을 보았다. 그러나 꽃들은 움직이지 않았다.

영혼의 꽃은 고개를 저었다.

[쟤들은 내가 부를 때까지 깨어나지 않아요. 내가 부르면 그때 일어나서 노래를 부르는 거죠.]

"노래?"

[들어볼래요?]

"아니, 애들 깨우지 말고 노래도 부르지 마. 허튼수작하면 그냥 꽃을 따버린다."

[어머, 너무 잔인해요!]

꽃은 상당히 겁을 먹은 듯 고개를 푹 숙이고 작은 목소리로 중얼거렸다.

원래 영혼의 꽃들의 노래는 가장 강력한 비술 중에 하나로, 산 사람의 영혼을 파괴하여 원한과 본능만이 남은 유령으로 만들어내는 힘이 있었다.

하지만 그 중심이 되는 여왕의 꽃이 이미 뉴에게 기가 죽어 반항을 포기한 지금, 노래는 시작되지 않았다. 생각지도 못한 약점이었다.

"이걸 어떻게 할까?"

"그냥 제기 디 먹을끼요? 뉴."

"배부를 때 계속 먹는 것은 좋지 않단다. 그리고 애네들은 싸울 마음이 없는 것 같으니 그냥 놔두는 게 좋을지도 모르지."

[그래요. 전 안 싸울 거예요. 괜히 꽃잎만 상한다고요.]

"음, 그래도 혹시 모르니 다른 화분들을 4층으로 옮겨놓자. 그래도 되지?"

[에? 그, 그건……]

"왜? 안 돼? 꽃잎 하나."

[이 치사한 놈아, 맘대로 해!]

영혼의 꽃은 라크가 자꾸 꽃잎 하나라고 하자 드디어 삐친 듯 소리를 지르고는 고개를 돌려 버렸다. 그리고는 만사를 포기한 듯 그대로 꽃잎을 접고 봉오리가 되었다.

라크는 웃으면서 화분들을 하나하나 들어 4층으로 날랐다. 이렇게 되면 홀로 남겨진 여왕 꽃이 조금 불쌍하기는 했다. 그래도 이들이 노래하는 것은 막을 수 있으니 안심이 되었다.

'나중에 일이 잘 해결되면 시르카에게 선물해야겠군. 그녀라면 이것들을 잘 다루겠지.'

라크는 마음속에 그리움으로 떠오르는 시르카를 생각하며 자신도 모르게 부드러운 미소를 지었다.

치열한 전투 중에 생각지도 못한 휴식 시간이라고 할 수 있었다.

라크가 6층으로 올라가자 그곳에서 기다리고 있는 것은 단 한 명의 여성이었다. 인간이 아닌 반투명한 여성형의 영혼, 바로 영혼의 하녀였다.

"오셨군요. 생각보다 빠르네요."

"그대는?"

"마그나타님의 하녀입니다."

"하녀라기보다는 가디언인 것 같군요."

라크는 그녀의 몸에서 느껴지는 무서울 정도의 강렬한 힘에 상당한 압력을 받았다.

가녀린 몸매에 상냥하고 정숙한 목소리였지만 기세만큼은 광전사의 그것이었다.

뉴도 섣불리 움직이지 못했다. 영혼의 하녀 역시 마나 생명체라고 할 수 있지만, 지금까지의 상대와는 격이 달랐다. 지라트나 블래사와도 비견될 만한 힘이 그녀에게서 느껴졌다.

"과연 마그나타, 고위 마법사 급의 마나 생명체를 만들어 낼 수 있다니?"

"어머, 황송하게도 저를 고위 마법사들과 비교해 주시는군요. 하지만 그건 조금 과대평가하신 거예요. 전 그렇게까진 강하지 않답니다."

"아닌 것 같은데?"

"단지 제 구역 안에서라면 어느 정도 비슷한 수준은 될 수 있지요. 전 원래부터 탑을 지키기 위해 탄생한 존재니까요."

"흐음, 역시 그렇군요."

라크는 영혼의 하녀의 담담한 말투에 숨겨진 허무함을 알 수 있었다. 그 역시 마그나타를 상대하기 위해 탄생한 존재. 묘한 동질감이 느껴졌다.

하지만 그런 것은 아무래도 상관이 없다. 지금 그들은 적으로 만났을 뿐, 맡은바 역할이 정반대이니 서로 부딪칠 수밖에 없다.

"시간이 없으니 바로 시작하지요."

라크는 눈을 차갑게 빛내며 말했다. 마그나타가 7층에 있는 탑의 중추를 장악하기 전에 그곳에 가야 했다.

"저는 언제든지 준비가 되어 있답니다."

영혼의 하녀는 웃으며 고개를 끄덕였다. 동시에 그녀의 주변에 하얀 안개가 생성되더니 몇 개의 유령과도 같은 것들이 나타났다. 순식간에 살기가 공간을 메우고 양측의 긴장감이 극에 달했다.

"타핫!"

라크는 그 긴장감을 칼로 찢어내듯 거친 기합을 지르며 앞으로 달려나갔다.

일단 상대가 어떤 능력을 가지고 있는지 모르는 상황이다.

보통은 탐색전을 벌이면서 조심스럽게 상대해야 하지만 지금은 시간이 없다. 이럴 때에는 몸으로 부딪쳐 상대의 힘을 알아낼 수밖에 없는 것이다.

뉴는 그의 어깨 위에서 몸을 웅크리고 조심스럽게 상대의 빈틈을 노렸다.

단성 생명체인 그의 머릿속에는 선대 마수들의 수만 년 동안 축적된 전투의 경험이 모두 들어 있었다.

영혼의 하녀는 만만한 상대가 아닌 만큼 기회를 노렸다가 단숨에 치명적인 공격을 가해야 했다.

반면에 영혼의 하녀는 아무런 생각이 없었다. 그저 탄생 때 주입된 전투 방식대로 싸울 뿐이다.

"영혼의 춤!"

휘리리리릭—

그녀의 주위에 유령과도 같은 것들이 나타나 사방으로 비산하며 화려한 춤을 추듯 움직였다.

라크의 몸이 그중 하나의 손짓에 스치듯 닿았다.

"흐읍!"

라크는 기겁해서 급히 뒤로 물러났다. 유령에 닿은 부분이 사라져 버린 것이다. 몸의 일부분이 고통도 느끼지 못하고 소실되어 가는 것을 보자 등골이 오싹했다.

"모든 형체가 있는 것들은 영혼의 춤에 휘말려 사라집니다."

영혼의 하녀는 웃으면서 친절하게 설명해 주었다. 상냥해 보이는 미소였지만 지금 라크의 눈에는 악마의 미소로 보였다.

"같이 유령이 되자는 건가?"

지금은 낮이다. 아직 해가 지려면 시간이 걸린다.

'너무 빨리 왔나.'

라크는 속으로 한숨을 내쉬었다. 상대의 능력은 육체를 가진 자에게 가장 치명적인 힘이다. 이럴 때 밤이었다면 얼마나 좋을까?

처음부터 해가 진 뒤에 왔으면 조금 더 쉽게 이곳까지 도달할 수 있었을 것이다. 하지만 그럴 경우 마그나타는 라크의 능력을 완전히 알게 된다.

그렇기에 라크는 일부러 낮에 이곳으로 들어온 것이다. 마그나타와 싸우게 되면 어떻게든 시간을 끌어 밤이 되는 순간 역격을 가할 생각이었다.

하지만 역시 이 작전은 약간의 무리가 있었나 보다.

유령들의 춤이 극에 달해 6층의 복도는 완전히 그들의 공간이 되었다. 라크는 필사적으로 피했다. 하지만 역시 하늘거리는 유령의 움직임으로부터 완전히 벗어나기는 힘들었다.

스팟!

"크윽!"

허벅지 쪽의 살덩어리가 한 움큼이나 사라져 버렸다. 막혀 있던 혈관이 일제히 터지며 피를 분수처럼 뿜어냈다. 한쪽 다리는 거의 사용하기 어려울 정도가 되었다.

라크는 슬쩍 눈을 돌려 뉴를 보았다. 뉴라면 저 유령들을 잡을 수 있다.

하지만 뉴는 유령들을 보고 있지 않았다. 그는 오직 영혼의 하녀만을 노려보고 있었다.

'그런가? 뉴 녀석, 제대로 싸울 줄 아는군.'

라크는 정신을 집중하고는 계속해서 유령들의 춤을 피했다. 거의 바닥에 몸을 굴리면서 구석구석으로 돌아다니는 상황이었지만, 이제는 조금도 당황해하지 않았다.

냉정한 시선. 라크 역시 영혼의 하녀만을 노려보고 있었다.

"저를 노리나요? 확실히 제가 소멸하면 이 아이들도 사라집니다. 하지만."

영혼의 하녀는 고개를 저었다. 불가능하다는 투였다.

"저는 영혼. 형체가 없는 존재입니다."

그 말과 함께 그녀의 몸이 점점 흐려지더니 마침내 투명하게 변했다.

"젠장!"

상대가 모습을 감추었다. 영혼체이니 아예 모습을 감추는 게 가능한 모양이다.

그런데 문제는 그것뿐이 아니었다. 유령들도 점점 흐려지기 시작했다. 라크의 안색이 변했다.

유령들이 모습을 감춘 채 춤을 춘다면 눈이 아닌 다른 감각만으로 그들을 피해야 한다. 불가능하다!

"하압!"

급하면 젖 먹던 힘까지 다 발휘할 수 있는 게 사람이다. 라크에게도 그런 잠재력이 있었나 보다.

라크는 기합을 지르며 몸속에 있는 그림자의 기운을 한꺼번에 개방했다. 그러자 수십 개의 가시와도 같은 검은 기운이 사방을 향해 뻗어 나갔다.

파파파팍!

라크로부터 뻗어 나간 그림자의 창들은 유령들을 관통하여 벽에 박혔다. 그러나 안타깝게도 유령들은 그걸 무시하고 계속해서 움직였다.

"호호호, 그건 이 아이들과 비슷한 힘이군요. 형체가 없는 힘으로 물질을 파괴하는 방법은 그렇게 많지 않다고 들었는데, 라크님께서도 가능했군요."

허공중에서 영혼의 하녀가 웃는 목소리가 들려왔다.

"문제는 저희는 육체가 없고, 라크님은 있다는 거지요."

"구구절절 옳은 말씀이군. 쳇."

라크는 혀를 차며 말했다. 그녀의 말처럼 그림자의 기운은 영체에게는 영향을 미칠 수 없다.

헛힘을 쓴 셈이다.

그런데 그때, 뉴가 움직였다. 그는 그림자의 창 중 하나를 타고 앞으로 쏜살같이 달려갔다.

"뉴우웅!"

뉴는 크게 울부짖으며 발톱을 세워 허공중에 한 지점을 휙! 하고 할퀴었다.

"까아아아아악!"

날카로운 비명 소리와 함께 영혼의 하녀가 모습을 드러냈다. 그녀의 얼굴에는 세 줄기의 발톱 자국이 선명하게 드러나 있었다.

"잘했어!"

라크는 열심히 뉴를 응원했다. 그리고는 있는 힘을 끌어모아 그림자의 기운을 그물처럼 허공에 쳤다. 이로써 뉴가 허공중에서도 마음대로 움직일 수 있다. 영혼의 하녀가 어떻게 움직이든 따라잡을 수 있는 것이다.

"뉴우우우!"

바바바박!

뉴는 그야말로 쉬지 않고 앞발을 휘둘러 댔다. 영혼의 하녀가 위로 도망가든 아래로 숨든 절대로 놓치지 않았다.

순식간에 그녀의 얼굴과 몸은 온통 뉴의 발톱 자국으로 뒤덮여 버렸다. 비명 소리가 끊이지 않고 들렸다.

"이익!"

드디어 영혼의 하녀는 악에 받쳤는지 피하는 것을 멈추고 모든 유령들을 모아 뉴를 공격하게 했다. 그런데 뉴는 코웃음을 치며 몸을 허상으로 변화시켰다.

휘익, 휙!

"아! 이럴 수가!"

기가 막힌 일이다. 유령들의 힘은 허상이 된 뉴에겐 조금도 영향을 미치지 못했다.

반면에 뉴의 발톱은 확실하게 영혼의 하녀를 상처 입혔다. 존재의 상처이기 때문에 그 고통은 말도 못하게 컸다.

"좋아요. 이런 비장의 수법을 숨겨두었군요."

영혼의 하녀는 차갑게 웃었다. 당할 만큼 당했으니 이제는 반격을 해야 한다고 생각한 것이리라.

사실 형체가 있는 것들을 상대하는 것 이외에도 그녀는 영체를 상대로 싸울 수 있는 충분한 방법이 있었다. 단지 지금까지는 예상치 못한 상황이라 당했을 뿐이다.

사아아악—

영혼의 하녀의 양손에서 변화가 일어났다. 손톱이 길어지며 붉게 변했다. 지금까지와는 전혀 다르게 사악한 분위기를 풍기며 그녀는 그 손톱으로 뉴를 할퀴었다.

샥—

"뉴!"

뉴는 얼른 몸을 피했다. 본능적으로 이번 공격이 자신에게 상처를 입힐 수 있다는 것을 알았다.

라크가 보기에 그것은 자신이 허상일 때 쓸 수 있는 드림 블레이드와 비슷한, 영체를 상처 입히는 손톱이었다.

"정말 강력하군."

라크는 자신도 모르게 침을 삼켰다.

알고 보니 마그나타는 자신이 가진 능력을 모두 구현해 낼 수 있었던 것이다. 이 정도라면 본인은 라크의 모든 능력을 막아낼 힘이 있다고 봐야 했다.

감당할 수 없는 적인가? 라크는 갈등했다. 하지만 그럼에도 불구하고 그에게 질 거라는 생각은 들지 않았다. 여전히 투지는 끓어올랐다.

라크는 품속에 손을 넣었다. 낮인 지금 영체를 상대할 방법이 라크에게는 없다. 하지만 아까 얻은 골렘의 생명석! 이게 도움이 될 것이다.

"받아랏!"

휘이!

"홍, 물질로는 저를 해할 수 없습, 아! 그것은!"

바람을 가르며 날아오는 구슬에 영혼의 하녀는 코웃음을 쳤다. 그러나 그것이 가까이 오면서 느껴지는 강력한 마나의 기운에 놀라 입을 벌렸다.

골렘의 생명석, 강력한 마나의 결집체인 그것이 영혼의 하녀의 바로 앞까지 날아갔다.

그리고 그 뒤로 라크가 발출한 그림자의 창이 날아들었다.

파캉, 콰콰콰콰쾅!

창이 생명석을 관통하자 그것은 엄청난 굉음과 함께 터져 버렸다. 탑 전체가 흔들릴 정도로 강력한 파괴력이었다.

생명석이 깨어지며 응집되어 있던 마나가 터져 나왔다. 순수한 마나! 그것은 영혼체에게도 영향을 미칠 수 있는 힘이었다.

"꺄아아아아아아!"

폭발 속에서 영혼의 하녀의 긴 비명 소리가 들려왔다. 급격한 마나의 파장 속에서 그녀의 영체가 큰 손상을 입은 것이다. 어느 정도 폭발이 사그러들었을 때, 뉴가 다시 몸을 날렸다.

"뉴우우우!"

콱!

뉴는 영혼의 하녀의 목을 물어뜯었다. 그리고 그녀가 도망가지 못하도록 두 발로 그녀를 껴안고 마나를 빨아먹기 시작했다.

약해진 영혼의 하녀는 더 이상 뉴의 힘을 견디지 못하고 서서히 흡수되었다. 점점 약해져 가는 그녀의 비명 소리는 어느덧 완전히 사라지고 형체가 없는 하얀 영체의 덩어리로 변했다.

"괜찮니, 뉴?"

"뉴우, 전 괜찮아요. 뉴."

뉴는 두 발 가득 영혼의 하녀의 몸을 쥔 채 대답했다. 커다란 솜사탕을 쥔 아이의 모습과 같았다.

라크는 다행이라는 듯 안도의 한숨을 쉬며 그대로 주저앉았다. 육체의 손상이 커서 몸을 움직이기도 힘들었다.

"네가 먹을 생명석을 뺏겠구나. 미안하다."

"아니에요. 요게 더 맛있어요. 뉴."

"그래? 잘됐구나."

라크는 뉴가 앞발로 영체 덩어리를 뭉쳐 작게 만드는 모습을 지켜보았다. 저런 것도 되는구나, 하고 생각하니 뉴가 정말로 대견해 보였다.

"요건 나중에 먹을래요. 뉴."

뉴는 완전히 뭉쳐진 덩어리를 라크에게 내밀며 말했다. 생명석 대신 라크가 들고 있으라는 듯했다.

신기하게도 그건 손으로 만질 수 있었다. 라크는 피식 웃으며 그걸 받아 품속에 넣었다.

"후우, 그럼 가자. 아직 늦지 않았으면 좋겠구나."

"그래요. 뉴."

라크는 억지로 몸을 일으켰다. 7층에는 마그나타가 있다. 그리고 곧 해가 질 것이다.

"어쨌든 대충 작전대로 되어가는군. 뉴, 네 덕분이다."

"헤헤헤, 뭘요. 뉴."

뉴는 쑥스러운 듯 앞발로 머리를 긁으며 대답했다. 그 모습을 보자 왠지 모르게 자신감이 더욱 진해졌다.

라크는 천천히 걸음을 옮겨 7층으로 가는 계단을 올랐다.

『샤이닝 위저드』 4권에 계속

주요 설정

◆시대적 배경.

대류 최강의 무인이자 위대한 황제인 레오 가이안이 혼란에 빠진 대륙을 평정하고 제국을 세운 지 500년이 지났다.

가이안 제국은 여전히 절대적인 강함을 보유하고 주변 모든 왕국들의 충성을 받아내고 있었다.

제국의 4대 기사단인 용전사단, 블루 이글 궁기사단, 포레스트 기사단, 그리고 고스트 기사단은 제각기 마스터 급의 단장을 필두로 대륙 최강의 무력을 다투는 상황이다.

특히 신비에 싸인 고스트 기사단은 황제의 직속 기사단으로, 그 정체는 모든 사람의 호기심을 집중시키고 있다.

한편, 레오 가이안의 연인이자 희대의 대마법사인 마녀 티모라는 그의 제자인 유스 파라나이트에게 명해 현자의 탑을 재건하도록 한다.

그리고 단순한 서클 마법이 아닌 새로운 형태의 상위 마법의 이론을 전해 연구하게 한다.

세월이 흘러 티모라의 이론으로부터 깨달음을 얻은 천재적인 마법사들이 하나둘씩 탄생했고, 당금에 이르러 그 수는 12명에 이르게 되었다. 사람들은 그들을 고위 마법사라 칭하고 존경과 경외를 한다.

◆마법사의 맹세.

현자의 탑이 세워진 후, 모든 마법사들은 규칙의 법에 의한 마법사의 맹세를 하게 된다.

1. 일반인을 상대로 함부로 마법을 사용하지 않는다.

2. 제국의 권위에 도전하지 않는다.

3. 부주의하게 마족이나 드래곤과 같은 상위 영격체와는 접촉하지 않는다.

4. 자신의 몸을 이용한 치명적으로 위험한 실험을 하지 않는다.

…등등의 조약이 정해져 있고, 이것은 강력한 금제로 지켜지게 된다.

이 외에도 고위 마법사들은 또 다른 규율이 적용되고, 다시 현자의 탑의 마법사들이 지켜야 할 맹약도 있다.

◆섀도우 가디언.

빛이 강하면 그림자도 진해진다.

상위 마법 중 하나인 빛의 마법의 비술 중 하나로, 자신의 그림자를 깨워 강력한 힘을 지닌 가디언으로 삼을 수 있다.

원래 그림자를 다루는 마법은 마족들만의 힘이었는데, 마법의 빛을 이용해 그림자를 강화함으로써 이 비술이 가능하게 되었다.

하위 마법 중에서도 그림자를 소환할 수 있는 섀도우 서번트가 있지만, 이것은 단지 그림자를 하인이나 전령으로 사용할 수 있을 뿐 전투 능력은 일절 가지지 못한다.

반면에 위험성이 크고 더욱 편리한 마법인 브라우니 소환술이 널리 퍼져서 이제는 거의 사용되지 않는다.

기본적으로 그림자는 물리적인 힘을 사용할 수 없고, 또한 그 자신도 물리적인 공격에 대해 거의 영향을 받지 않는다.

단지 소환자의 의지와 마력에 따라 여러 가지 변화가 일어날 수도 있기에 같은 그림자 가디언이라고 해도 각각 다른 능력을 지니게 된다.

라크의 경우, 극도로 강력한 고위 마법사인 마그나타를 상대하기 위해 탄생했다. 탄생의 이유와도 같은 이 임무는 라크의 정신세계 가장 깊은 곳에 자리 잡고 끊임없이 라크에게 그

일을 하도록 속삭인다.

그로 인해 대부분의 마법에 대해 영향을 받지 않는 능력을 얻었다. 또한 상대의 지배하에 있는 영혼체들과 싸우기 위해 영체를 벨 수 있는 드림 블레이드를 지니게 되었다.

단지 여러 가지 이유로 인해 낮에는 육체를 지니게 되었고, 또한 원래는 사용하지 못하던 그림자의 기운을 쓸 수 있게 되었다.

그림자를 소환했을 때 가장 조심해야 할 것은 시전자의 마력이 허용하는 시간보다 그림자를 더 유지하려 했을 때이다.

어느 순간 그림자는 자아를 가지고 스스로 존재하고 싶어 한다. 사람이 죽음을 싫어하는 것처럼 그림자도 소멸을 무서워하게 된다.

동시에 자신과 거의 같은 자아인 본체에 대한 거부감을 느끼게 된다. 오우거가 오우거 파워 건틀렛을 낀 사람을 보면 무조건적으로 살의를 느끼듯, 그림자도 그럴 것이다.

◆고위 마법사들.

상위 마법 계열의 후계자, 현재 대륙에는 12명이 있다.

그중 7명은 현자의 탑에 모여 있고, 다른 5명 중 3명은 북대륙에, 2명은 남대륙에 탑이 있다.

주인공 라크의 경우 진화의 탑의 후계자였는데, 그것을 더욱 발전시켜 빛의 마법을 열었다.

그리고 마그나타는 영혼을 다루는 연구를 하여 마족과의 정상적인 계약에 성공한다. 그로 인해 마물의 영혼까지도 움직일 수 있는 힘을 얻었다. 하지만 그의 영혼은 굳게 지켜져 있어 결코 마왕의 수하가 되지는 않는다.

1. 진화⇒빛:라시타⇒빛의 마법사 라크 (현).

가장 강력한 상위 마법 중 하나로, 현자의 탑을 재건한 대마법사 유스 파라나이트의 직계이다. 대대로 현자의 탑의 총마스터를 가장 많이 배출해 내었다.

전설의 대마법사 티모라의 가르침을 비전으로 보유하고, 그 마지막에 남겨진 빛의 이론을 지속적으로 연구한 끝에 마침내 실현화시킨다.

이것은 티모라조차 이론만 세웠을 뿐 구현해 내지 못한 것으로, 이로 인해 라시아의 마법 수준은 새로운 국면으로 접어들었다고 평가되어진다.

2. 영혼:영혼의 지배자 마그나타 (북).

영혼을 종속시켜 부리면 배신을 당할 염려가 없다. 현혹 계열의 극에 달한 상위 마법이다. 그리고 마그나타의 대에 이르러 단순한 현혹이 아닌 완벽한 종속을 이루어내는 데 성공한다.

흑마법의 비법을 다수이고, 그걸 이용해 부작용없는 흑마법을 꾸준히 연구해 왔다.

3. 숲:정령의 자매 타라스티⇒시르카 (현).

정령과 마법의 상호 보완 작용을 연구한다. 인간 중 정령을 사용할 수 있는 존재는 밀림의 샤먼밖에 없기 때문에 샤먼 전용의 마법이다.

숲의 마법사는 현자의 탑에서 살지만 사실 밀림 내부에도 탑이 있다. 대샤먼과 함께 밀림에서 가장 신분이 높은 여왕과도 같은 존재이다.

4. 규칙:법의 수호자 린도르⇒머시 (현).

마법사의 맹세와 규율을 주로 관리하는 자들. 그로 인해 대부분 가이안 제국의 황궁 마법사를 역임한다.

그들이 주관하는 맹약과 규칙은 강력한 구속력을 가지기 때문에 고위 마법사라고 해도 쉽게 무시할 수 없다.

특히 마법을 배울 때 필연적으로 해야 하는 세상에 해를 끼치지 않고 필요 이상의 존재, 즉 마족과 같은 고위 영격체에게 함부로 접촉하지 않는다는 등의 맹세는 극도로 강력한 맹세이기 때문에 이를 어길 시 마법 자체를 소실하게 된다고 한다.

이 외에 현자의 탑의 마법사를 함부로 공격하지 못하게 하는 등 마법사와 제국의 권익을 위한 계약도 다수 관리하고 있다.

5. 환영:무면의 달라스 (현).

환상과 변화를 다룬다. 하지만 그들이 연구하는 것은 환상의 실체화이다.

믿으면 실체화가 되는 것이 아니라 믿고 싶지 않아도 믿을 수밖에 없는 환상에 대한 비술은 때에 따라서는 엄청난 힘을 발휘한다.

단, 그만큼 제약도 심하기 때문에 대부분 현자의 탑 내부의 방어적인 마법 함정에 사용된다.

6. 불꽃:광염의 블래사—불꽃의 거조, 심화의 힘, 태양의 방패 (남).

마음속의 열기, 즉 심화를 마나를 이용해 실체화하는 비술을 보유하고 있다. 그로 인해 한계가 없는 열기를 발할 수도 있고, 불꽃을 마음먹은 대로 조절할 수 있다.

하지만 가장 좋은 것은 심화를 다스릴 수 있다는 것.

7. 냉기:냉기의 지라트－얼음의 기둥, 만년설의 폭풍, 영원한 잠 (북).

마계에서는 열기와 냉기가 정반대로 작용한다고 한다. 즉, 차가움이 지나치면 불이 나고, 뜨거우면 얼어붙는다.

물론 이건 일종의 헛소문인데, 한 마법사가 그걸 진지하게 받아들이고 연구했다.

그 결과, 그는 자신이 원하는 것을 손에 넣었다. 물질을 태우며 퍼지는 냉기가 바로 그것이다.

마나의 강화에 있어서 아주 뛰어난 효과가 있다.

8. 피:흡혈의 도사르 (북).

생명체에게 가장 살상력이 강한 마법은 바로 몸속의 피를 조종하는 것이다. 그리고 반대로 피를 이용해 치유의 힘을 발휘할 수도 있다. 문제는 그러기 위해서는 희생자가 필요하다는 것.

어떻게 생각하면 사령술이나 흑마법처럼 사악한 마법이다. 하지만 피의 마법은 희생자의 생명력을 자체 회복할 수 있는 조금씩 흡수하여 위기에 빠진 한 사람을 구할 수 있다는 이론으로부터 시작되었다.

잘만 제어하면 의술에 탁월한 효과가 있는 것이다. 단, 현재의 탑의 주인인 도사르는 이걸로 자신의 불로장생을 추구하고 있기 때문에 사람들의 욕을 먹고 있다.

9. 그림:마화의 진 (현).

마법진의 극을 추구한다. 생명이 깃든 그림은 그 자체로써 마법진이 될 수 있다는 이론을 세우고 실현시켰다.

즉각적인 마법 시전보다는 마법의 함정이나 의식에 힘을 발휘하는데, 환영의 탑과 함께 현자의 탑의 여러 방어 장치들을 담당하고 있다.

무엇보다 드래곤이 보고 감탄해 직접 마법을 걸어주었다고 하는 탑의 벽화에는 7마리의 드래곤이 아우러져 있는데, 이로 인해 그림의 탑 자체의 방어력은 모든 탑 중 최강이라고 평가되어진다.

10. 자유:방랑의 클라우드 (낭).

존재는 하되 위치를 알 수 없는 탑. 그곳의 주인은 한곳에 머무는 것을 참지 못한다.

특정한 위치가 없고, 어느 곳이든지 나타난다고 하는 신비의 탑이다. 한때에는 구름 위에 탑을 세웠다고도 하고, 거대한 배 위에 탑이 있다고도 했지만 모두 헛소문으로 판명되었다.

주인 역시 누구인지 전혀 알려지지 않았다. 단지 존재하는 것만큼은 확실하다.

11. 융합:중복의 투스크라 (현).

두 개의 다른 성질의 마법을 융합하는 것을 특화시킨 마법,
그걸 이용해 같은 마법을 중복시켜 더욱 강력한 힘을 발휘하
는 비술을 연구해 내었다.

물리적 공격력에 있어서는 최고라고 한다.

12. 소멸:무의 나싱 (현).

존재하지 않는 탑. 하지만 현자의 탑에서 빼놓을 수 없는
영역을 확보하고 있는 마지막 상위 마법의 이론.

마법은 마나의 부자연적인 응어리에 불과하다. 그걸 풀어
주면 모든 마법을 소멸시킬 수 있다!

마법사들이 가장 두려워하지만 절대로 피해갈 수 없는 이
론이기에, 현자의 탑에서는 이 고위 마법사에게 절대적인 권
한을 주었다.

그것은 바로 현자의 탑이 타락했을 때, 탑의 종말을 선언할
수 있는 권리이다.

◆뉴.
종족:시라토스.

생김새:패럿.

종족:시라토스(마계의 두더지).

성별:무성, 단성 생명체이다.

울음 소리:뉴우, 뉴뉴뉴뉴뉴, 니~유! 뉴!

능력:

1. 땅속을 마음대로 달린다. 늪의 경우도 마찬가지.

2. 햇빛을 받으면 투명화할 수 있다. 단, 물속에서는 그 모습이 드러난다.

3. 영체나 마나체도 공격할 수 있다. 또한 스스로의 몸을 영체로 변화시킬 수 있다. 이것은 그가 라크의 몸으로부터 받은 힘인데, 그게 가능한 이유는 고위 마족에 버금가는 힘을 가진 최강의 마수이기 때문이다.

4. 마나를 먹을 수 있다. 마법도 먹는다. 이 능력이야말로 시라토스의 가장 큰 힘으로, 이로 인해 시라토스는 마계에서도 요마들이 가장 싫어하고 경계하는 최강의 마수로 군림했다.

마계에서도 최강의 마수 중 하나인 시라토스는 물질계에 와서 적응을 한다. 그리고 그 수명이 다해 죽으면서 남긴 다음 대의 시라토스가 바로 뉴이다.

고위 마족에 버금가는 힘을 가져 물질계의 최강 생물인 드래곤에 필적할 정도로 강하다. 성장하면 드래곤과 마찬가지로 음식을 먹을 필요도 없이 대기 중의 마나를 직접 흡수할 수 있게 된다.

그러나 그전에는 매일같이 엄청난 양의 식사를 해야 하는데, 하루라도 굶으면 그대로 아사해 버린다.

왜냐하면 시라토스가 물질계에 적응하기 위해 땅속에서 융합한 동물이 주로 두더지였기 때문이다. 두더지는 하루만 굶어도 죽는다.

모종의 사건에 의해 그의 유아식인 링그레스가 모두 사라져 버린 후, 그의 유일한 식량원은 바로 라크. 그가 아침저녁으로 변신할 때 흘러나오는 마나는 엄청난 것으로, 뉴는 그것을 먹고 살아간다.

말하자면 모유다. 그와 동시에 그는 라크의 마나로부터 여러 가지 정보를 얻고, 그에 따라 지식과 힘을 성장시킨다. 그래서 뉴는 라크를 엄마로 생각한다.

◆링그레스.

종족:마나 곤충.

마계 최강의 마수 중 하나인 시라토스는 과거 마왕에 의해 물질계로 오게 되었다. 그때 그는 물질계의 마나가 공격하는 것을 피하기 위해 땅속에 숨어 벌레를 먹으며 생활하며 몸의 구조를 바꾸었다.

그 결과, 그의 마기를 받은 벌레들이 진화하여 링그레스가
되었다. 링그레스는 모든 것을 먹어치우는 포식자이지만 알
고 보면 그 역할은 시라토스의 먹이이다.

즉, 시라토스가 완전히 몸을 바꿀 때까지, 혹은 성장할 때
까지 그에게 온갖 생물의 마나를 보급해 주기 위해 존재한다.

일종의 반자연적 마나 생명체이다. 마나 사이보그라고도
할 수 있다.

무한 상상 · 공상 세계, 청어람 신무협&판타지

「표사」, 「소환전기」를 뛰어넘는
참신한 재미와 쾌감을 선사한다!

잠룡전설(潛龍傳說) / 황규영 지음

청바지와 박스티 같은 무협 소설!
쉽고 재미있는, 편한 무협을 즐겨라!

『잠룡전설』
(潛龍傳說)

"주유성?
영웅이지. 하늘이 내린 사람이야.
그 사람 게으르다고?
에이, 난 그런 소문 안 믿어.
게으름뱅이가 어떻게 그런 엄청난 일들을 해?"

강호에 내린 희대의 겁난.
하늘은 엄청 센 놈을 영웅이랍시고 내린다.
하지만…….
젠장! 엄청난 게으름뱅이다!!

청어람 판타지의 재도약!!

혁신과 참신함으로 무장한
새로운 판타지 전문 브랜드의 탄생!

「알바트로스」
Albatros

판타지계의 커다란 근간을 이뤄온 청어람 판타지 소설!
새로운 브랜드 「알바트로스」라는 커다란 날개를 달고
거대한 웅비를 시작합니다.

알바트로스는 판타지의, 판타지를 위한 개척자이자 도전자로 존재하겠습니다.

알바트로스는 형식적이고 나태해진 판타지계의 구습을 벗어나겠습니다.

알바트로스는 판타지계의 도약을 위한 든든한 날개 역할을 묵묵히 수행합니다.

알바트로스는 변화와 혁신을 통해 새롭게 태어날 환상 공간입니다.

알바트로스는 판타지를 아끼고 사랑하는 이들을 향한 청어람의 굳은 약속입니다.

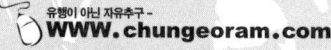

유행이 아닌 자유추구 -
WWW.chungeoram.com

장대한 역사의 영고성쇠 속에서 태어난 실천적 지혜의 핵심!

군주는 현명하지 않아도 현인에게 명령을 하고, 무지해도 지식인의 기둥이 될 수 있다.
신하는 일의 수고를 더하고, 군주는 일의 성공을 칭찬하면 된다.
그 일만으로도 군주는
지혜롭다는 평가를 받을 수 있다.

한권으로 끝나는 중국 고전 시리즈

한 권으로 끝내는 중국 고전 일일일언
■모리야 히로시 지음 / 계 일 옮김 | 값 12,000원

자신도 모르는 사이에 인생의 시계(視界)가 넓어지고, 인간관계의 폭이 넓어졌다면 본 서의 내용을 적어도 반 이상은 이해한 것이다. 삶을 윤택하게, 보다 지혜롭게 살고 싶어하는 모든 사람들에게 이 책을 권한다.

한 권으로 끝내는 노자의 인간학
■모리야 히로시 지음 / 장선연 옮김 | 값 12,000원

오늘날 사회적 혼란보다 더 큰 문제는 우리의 심신 모두가 너무나 약해져 있다는 점이다. 당장 힘들다고 쉽게 약해져 버리는 모습을 많이 볼 수 있다. 이렇게 되면 이토록 삼엄한 현실 속에서 살아남기 힘들다. 그래서 『노자』다.

한권으로 끝내는 중국 재상 열전
■모리야 히로시 지음 / 김현영 옮김 | 값 12,000원

중국의 방대한 정치 비결이 축적된 역사책은 정치에 뜻을 둔 사람은 물론이고 조직 안에서 고군분투하는 여러분에게 시대에 따라 변하지 않는 정치의 요체를 알려줌으로써 '정치' 뿐 아니라 널리 조직을 운영하는 데 큰 도움을 줄 것이다.

잘나가고 싶은 사람은 읽어라!

그에게 한눈에 반했다! 그것은 분위기 탓?
애인과 나란히 걸어갈 때 당신은 좌, 우 어느 쪽에 서는가?
이성은 왜 서로 끌리는 걸까? 그 심층 심리를 해명한다!

30초의
심리학

■ **30초의 심리학**
아사노 하치로우 지음 / 계일 옮김 | 값 8,500원

처음 본 사람인데 와 닿는 느낌이
너무나도 강렬한 사람이 있다.
흔히 하는 말로 '필이 꽂힌 사람',
그래서 잊혀지지 않는 사람,
한눈에 반했다고 하는 것이 바로 그것이다.
이런 인간의 감정을 논하는 데
남녀의 구분이 있을 수 없다.
사랑하는 그, 혹은 그녀를
생각하는 것만으로도 가슴이 두근거린다.
이상할 것 없다. 당연히 그럴 수 있는 것이다.
그렇기에 인간을 감정의 동물이라 하지 않는가.
그러나 그렇게 좋아하는 그 사람이
어느 날 갑자기 싫어지는 경우는 왜일까?

Psychology